阿尔茨海默病先生的妻子

蓝江 著

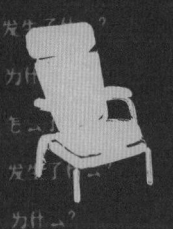

新星出版社　NEW STAR PRESS

图书在版编目（CIP）数据

阿尔茨海默病先生的妻子 / 蓝江著. -- 北京：新星出版社，2023.11
ISBN 978-7-5133-5250-5

Ⅰ．①阿… Ⅱ．①蓝… Ⅲ．①回忆录 - 中国 - 当代 Ⅳ．① I251

中国国家版本馆 CIP 数据核字 (2023) 第 108585 号

阿尔茨海默病先生的妻子
蓝江 著

责任编辑	林 琳	**选题策划**	姜 淮
责任校对	刘 义	**装帧设计**	冷暖儿
责任印制	李珊珊		

出 版 人　马汝军
出版发行　新星出版社
　　　　　（北京市西城区车公庄大街丙 3 号楼 8001　100044）
网　　址　www.newstarpress.com
法律顾问　北京市岳成律师事务所
印　　刷　天津图文方嘉印刷有限公司
开　　本　880mm×1230mm　1/32
印　　张　10.125
字　　数　214 千字
版　　次　2023 年 11 月第 1 版　2023 年 11 月第 1 次印刷
书　　号　ISBN 978-7-5133-5250-5
定　　价　58.00 元

版权专有，侵权必究。如有印装错误，请与出版社联系。
总机：010-88310888　传真：010-65270449　销售中心：010-88310811

目录

前言 / 1

1　确诊 / 5
2　家，甜美的家 / 15
3　偷东西的人 / 29
4　女王和酷儿 / 37
5　鸟有巢 / 54
6　厕所礼仪 / 75
7　最后的舞蹈 / 85
8　环游世界 / 100
9　离她而去 / 127
10　蒙蒂塞洛 / 139
11　另一个女人 / 149
12　失乐园 / 166
13　天呐！天呐！！天呐！！！ / 178

14　家人、朋友、陌生人 / 200

15　蜜蜜的故事 / 228

16　欢欢的故事 / 238

17　更美好的天使 / 253

18　重访温泉城 / 269

19　亲爱的，你在哪里？/ 281

20　下弦月 / 297

后记 / 309

致谢 / 319

前　言

托尔斯泰在他的小说《安娜·卡列尼娜》中写道："幸福的家庭都是相似的。"

本书讲述一对普通的夫妻，拥有托尔斯泰所称的"幸福的家庭"，在平凡的人生旅途中宁静度日。然而，在一个平常的日子里，其中一人被确诊为阿尔茨海默病。生命之舟猛然触礁，考验和磨砺接踵而来。那人世间最为独特而珍贵的关系，那世人统称为"爱"的情感，能否在未来的坎坷磨难中继续下去？又将如何继续下去？

阿尔茨海默病！这是一个残酷的诊断，它无疑是张"死刑判决书"，还是最糟糕的那种，因为它预告了一个痛苦且漫长的死亡过程，通常持续数年，甚至十几年。这个诊断也是一个"诅咒"，除了病人自己，病人的家人和亲密朋友，也将沦为受害者。他们将被迫目睹病情日趋恶化，被迫目睹亲人在痛苦中挣扎却无能为力。为了补偿病人失去的能力，他们不得不承担起越来越沉重的照护责任。

据国际阿尔茨海默病协会（ADI）统计，2020年全球范围内约有5500万人患有阿尔茨海默病和其他类型失智症。预计这一数字将在2030年达到7800万，在2050年达到13900万。2001—2040年，患者增长速度最快的将是印度、中国等南亚及西太平洋地区国家。阿尔茨海默病的死亡率目前排名全球第四，仅次于癌症、中风和心血管病，但用于治疗和护理的费用却超过了这三种病的总和。2019年，中国记录在案的阿尔茨海默病患者有1324万人，但实际患者的人数远远高于这个数字，很多患者没有得到诊断从而未计入对该疾病的统计数据。

数据显示，2021年美国有620万人患有阿尔茨海默病和其他类型失智症，65岁以上人群中，每9人中就有1个患者。2020年，1100万个家庭成员和其他无薪照护者为患者提供了153亿小时的护理，配偶中健康的一方，在经年累月的沉重负担下，往往身心交瘁。在情感上，失去最亲密的伴侣，是失去自己的"另一半"；在生理上，健康配偶出现免疫功能下降、应急激素水平升高、伤口愈合缓慢、高血压等问题的概率更大。

这图景令人阴郁沮丧，作为健康配偶和照护者的他或她，该如何生存下去？

借由这本书，我邀请你走进我的世界——一个健康配偶照护病患配偶的世界。通过我的坎坷曲折的故事，你将和我一起亲历那些瞬间：我的爱与爱的失却、悲伤与绝望、我作为照护者经历的不幸与灾难、秘密与背叛、友情与同情。我坦诚地回溯，写下我的经历，并不是为了告诉你，作为一个照护者有多么高尚——尽管我确信如此——但是，轻描淡写的"高尚"二字，如何抵消作为阿尔茨海默病照护者年复一年的乏味操劳，又如何与日复一日无休无止的繁苦脏累相提并论？高尚从来不是我的目的，成为一名照护者也不曾是我的初衷，但当所爱之人患上不治之症，我与成千上万的家庭照护者一样，责无旁贷地挑起了这副重担。

在我踏上这一行程时，面对充满重重艰难险阻和未知的前途，我问自己，有没有足够的力量去完成这一场跋涉？前面的每一步该如何走下去？我多么想知道茫茫前路将会发生什么，好让我做些准备；多么想在黑暗中看到一束光亮，哪怕朦胧，哪怕遥远，能引导我前进的方向；或者，稍稍让我看见道路的尽头在哪里，好让我怀有一线希望。

而今，作为一个渡过了凶险水域却依然站立的过来人，我向正在照护病中丈夫或妻子的健康配偶们，向其他家庭照护者们，以及关注此病的人们讲述我的故事：当你经历悲伤、恐惧、挫折、痛苦、疲惫和沮丧的时候，当压力让你濒临崩溃的时候，请你相信，你并不孤独。对健康配偶和其他阿尔茨海默病照护者来说，这世上不存在仅有的路，也不存在唯一正确的路，更绝对没有容易通行的路，但那里有一条条穿越险峻地带的小路。我们中的许多人找到了自己的路径，有些更为崎岖，有些或许稍稍便捷。

我摸索到了我的路，希望你也能成功地找到适合你的。

这是一本关于健康配偶，那个担负着照护责任的人的书：记录了她的失落、绝望与挣扎，还有她的爱、仁慈、勇气、同情和友谊。我写这本书的目的是安慰和激励那些健康配偶以及担负重任的照护者，为了点亮他们心中的希望。那些阿尔茨海默病的照护者，是他们，在这种人类最严峻的环境中顽强地挣扎。

我长达九年的健康配偶之旅在书中逐步展开，但我并没有严格地根据时间顺序来叙述丈夫精神和身体的变化。时间只是为内容铺展提供一个背景，而故事的叙述在一系列的生活小插曲中进行，向你展示我作为健康配偶是如何学会应付未知，克服恐惧，和疾病做斗争的，从自己点点滴滴的经历中寻找力量，与周围的人们一起织补生活中被撕裂的安全网，也接受自己在这个过程中作为人都会有的局限和无可奈何。

这是一个学会在悲伤的时候寻找爱和微笑，在情感和精神上不断成长，最后，在哀悼和思念中重新开始的过程。

今天，或将来的某一天，这些可能会是你的故事，或是你的朋友、你所爱之人的故事。查理·卓别林曾说："想要尽情地欢笑，你必须能够直面自己的痛苦，并和它嬉戏。"当你继续阅读这本书的时候，你会遇到很多悲伤的故事，但我希望，偶尔，你也会被我充满痛苦、失落和悲伤的生活逗笑、吸引。

你会发现，擦干眼泪，生活依然迷人。

1
确诊

> 在我们人生旅途走到一半的时候,我发现自己身处一座阴暗的森林,因为笔直的康庄大道消失了。
>
> ——但丁(1265—1321),意大利诗人

那是 2002 年 10 月平常的一天。

我到波士顿开会。当飞机徐徐降落在波士顿洛根机场时,透过舷窗我看到,秋天已经挥舞它的画笔,在大地上描绘了一幅新英格兰特有的绚丽秋色——它把火红、深红、闪亮的金色,以及深深浅浅的黄色,都泼洒在街道和田野上,而几小时前,在我离开达拉斯时,依然是赤日炎炎的夏天。

拽着小巧的随身行李箱,我迈着轻快的步伐穿过机场拥挤嘈杂的大厅,一心想赶在下飞机的大队人马之前,率先一步登上出租车。急速行走使我浑身发热,偶尔一缕微风从自动门外吹进,让我感受到机

场外面正是秋高气爽,波士顿的阳光在色彩斑斓的大地上热情洋溢地照耀着。

我一边赶路,一边小心翼翼地避免与其他来来往往的旅客冲撞。隐隐约约地,我意识到机场的扩音器正在以千篇一律的内容提醒旅客对无人看管的行李和可疑行为提高警惕,但似乎随着每次重复,人们原本已经麻木的意识变得更加麻木了。

我的手机铃声响了。

看一眼显示屏上的地区号,我知道这是从迈阿密打来的电话,却并非我熟悉的号码。我没有放慢脚步,用我在接来源不明的电话时的那种不冷不热的语气回应:"我是乔安。"

电话的另一端是一个陌生男子的声音,带有浓重的外国口音。俄罗斯?波兰?还是罗马尼亚?

"我是拉比诺维兹医生,迈阿密大学医学中心的脑神经学科医生。你有时间吗?我需要和温菲尔德博士的家人谈谈他最近的诊断。他说我应该跟你谈,他不希望我跟其他人谈及此事。"

我的心陡然一沉,冒出一身冷汗,两腿也有些发软。

"是的。"我轻声地回答,屏住呼吸,好像如果我呼吸太用力,电话那端的陌生人就会像稀薄的水蒸气一样消失。周围的混乱和嘈杂声都淡出了,空荡荡的大厅里似乎唯有我一人独自存在。我找了一张附近的长凳坐下,继续对他说:"我在期待你的电话。"

一天前,我在达拉斯,克拉德从迈阿密打来电话,他正在那里接受心理和认知能力的检测。"我的检测已经结束,医生说我有dementia。"

"dementia?什么是dementia?"我快速地搜索大脑里的"英语词典",没有找到任何与这个单词相关的意思。哈,又一个新英语单词?这个词听起来很无辜,就像另一个听起来很相似的词differentia(小小的偏差)一样,没有什么可以引起恐慌的。

"dementia是一种记忆和认知能力衰退的表现,我想我只是在退休后变得懈怠了吧。"克拉德似乎也没把它当作一件大事。

"医生有没有说是什么引起的?你该做些什么?我该做些什么?我们应该做些什么?"我急切地问道,总是希望干脆利落地去对付出现的问题。

"医生说有可能是阿尔茨海默病。我告诉他不要给我贴上任何标签,我不想被归类放进一个盒子里去!"

典型的男人派头!典型的克拉德!他总是如此自信,给他一万年也绝不会让任何人告诉他——他是谁,该做什么,或者他出了什么问题——甚至连他的医生都不可以。相反,他会直截了当、毫不含糊地指示医生应该怎么说。

二十世纪三十年代初,正值美国经济大萧条时期,克拉德·乔伊·温菲尔德出生于美国南方的一个小镇。四岁那年他感染了肺炎,差点丧命。他记得自己躺在床上,不能动弹,也不能说话。他听见医生告诉他的母亲，日出之前他将死去；又听到姑姑要他的父亲把他的鞋子从床下收走，因为如果他死了，母亲将永远不会让别人挪动他的小鞋儿。但他"反驳"了医生的预测，奇迹般地活了下来。二十二岁那年，克拉德大学毕业，同时完成了美国空军"在校学生预备役军官训练"（ROTC），成为一名空军军官。那时朝鲜战争接近尾声，他被派往日本驻军，任务是驾驶飞机并每日为将军们提供信息简报。战后，靠着联邦政府依据美国《退伍军人权利法案》（G.I. Bill）提供的资助，他取得了金融学硕士学位和公共行政管理学博士学位，进入大学成为教授，之后又担任高等教育管理人员的职务，包括几次出任大学校长。

他酷爱阅读，也热爱旅行，到过世界许多地方；他为人慷慨，却不愿意接受别人的施与；他很容易被逗笑，但没有人能够愚弄他；他节俭，但不吝啬；注重品质，但从不铺张。我所了解的克拉德是个无所畏惧的人，常常用他那雄浑的男中音，带着明显夸张的严肃情绪，背诵在空军服役时学会的，被调侃篡改了字眼的钦定版《圣经》（King James Bible）：

是啊，即使我穿行于死亡阴影笼罩的山谷，我不会害怕邪恶，因为我是个比它们更邪恶的浑蛋！①

那个叫作"dementia"的东西绝不可能打败像克拉德这样的人！

---

① 《圣经》中的原话是："即使我穿行于死亡阴影笼罩的山谷，我不会害怕邪恶，因为我有你与我同在。"

可是，阿尔茨海默病是一个完全不同的"浑蛋"，里根总统不也得了阿尔茨海默病吗？

当我听到"阿尔茨海默病"这个词时，"dementia"这个词失去了它原本无辜的光环。尽管如此，我还是坚守我心中的"温菲尔德的自信心"——温菲尔德可能是错的，但从不自我怀疑。

当然这可能只是误诊。我们一定会有针对的措施！克拉德不总是为我们遇到的每一个麻烦都提供了比实际需要更多的解决方案吗？

克拉德的声音把我从沉思冥想中拉了回来。"拉比诺维兹医生说，他需要与我的家人谈谈诊断结果，我告诉他，你是我唯一同意知道诊断结果的人。他很快就会给你打电话。"

我们私下里给这个医生取名叫"兔子"（rabbit），因为"拉比诺维兹"（Rabinowitz）的发音对我来说生涩拗口，更别谈还要记住如何拼写这样一个复杂的名字。

"好吧，我盼着你回来。"克拉德和我结束了我离开达拉斯前的那段谈话。

在那天接下来的时间里，我一直在试图说服自己没有什么可担心的，"克拉德不是说过没有什么可担心的吗？他不是几乎总是对的吗？"

然而，一种不安的感觉挥之不去，那个词——阿尔茨海默病……

"你知道温菲尔德博士上周进行了心理及认知检测吗？""兔子"医生那带着浓浓东欧口音的声音在电话的另一端继续着。

"知道。"

"我已经完成了对他检测结果的分析,温菲尔德博士患有失智症。"

"克拉德告诉我了,他说失智症是随着年龄增长记忆逐渐衰退的一种形式,是很常见的。你能告诉我他的失智症是怎么回事吗?"

"嗯,失智症只是一个神经学上用于记忆丧失的广义词。失智症种类繁多,有暂时性的,也有长期的。我对温菲尔德博士的诊断是,他患有阿尔茨海默病,这是一种特定形式的失智症,是一种会不断发展和不可逆转的脑神经系统疾病。"

突然间,机场的空气变得稀薄,我喘不过气来。

阿尔茨海默病!"兔子"医生真的说了这个词吗?他是真的那么认为吗?我真的听清楚他那么说了吗?我是否正确理解了他说的话?

毕竟,我的英语理解能力曾多次造成误解。小小的误解有时会造成很大的误差。比如有一次,我给一位男同事发电子邮件,告诉他我会给他"信息"——message,而我错误地拼写成"按摩"——massage。后来见到他时,他的反应使我迷惑不解,他为什么那么尴尬地笑着?

但"兔子"说得很清楚,他的发音如此清晰,"阿尔茨海默病"这个词从千里之外朝着我袭来,像一个重量级拳击手,一拳击中我的脑袋,打得我头晕目眩。

"温菲尔德博士向我明确表示,我不应该给他贴上标签。我尊重他的意愿,不称他为阿尔茨海默病患者,但我必须和他的家人谈谈他的病情。他说你是我唯一应该说明情况的人。"

"是的,他告诉我了。"

"温菲尔德博士说,他已经退休了,现在是迈阿密大学董事会的顾问。是这样吗?"

"是的。"

"温菲尔德博士已无法对事情做出正确判断。作为他的医生,我必须告诉你,对我来说他还在继续工作是不可思议的。"听起来"兔子"医生对他任职的那所大学的董事会顾问是个脑神经系统严重受损的病人深感震惊。"他的认知能力已经严重丧失,他失去了大量能够做出正确判断所必需的 faculties(脑细胞)。"

这太讽刺了!"兔子"医生用了"faculties"这个词。这是一个多义词,除了"脑细胞"外,另外还有"院系"和"教授们"的意思。克拉德曾经多次讲起那个老笑话:"老了的大学校长从不会死去,他们只是失去了 faculties。"这句话表面上似乎在说"老了的大学校长失去了教授们",但实际上是隐喻"老了的大学校长失去了脑细胞",不会思考了。

"他说他仍然独自旅行,是这样吗?"

"是的。我们有时一起旅行,但他经常自己去迈阿密参加董事会的工作。我不能总是陪伴他,因为我在达拉斯的南卫理公会大学工作。"不知为什么,我觉得有必要解释,好像不能总是和他在一起是我的错。"其余时间他来达拉斯,是和我在一起的。"

"温菲尔德博士不能再独自旅行。他的记忆力严重受损,他会犯糊涂,会迷路,独自旅行是不安全的,必须有人和他在一起。他的病情还会发展，最终不仅会失去记忆、理解和认知能力，还会逐步丧失照顾自己的能力。你需要重新调整家里的一切，因为一切都可能伤害他。随着病情的恶化，他最终将完全失去生活能力。"

在电话的另一端，"兔子"医生的声音继续着，直率但也不无同情之心地告诉我关于阿尔茨海默病带给患者和家人的惨淡前景。与此同时，我的思绪却沿着另一条轨道行驶而去。几年来，我察觉克拉德的行为有些不对劲，某些事情开始变得"怪异"。例如，他偶尔忘了关抽屉、水龙头和电灯，有时忘记冲马桶，甚至还发生交通事故。这种大意和草率的行为绝非克拉德所有，他一向干净整洁，还是一名驾驶技术绝佳的司机。我以为他的优秀品质源于空军时期的训练，以及多年来在曼哈顿、芝加哥和其他大城市工作、生活养成的好习惯，因为在大城市里一个人的驾驶技术攸关生死，但克拉德把他的好习惯和能力归功于他有一位好母亲。

我需要对他新冒出来的看似粗心的行为做一个解释，便和他开玩笑，说他可能得了阿尔茨海默病。

为解开我对他"到底有还是没有"挥之不去的疑惑，我查阅了一些有关阿尔茨海默病的信息。虽然我无法诊断他的病情，但我对阿尔茨海默病将给患者、患者的配偶和家人带来怎样的痛苦和灾难有了初步的了解。我知道克拉德会逐渐坠入一个无底的黑洞，那里既没有朋友也没有家人；一切都无法辨认，一切都难以理解；过去将会消失，未来永远不会到来；最终，在他的意识里将一无所有——他自己不存在了，我也不复存在！然而，我们在一起的生活还会继续下去，几年？几十年？

电话的另一端，"兔子"医生以充满同情的话语结束了我们的谈话："我很抱歉，随着他病情的发展，你的生活将变得非常艰难。请保重，祝你好运！"

我的克拉德刚刚被判处"死刑"。

在过去的十三年里他一直是我的导师、我的伙伴、我生命之舟的锚，他是我最好的朋友和保护者。我，此刻正面临着生命中最巨大的失落。在洛根机场宽阔拥挤的大厅里，我感到孤独无助。克拉德——一直支撑着我生命的坚不可摧的擎天柱，正在坍塌。悲伤像一座倾倒的大山压在我身上，脚下得以立足的地面崩陷了。

与此同时，在我生命的最深处，一个坚实的决心缓缓成形：克拉德，是你使我成为一个更坚强的女人，我将坚定不移地陪伴你，一起踏上这段旅程，无论它的终结将我们引向何时何处。

"The will to win, the desire to succeed（取胜的意志，成功的渴望）"，这句英文谚语被认为译自中国古代思想家、教育家孔子的思想（尽管我对原文进行详尽搜索，仍未能确定其出处），是来自祖先的智慧和激励。先哲的勉励支撑着我的脚步，我迈步走出了机场，"兔子"医生的离别话语依然在我耳边回荡着——

"……祝你好运！"

克拉德确诊后不久,我们在得克萨斯州达拉斯"小牧场"的家中。

2
家，甜美的家

> 一个房子不能成为家，除非里面有食物和能够激励头脑和体魄的热情。
>
> ——玛格丽特·富勒（1810—1850），美国女权主义者

2003年，多国科学家合作进行的人类基因研究项目宣告完成。该项目成功地测序和绘制了人类基因组中的脱氧核糖核酸（DNA）碱基对，这一研究将给科学和医学领域带来巨大的长期影响，包括提高对阿尔茨海默病——这一公认不可逆转的绝症的理解、诊断和治疗水平。治愈阿尔茨海默病的遥远希望，离我们稍稍近了一点。

对于克拉德和我来说，这是我们一步一步艰难地跋涉，学习如何与阿尔茨海默病共存的漫漫路途的开端。

2002年感恩节前，在"兔子"医生对克拉德的认知状况做出了不容置疑的评估之后，克拉德辞去了迈阿密大学董事会顾问的工作（早

该这么做了），从阳光明媚的佛罗里达州的比斯坎半岛搬到了孤星州[①]的达拉斯，和我住在一起。

得克萨斯，异样的国土！

"一切都大"是得克萨斯的特色：女人喜欢梳着蓬松巨大的发型，佩戴超大的饰品，化着在我看来十分夸张的浓艳妆容。男人的帽子大如雨伞，皮带扣大如餐盘。别处豆粒大小的软心糖，在得州居然大得如同鹅蛋。而且，人人开皮卡。为什么呢？

"拉驴子！"人们这样回答。

也许他们在说"拉蠢货"，因为"拉驴子"的英语原文"haul ass"里的"ass"是个多义词，除了"驴子"外也有"蠢货"和"屁股"的意思。

达拉斯的别名是大 D。就好比纽约的别名是大苹果，因为她时尚，都市化，和 B—I—G！

大 D 的北边，有一条名为"小牧场"的街道。街道尽头，坐落着一座宽敞的得州牧场式单层建筑。银灰色的屋顶是新换的，为了反射得克萨斯夏日炙热的阳光，我特地挑选了浅色。砖墙混合着深浅不一、各种颜色的砖块，淡红色、非洲灰色、磨损过的白色……给人一种经风沐雨的沧桑感。这所房子的外墙和房顶的颜色，令人联想到一个老年白人的脸，像极了克拉德那白色、略带粉红、有些苍老的面容，上

[①] 得克萨斯州的别称。

面覆盖着灰白相间的银发。

"你和房子一样，都老得很优雅。"我告诉克拉德。

春天，门前半圆形的车道环绕的花坛，两棵高大的不结果的观赏梨树开出层层叠叠的白花，郁金香和水仙花肆意绽放，吐露着红、白、黄各色花朵，吸引着人、狗、松鼠、鸭子、鸟儿、蜜蜂和蝴蝶等所有过往者的眼球。

整个夏天和秋天，后院游泳池里清澈的池水浮光跃金，尽管没有美人鱼迷人的歌声诱惑人们下水去小试身手。紫薇伫立在池边摆动着肢体，把她们凋零的深红色花朵任性地抛入水中，迫使游泳池的清理工和我不得不追逐打捞源源不断落入其中的残花败叶。谁也没有抱怨，因为每个人，每一个生命的存在，都必须明白，生命存在的基本原则之一，就是永无休止地调整和适应变化。

房子里有四间宽敞的卧室，两间敞亮的客厅，以及多个或必不可少，或可有可无的辅助房间。后院的游泳池，使得得克萨斯炎热的夏天变得好过一些，但我看中这个带游泳池的房子的真正原因，是为了吸引我儿子斯图尔特常常回家。他刚刚进入达拉斯最著名的私立大学南卫理公会大学（SMU），我就在这所大学任职。在我的想象中，男孩和女孩在游泳池里嬉戏，整个后院洋溢着年轻人充满活力的笑声。事实证明，这只是我的一厢情愿。对一个近二十岁的年轻人而言，男女同校的大学生活，远比在父母深藏警惕的眼皮底下游泳，更能令他们享受无拘无束的快乐。

即使没有儿子斯图伊①和他精力充沛的朋友们的出现，这所房子对克拉德和我来说仍然是甜美无比的家。

我们用简单健康的食物和丰富多彩的话题滋养我们的身体和头脑，至少在最初的几年里是如此。我们与家人和朋友们分享美味可口的盛宴，哦，那每天早上弥漫在房子里的咖啡和烤面包的香气是何等温馨！夏天的傍晚，克拉德和我会等太阳下山后跳进泳池比赛游泳。

搬进"小牧场"后的第一个秋天，爸爸妈妈从上海来了。爸爸和克拉德坐在天井里一聊就是几个小时，他们谈论中国、美国和它们以外的博大世界，谈论历史、政治、哲学和它们之间的各种话题。爸爸可能拥有不超过两打的英语词汇量，而克拉德正在不断的遗忘中缩小他的英语词库，这使得他们的英语对话或多或少更为平等。

冬天来了，壁炉里的火苗散发出光和热，克拉德和我伴随着风行于美国二十世纪三四十年代大乐队时代的音乐，在和舞厅一般大的客厅里翩翩起舞。每天我蹩脚的钢琴练琴声伴随着克拉德的男中音回荡："没有人知道我见过的麻烦，没有人知道我的悲伤……"这是一首反映黑奴的痛苦和挣扎的早期美国南方歌曲。

* * *

随着时光的流逝，克拉德的脑细胞越来越明显地减少，它们毫不留情地离他而去。虽然这是一个看不见的事实，因为想要百分之百确

---

①斯图尔特的昵称。

诊阿尔茨海默病只能通过对大脑的解剖来完成，也就是说，只能在患者死后进行。然而对我来说，毫无疑问，我能切切实实感觉到这个不可逆转的事实的存在。

大D的夏天阳光热辣辣的，空气潮湿，白日漫长。

周末的一天，我照例在厨房里做着家务。我不时转头向外望去，后院里生机勃勃，令我愉悦。紫薇的落红漂浮在蔚蓝的水面上，偶尔吹来的阵风，像是在弹拨水面一道道闪亮的琴弦，不知名的鸟儿们扎入水中，又彼此追逐着冲向高空。突然，我注意到，克拉德正在从一个房间走到另一个房间，悄悄地、梦幻般地游走。他仔细扫视每个房间，无声无息的像个幽灵，眼睛睁得大大的，目光中满是好奇和困惑，像孩子的眼睛第一次看到新的事物，但他的目光中没有孩子般的兴奋，只有重重困惑和忧虑。

"宝贝，你在找什么吗？"我问。

没有答复。

"也许我可以帮忙？"仍然没有听到回应。

于是我放下正在做的事情，走到他身边，抓住他的一只手，开始和他一起走，从一个房间走到另一个房间。不知怎么的，宽敞的客厅更显得空落落的大而无当。

"亲爱的，我们在哪里？我不知道我在哪里。"他说，像一个孩子，一个迷路的孩子。

"宝贝，你在家里，这是我们的家。"

"真的吗？我不认识任何东西。"

"宝贝，看，这是你的书，那是你的椅子，现在记得了吗？"

他努力地回想，但意识中空空如也，一无所获。

"来吧，让我给你看看你的衣服和鞋子。"我没有放开他的手，而是把他带到了卧室。他前一天晚上穿的T恤搭在躺椅上，我拿起它嗅了嗅，举起来放在他的鼻子前面，"闻一闻，你感觉到它充满了你的DNA吗？"

他嗅了嗅，像乖巧的孩子一样温顺地服从我的指令，然后看向我。他的眼睛告诉我，他仍然不知所以。后来我了解到，嗅觉减弱也是阿尔茨海默病的症状之一。

"看看这张照片，这些人是谁？"我从梳妆台上拿起一张照片。

"我不认识这些人。"他仔细看了一下照片，那双曾经充满智慧的灰绿色眼睛，变得混沌无光。在未来几年里，这双眼睛将变得彻底空洞。

这张照片摄于一年前的圣诞节前后。克拉德的弟弟、弟媳妇、妹妹、儿子和儿媳妇都来到达拉斯，在这所房子里和我们共度圣诞节。照片里，我们站在一棵灯火通明的圣诞树前，节日气氛浓浓的，每个人看起来都很漂亮，也都很快乐。我还没有把克拉德的病情告诉任何家庭成员，因为他曾非常坚定地说："我不希望你把我的诊断告诉任何人！"

"你看看这些孩子，你认识他们吗？"看到他苦苦思索仍不得其解，我转向另一张照片。"这些是你的孙子辈。看，你抱着你的外孙女，那时她还在蹒跚学步，看看她胖腿上的小窝窝，看看你笑得多么自豪。"

多年来，他一直把这张照片的缩小版装在皮夹子里。在我们早年约会的时候，他第一次拿给我看的照片就是这张，当时我十分惊讶，这个黑头发的男人怎么会有这样一个金发的外孙女？因为我们中国人的黑头发，无论气候或季节怎么变化，无论是经历几代人，除了因年老变花白，颜色基本永远不会变化。他解释说，他的女儿和孩子们住在佛罗里达州，那里过分充足的阳光晒浅了他们的头发。

为了唤起他的记忆，我拿起了另一张照片，"你一定认识这两个很好看的人。"

在这张故意做得发黄、褪色，看起来很有复古味道的照片中，站着一男一女，他们的穿着打扮，一个像是早期来到美洲的白人开拓者，另一个像是印第安女人，他们的身旁放着一只俄勒冈小道时期装在大篷车上的那种旅行箱。俄勒冈小道是从美国中部的密苏里河通往东部哥伦比亚河的小路，最早由毛皮商人踏成。1842年以后，俄勒冈小道成为拓荒者由东向西进入西海岸俄勒冈，进而开发美国西部的主要干道。

"你还记得吗？那天我们在山姆俱乐部，我使劲逼你，要你和我一起拍这张照片。"我曾经告诉克拉德，在我们的"小牧场"里，住着一个牛仔——他，一个印第安女人——我。我的黑眼睛，黑头发，和相对黝黑的肤色，可以很容易地混充美国印第安人。

"这一张怎么样？"以上海外滩矗立着的殖民时期的建筑为背景，站立着一对头发黝黑、眼睛明亮的男女，他们看上去年富力强，健康快乐。这张照片是1997年我们首次同去中国时拍摄的，那时，那些占据了整个外滩天际线的摩天大楼还没有出现。

"宝贝，这是你和我第一次一起去上海，看看你的头发多么黑！"

那是多么无忧无虑的日子啊！

"时光飞驰，快乐青春转眼过。"虚晃迷离中，几句老黑奴（Old Black Joe）的歌词横穿进来。突如其来的失落感如滔滔洪水充满了我的内心：唉！一去不复返了，那些美好时光！

然而，我坚决果断地推开了试图用悲伤、痛苦和哀悼来窒息我、吞没我的黑暗力量。作为健康配偶，她是病患配偶的保护者，她必须保持自己的坚强和稳定。我就是那个责无旁贷、重任在肩的健康配偶！

"过来，克拉德，来和我坐在一起！"我迅速地把自己从触景生情的场景中移开，这样就不会被突发的伤感卷入深渊。

我们手牵手穿过房间，走进厨房。

我泡了一壶甘菊茶，温暖的液体使我得到了一些宽慰，然后继续做着刚才中断的家务，为晚餐清理一条漂亮的鱼，清洗蔬菜。看着我的克拉德，我自我安慰，至少我的丈夫仍然在我身边。我和克拉德做一些简单的对话，回忆过去是帮助克拉德保持记忆的好方法之一，熟悉的话题会使他不那么困惑和焦虑。

"克拉德，你在哪里出生的？"

"当你的妹妹出生时，你多大了？"

"你在儿童时期挨过饿吗?"大萧条时期很多美国人是饿过肚子的。

但过不了多久,他又变得焦躁不安。他一言不发地站了起来,开始走来走去,悄无声息,梦幻般地,像幽灵般地走着,似一片浮云,一条搅动的鱼,一个迷途的孩子。他在房子里徘徊了几个来回,然后"飘"回我的身边,"亲爱的,我准备好了。"

"'准备好了'什么?"

"我准备回家了。"

"但这里是你的家,我们在家里。"

"是的,亲爱的,我知道。但我的意思是那一个家,你懂我的意思的。"

"不,我不懂你的意思。"

刚开始,我的确不知道他在说什么。

阿尔茨海默病患者往往先失去新的记忆,而旧的记忆会保存更久。他是指他以前住过的那些房子吗?他要回归阿肯色州的柯蒂斯?他的出生地和童年的家?还是后来得克萨斯州的阿卡德菲亚、达拉斯、考莫斯、拉伯克?是锡拉丘兹大学所在的纽约州的锡拉丘兹、宾夕法尼亚州立大学所在的大学城,或是北伊利诺伊大学所在的德卡尔布?是他曾经工作和居住的得克萨斯州的达拉斯和埃尔帕索、纽约州的曼哈顿和曼哈塞特、佛罗里达州的珊瑚城?或是纽约州的老韦斯特伯里、后来的伊利诺伊州的埃文斯顿、佛罗里达州的比斯坎半岛?还是他最终第三次重返得克萨斯州,我们今天在大 D 的这个栖身之所?

这些地方他都曾居住过,这些他曾经称之为家的地方仍然可能存留在他记忆的碎片中,他想到了其中的哪一个呢?

他在家找家,哪里才是他迷茫中苦苦找寻的"家"?

他想去哪里?他能去哪里?我们可以去哪里?

在好几年的时间里,"在家找家"的纷扰每天发生。

有时是在我下班刚回到家,但更多是发生在我们吃完晚饭后,所有的家务活做完了,我正准备松一口气时,那个熟悉的声音立即令我浑身紧张。

"亲爱的,我要回家。"

一天晚上,我重复解释了五十多次,一遍一遍地告诉他,我们已经在自己的家里了,都无法让他接受这一事实。我又挖空心思设法去转移他要"回家"的念头,但仍然不能奏效。折腾了几个钟头之后,疲惫和沮丧不可避免地占据了我的整个身心,我所有的美德,包括耐心、理性、幽默感、坚韧和力量,都弃我而去。我的嗓音从 55 分贝升到 125 分贝,达到救护车警笛的水平。

极度绝望中,我对他大喊大叫:"我不知道你想去哪里,去你想去的任何地方吧!"

他沉默了,他的沉默使我感到内疚。

他觉察到了我的沮丧,但他完全不明白为什么我失态地对他叫喊。在他失去记忆的意识中,每一次他对我说"亲爱的,我要回家",都是第一次提出这样的要求。

他的沉默是短暂的。不到五分钟,他又来了:"亲爱的,我要回家。"

"我们在家里。"我仍然处于精神紧绷的状况中,但已经能够较好地自我控制,来应对他的胡搅蛮缠。

"你知道我是什么意思的。"

"是的,我知道你的意思,但你知道你自己的意思吗?"有时候,我还是不放弃取笑他的机会。

美国著名非裔女诗人玛雅·安杰卢说:"对家的思念,是我们所有人都有的一种痛。家是一个安全的地方,在那里我们可以感到自如,可以不必为自己是谁被质疑。"

阿尔茨海默病患者对"家,甜美的家"的渴望如此强烈,以至于这种坚持不懈"回家"的恳求在他们当中相当普遍,在支离破碎的记忆中苦苦寻找一个能够让他们感到熟悉和安全的地方,却求之不得。

有人推测,他们渴望的是童年的家,因为旧的记忆在他们脑海中存留得更深更久,他们可能已经遗忘了正置身于其中的家。那么,那些从未离开过童年家园的患者是否也这样,孜孜不倦地总想着"回家"呢?是否有可能,他们苦苦寻找的"家",并不是用砖瓦搭建的,而是随着他们失却的记忆而失却的,那种让他们熟悉和安全的感觉?

家,甜美的家,一去不复返了。

而这仅仅是个开始,在未来岁月里,失去的将会更多……

"小牧场"的前院景观。

"小牧场"的后院景观。

在斯图尔特的高中毕业典礼上。

2003年,伊利诺伊州韦斯特蒙特,克拉德和我的父亲。

假扮成一对老情侣。

克拉德抱着他的外孙女。

3
偷东西的人

小偷的头号规则是，没有什么东西因为太小而不值得去偷。

——吉米·布雷斯林（1928—2017），美国作家

2004年春，达拉斯又迎来春暖花开的一年。"小牧场"家门前两棵不结果实的梨树上，小小的白花再次覆盖了整个树冠，形成两个近乎完美的巨大白球。花瓣纤细、柔弱，短暂盛开之后，像纷纷飘落的雪花，在树下铺了一张雪白的毡毯；一阵微风掠过，毡毯瞬间被撕裂了。

和春天一起来的是屋子里的东西陆续"失踪"，先是裁纸刀、剪刀、眼镜一类小东西，之后是散落在房子各处的小纪念品，一个有着几何图案的意大利玻璃镇纸、一个有着蓝色和金色圆圈的土耳其"邪恶之眼"小瓷盘、一个雕刻着精致的鸟儿和菊花的中国玉雕，还有一个记不得来自何处，据说拥有愈合伤口神奇力量的水晶球……甚至一

些锅碗瓢盆也不见了踪影。

是谁拿走了这些东西？丰满的清洁女工？瘦弱的水管工？还是表情严肃的灭虫工？是那个笑嘻嘻的家具送货员？还是前几天进来上过厕所的满头大汗的游泳池维护工？或许是那些蹦蹦跳跳的邻居家的孩子，他们在我们的游泳池里嬉闹过后进来洗澡时，好奇心把他们引入歧途？

无穷无尽的可能性，每个人都是嫌疑人。

经过一番精明的逻辑推理，我得出结论，最有可能的罪魁祸首非他莫属，就是我亲爱的丈夫。

"克拉德，你看到我的丝巾了吗？那条你最后一次去泰国时在曼谷的吉姆·汤普森丝绸商店为我买的？"

"它看起来像什么？"

"它看起来像一条丝巾。"它看起来真的像一条丝巾。

"亲爱的，你知道我的意思。"他既没有看到他的问题的滑稽之处，也没有意识到我回答中的幽默感，"你把它放在哪了？"

"我想我昨天回家时把它搭在早餐桌旁的椅子背上了。"

"亲爱的，别担心，一定在家里的什么地方。我来帮你找。"他听起来很认真也很无辜。

我们搜索了主卧室的壁橱、大厅的壁橱，和其他卧室的壁橱；我们查看了浴室的门、书房的门、客厅的门，和其他可以挂丝巾的门；

我们寻找了门厅、厨房、储藏室、车库和汽车的内部；我甚至趴在地上查看了床、沙发、梳妆台、箱子和任何一个一条丝巾可能会自愿或非自愿地藏到底下去的家具，以及任何一个合情合理或不合情理的头脑，可能会将一条丝巾放在那里的地方。

没有丝巾。

"你会把它留在办公室里吗？有人可能会把它拿走吗？"现在他听起来有些担心了。

"克拉德，你有没有看见我的丝巾？是你把它收起来了吗？"

我经常心不在焉，杂乱无章，随手把东西乱丢在家里的任何地方。外出时，也常丢三落四。克拉德习惯把我乱扔的衣服挂起来，他喜欢家里整洁有秩序；我喜欢他把我的衣服挂起来，保持家里的整洁有秩序。他弥补了我的不足，可那都是在他"头脑进水"之前的事。

他在记忆中搜索了一会儿，仍然一无所获。"没有，我没有。"

"我确信把它放在厨房的椅背上了，家里只有你和我两个人。"我理性地判断。

从道理上讲，我理解在克拉德被阿尔茨海默病损伤的头脑中，他所有怪诞的行为在他看来都是必要的。引用美国电影导演塞缪尔·富勒的话，"做一个妓女并不意味着邪恶；扒手，甚至小偷也一样，他们总是认为他们所做的事是有必要的。"然而，对我这样一个头脑健康的人来说，接受病患配偶由于生病而产生的非理性、非逻辑思维，并不等于排除自己的合理推论。理性思维不是一个说关就可以关掉的电灯开关，健康配偶的理性本能会使我产生竭力保持正常思维和行为的欲望，使我总想把事情"做对头"。

"克拉德，你为什么把煎锅放在衣服抽屉里？你知道这不是它该待的地方。你这样做的时候，到底在想些什么？"

"这不是我干的，你知道我没有。"

"家里只有我们两个人。如果不是你干的，你认为是我干的吗？"

"我不知道，别人也可能会这样做的。"克拉德困惑地盯着占据抽屉大部分空间的油腻煎锅，它不合时宜地躺在他那堆洁白的纯棉内裤上面。

"谁是别人？我上班后，还有人来过家里吗？"

"我不知道。有可能会有别人来过，我想你认识他们中的一些人。"

克拉德曾经是一个非常出色的演说家。在高中时，他曾是辩论团的成员，教练说他的声音和美国著名演员吉米·斯图尔特的声音很像。他在曼哈顿的巴鲁克大学当校长期间，因为大学没有礼堂，每年的毕业典礼都在卡内基音乐厅里举行。他在那里发表了多次毕业演讲，他用那酷似吉米·斯图尔特般的声音慷慨陈词，总是能够令人信服，而且大多数时候合乎逻辑。

"但是，是谁呢？谁会来我们家拿我们的东西？你说的话合乎逻辑吗？"我不准备屈服于歪理。

"那、那些……人。"他当然叫不出任何名字。

"你知道我不会这样做的。"克拉德自我辩解。"亲爱的，你对我不满吗？为什么出了事总是我的错呢？"我听出他声音中带着受到伤害的感觉。

*　*　*

理性和非理性的世界经常处于战争状态。对于没有认知障碍的人，理所当然地，大脑会产生理性的思想和论点，会按照逻辑运行得出结论。理性占据主导位置的健康大脑，对阿尔茨海默病患者的非理性论点或行为的接受，往往是个很纠结的过程，需要健康配偶有意识地扭曲自己的理性思维，对正在发生的事情学会换位思考。在我成为照护者的初期，迫使自己的理性让位给非理性的挣扎过程，常常使我产生挫败、沮丧、疲惫、内疚，甚至愤怒的情绪。

大卫·申克在他的著作《遗忘：阿尔茨海默病》中记录了好几个健康配偶所经历的挣扎和转变的例子。一个名为 N.B. 的人说："我苦苦地为保持自己的诚实而努力。"他列举患病的妻子"捏造"出来的种种臆想中的危机，她坚信不疑那一切正在发生。他左思右想，最后说："我找不到任何理由告诉她，她有一个可怕的不可治愈的退化性疾病，是这个疾病让她感觉到种种不存在的危机……对她说出这些真相可能会使我感觉痛快，但她需要的是安慰和安全感，而不是真相。"

最终，我也学会不再以"倒摸羽毛"的方式据理力争了；相反，我调整自己，融入了阿尔茨海默病患者奇异的思维世界，在那里，幻觉和扭曲取代了现实。我的转变需要时间、耐心和坚持，但最重要的是我有意识地努力。渐渐地，我的生活方式发生了转变，大多数时候，我能够平静地面对混乱，甚至坦然地笑对克拉德那个荒谬的世界，那个已被我们共有的世界。

一个星期六的早晨，我帮助克拉德整理他的档案柜，在此之前我从来不动他的档案柜。打开之后，我发现了他的"赃物"藏匿点。在抽屉里，我不仅发现了吉姆·汤普森丝巾，还发现了裁纸刀、剪刀、几副眼镜、意大利玻璃镇纸、土耳其"邪恶之眼"、中国玉雕，和不知从何而来的水晶球等。

多年来，在我们的垃圾桶里发现的东西包括眼镜、手机、电视遥控器和钥匙，床底下出现了报纸和书籍，梳妆台抽屉里面有盘子……

噢，还有，克拉德的口袋！

经常出现在里面的东西包括袜子，有或没有它们的伴侣（单只的或成双的）；纸巾，干净的或略微使用过的；脏兮兮的抹布；未付的账单、未开封的邀请函、没有回的电话留言单以及一些信件。令我惊愕的是，有些信是寄给邻居的，显然，是他从邻居的邮箱里"偷"来的。有时我会高兴地看到几张等着兑现的支票。

克拉德的"偷窃"行为持续了几年。要说服克拉德这些不是他的东西，"偷"别人的东西是不对的，是完全徒劳的，他不会承认自己有不当行为。在他的头脑里，他之所以做这些事，是因为这些事有必要做，而他完全是诚实的！

* * *

克拉德确诊后的第四年，2006年春天的一个下午，我美丽的女友唐娜和她的新男友肯尼，一个高大英俊，衣着精致的汽车推销员，来我们在大学公园城的新家看望我们。"芭比娃娃和肯尼",我这样戏称他们。

我们在客厅里聊天,克拉德也和我们坐在一起,静静地听着,试图理解大家在讲些什么。谈话正在进行中,肯尼站起身来,走到克拉德身边,问道:"克拉德,我能借用一下你的手机吗?"

"当然啦。"克拉德说,他在口袋里摸索了一会儿,掏出手机递给肯尼。

"为什么你要借他的手机?"我很困惑。

帅哥肯尼不是有自己的手机吗?为什么不借他的芭比娃娃的或我的?

"谢谢你。"肯尼从克拉德手中接过手机,不慌不忙地微笑着举给我看。

帅哥肯尼手中握着的,是他自己的手机!

挂在壁橱里的吉姆·汤普森围巾。

4
女王和酷儿

整个世界都很奇特,只有你我除外,
甚至你也有些怪异。

——罗伯特·欧文(1771—1858),威尔士空想社会主义者

2004年初夏的一个星期天。

九点半,我才像女王般慵懒地从我的美容觉中醒来。从窗帘的缝隙中,我可以看见得克萨斯的太阳热情地闪耀着,快乐并慷慨地把它的温暖播撒在孤星州属于我的这个小小角落。

克拉德起床已经有一会儿了。我知道此刻他已经吃完早餐:两片全麦面包,用黑咖啡冲入肚子,很平凡,很没劲的搭配。现在他应该正坐在厨房的桌子旁,慢慢啜着黑咖啡,同时漫不经心地翻阅着《华尔街日报》。

"嗯嗯——"我舒展双臂,伸了一个最大的懒腰。在一个长而深的

睡眠之后，什么都无法比这更能给人带来身心上的满足了，甚至做爱都无法与之相比！

满心愉悦的我开始大声歌唱，嗓音沙哑又走调，我知道我会引起克拉德的注意。

"阳光洒在我的肩上令我快乐。

阳光照耀在水面上使——我哭泣。"

我即兴创作，怪腔怪调，还故意把"使"字拖得很长很长。这是约翰·丹佛的歌曲《阳光照在我肩上》。

卧室的门开了一条小缝，然后慢慢地变大。克拉德走了进来，手里端着一杯咖啡。

"使我'振奋'，不是使我'哭泣'。"我一直把英文的"high"，即"振奋"，听成了"cry"，即"哭泣"。他走到床边给了我一个吻，然后把咖啡放在梳妆台上，再拉开窗帘，让阳光泻入室内。

"但是我喜欢用'哭泣'这个词，"我固守我的独立个性，绝不认错，"因为我是如此地开——心——"

话没说完，一股强烈的烧焦的气味扑鼻而来。

"什么味？"我像弹簧似的从床上蹦起，"宝贝，你在煮东西吗？"

克拉德立即转身向厨房走去，我紧随其后。

厨房里，滚滚黑烟从小烤箱里喷吐而出，整个厨房烟雾弥漫。克拉德赶到小烤箱前，弯腰朝里面张望，顺手打开了小烤箱的门。

呼——一团烈焰从烤箱里蹿出，扑向他的脸。他踉跄着后退，愕然而无措。

我大步向前冲去，一把抓住他的手臂，将他推到一边，然后迅速关上小烤箱的门。

"关上门！"我咆哮着，"不要让空气进去！"

我拔下小烤箱的电源，拽着克拉德的手，把他拉到厨房外面的天井里，对着阳光检查他的脸。

他一脸震惊和迷茫，怎么回事？

他困惑地揉着脸，虽然不言不语，但目光在询问"一定发生了什么。为什么我脸的感觉很奇怪？"

原来，听到我的歌声后，克拉德就为我在小烤箱里烘烤了两片面包，然后捧着咖啡去了卧室。而小烤箱不像功能简单的烤面包机那样会自动关闭。幸运的是，在这场事故中，克拉德只受了轻伤，他损失了本来已经稀疏的所有眉毛，还有部分额前的头发；如果他早上没刮胡子，他的胡须将蒙受巨大损失，事故的严重性也有可能不堪设想。

到时候了，我应该为我们的家做一个《克拉德防护案》了。我的老马，"克拉德斯代尔"，已经成为一匹迷途不知返的老马[1]。

我一边默默地思索着，一边打开门窗放出烟雾。

这之后的几周内，我在家里进行了一次安全大整顿，排除隐患。

---

[1] 克拉德（Clyde）的名字和以强健著称的美国名马 Clydesdale Horse 相近。

小烤箱被换成一个两片式烤面包机，只需按一个键即可烘烤面包，而且它很聪明，会自行关闭。程序复杂的咖啡机被换为市场上最便宜、最容易操作的一键式咖啡机。为了防止克拉德开启煤气灶或大烤箱，我拆下了炉具上所有的旋钮。用煤气炉烧开水的水壶被换成电热水壶，能在水沸腾后自动切断电源。我还在微波炉、电视遥控器和室温调节器上贴了绿色和红色的圆点贴纸，绿色表示"开"，红色表示"关"，像交通指示灯一样容易识别，以这个方式来提示克拉德"开"和"关"的按钮在哪里。家具也重新摆放，让他在房子里走来走去时没有潜在的障碍。

为了让克拉德方便联系到我和其他家庭成员，我给他的手机设置了一键式拨号。

我告诉他，这些数字的设置理念运用了一条老幼皆知的得克萨斯逻辑："不要惹恼得克萨斯的女人！"我用"5"代表自己，理所当然地占据中心位置；"4"代表他的姐姐，"6"代表他的女儿——他生命中的女人们是他宇宙的中心；"3"代表他的弟弟，"7"代表他的儿子——因为得克萨斯牛仔风的男人们会在外围保护他们的女人。克拉德喜欢我的不成逻辑的逻辑，对我完全荒谬的理论他总是信以为真。

我再三提醒他，散步时一定要随身带好手机，如果迷路了，那将是他的生命线。他似乎听懂了，须臾不离这个小小的工具。

不知何故，克拉德对数字"3"有着特殊的偏爱。他频繁地按"3"来找我。

"拜托了，我找蓝博士。"他以为他正在给我办公室打电话。

"克拉德？你在找乔安吗？"在电话的另一端，传出一个音色非常像他的男中音，那是他的弟弟，"我是杰维。"

"哦，杰。你知道乔安在哪里吗？"

"我想她应该在上班。我在华盛顿特区。"

"哦，我不知道你在华盛顿特区。你到那里干什么？"

"我正和客户谈业务。"杰维是个律师。但他没有解释在过去的四十年间，他一直在华盛顿特区居住和工作。当然，他马上意识到了是怎么一回事。"你在哪里？我会请乔安给你打电话。"

"我正在散步。我不知道我在哪里。乔安可以来找我吗？"

于是杰维给我打电话，我再给克拉德打电话。虽然克拉德说不出他所在的地点，但幸运的是，我知道我的老马"克拉德斯代尔"，是一个遵循习惯的"动物"。我沿着家附近的街道，放慢速度开着车，梳理他惯常行走的路线，终于远远地看到了那匹迷途的"老马"。他表情严肃，步伐认真，好像正在赶去出席什么重要的董事会会议，会址无人知晓。

是的，是时候了。

当我上班时，克拉德独自一人在家打发漫长的时间，什么事都可能发生，我必须为他找一个护工。

* * *

我在达拉斯的中国报纸上刊登了一则招工广告。与若干应聘者交谈之后，来自上海的王女士是我聘用的第一位护工。但是克拉德抗议:"当我一人在家时,我不愿意房子里有一个陌生人,我是个隐私感很强的人。"

我使用缓兵之计哄他:"就让我们尝试一个星期。如果一星期后你仍然无法接受,我保证会辞退她。"

许多中国人对西餐不认同,无法接受未煮熟的蔬菜和血腥的肉,例如一块五六分熟的牛排;冷的午餐肉,例如熏火腿或烤火鸡;有臭味的奶酪,还有油腻的覆盖了厚厚的糖和色素的蛋糕。王女士更是排斥所有的西餐,并认为克拉德的午餐,通常是夹冷午餐肉片和奶酪的三明治,或一碗加了水果、坚果和牛奶的燕麦圈,是不可接受的。

"不能吃的!"王女士看着克拉德的三明治,斩钉截铁地说,"冷食对肠胃不好,你肚子要痛的。"

王女士的丈夫在一家中餐馆做厨师,经常把剩余的中餐带回家,她把其中的一些带到我们家来当午饭。克拉德是个在南方长大的孩子,很喜欢中餐的米饭、蔬菜和炒肉,煎饺或蒸饺。王女士慷慨而自豪地与克拉德分享食物,他们心满意足地共进午餐。

人们怎能抗拒用一盆生菜色拉去交换一碗宫保鸡丁盖浇饭?或牺牲一个火腿三明治去获得滴着麻油酱油的酥脆煎饺?

也许是王女士午餐的强势,也许是丈夫对我"尝试一个星期"的诺言记忆的弱势,第一周结束后,克拉德不再抗议王女士在我们家里的存在,但他拒绝让王女士陪他散步。王女士的英语水平还没有达到可以和克拉德交谈的程度,多数时间,他们在各自的房间里互不相见,各行其是。

"小牧场"的房子很大，足可容纳一个排的兵士。王女士大多待在厨房、洗衣房、浴室、客厅或房屋的其他位置，克拉德则喜欢待在我们的卧室里。窗户旁边有一张小书桌，对着后院和游泳池。他坐在桌前，每天花好几个小时非常努力地整理自己的支票簿，弄清自己的退休金，追踪自己的股票投资，整理通讯录和日程表，或者费劲地思索他已经忘了的、目前正要寻找的东西或者要做的事情。

总体而言，这样的格局使他们两相太平。

然而，王女士是个高度自信的女人，对什么是正确的生活方式有着不容置疑自我认同。在她看来，色拉缺乏营养价值，冷牛奶难以消化，洗碗机洗不干净，清洁剂大多有毒，洗衣机损坏衣服，干衣机耗电过多，吸尘器效率很低，空调使人生病，我家的地板都是白色瓷砖，颜色太淡，无法保持清洁，整个房子太大，根本无法居住……随着这份清单上项目的增多，我在自己家中越来越找不到归属感。

但是克拉德安全了，而且他很喜欢她的午餐，我也因此可以安心上班，下了班可以回到干净整洁的家里，尽管不希望听到那份絮絮叨叨的"清单"。

我劝告自己，没有人是完美的。

几个月过去了。

2005年冬天，我们在大学公园区里建造的新房子终于落成。我们搬离了"小牧场"的家，迁居新家。搬家花费了整整一天的时间，从大清早搬到深夜，在我与搬迁人员一起忙碌时，王女士尽心竭力地照顾着克拉德。

搬家后不久，我买了几个白瓷碗，它们又大又结实，很适合简化饮食流程，可以将饭菜盛在一只碗里"一碗端"，而且价格合理！

我向王女士得意地展示价廉物美的收获，很为自己的审美能力和经济头脑而自豪。

"啊呀！"王女士惊呼，"不好，这么大、这么重！"

"我想要大碗，这样我们可以每人只端一个碗，洗一个碗。"

"你怎么会买这样的东西？"她冲洗着新碗，咂着嘴，摇着头，继续发表她不赞许的演说，"它们看起来很丑。"

"它们也许不算最好看的，但我认为它们也并不是最难看的。"我坚持己见。

"'中国制造'，看！"她把碗翻过来，给我看底部的印记。当然，我在买它们时已经看过了。

"我不在乎中国制造，我买的价钱很好。"

"退掉，你必须把它们退掉。"她听不见或是听不进我的意见，百折不挠地接着问道，"在美国是可以退货的，你知道吗？"

刚才我还是一个打足了气的气球，高高地快乐飞扬。现在被刺穿了，泄气了。我感到很沮丧，我可能是这个家里的女王，但王女士是一个来自东方古国的皇后！难道我们要倒退到封建王朝不成？

春天来了。王女士回上海探亲，要走几个月。于是我雇用了下一个护工,一个和颜悦色、语音柔和的黑人妇女埃拉。她人高马大,宽度和高度同样令人叹为观止。雄赳赳的她,像一座巨大的雕像,拥有一副女王的形象。

我们约在一家星巴克见面,我给她要了一份最大杯的拿铁。那杯拿铁在她手里,显得不合比例的微小。

我们愉快地寒暄一番,聊了一些背景信息。我询问了她的经历,陈述了我对护工的要求。一切进展得很顺利,终于,我说出一直在我心头盘旋的疑问:"你能够爬楼梯吗?我家所有的卧室和洗衣房都在楼上。"

"可以的。"她的呼吸总是很沉重,气喘吁吁地仿佛已经在爬楼梯了,"没问题。"

埃拉有一段悲惨的经历。她是一个单身母亲,抚养一个十几岁的儿子。有一天,她的儿子正在倒垃圾,不料却被附近正在斗殴的帮派成员击中身亡。

"他是个好孩子,"她说,"他没有参加那些帮派。"

我不知如何安慰遭受如此不幸的人。在我看来,此时言语往往使发生的事件显得微不足道。在克拉德进入我的生活之前,我也曾经是个单身母亲,在异国他乡独自抚养儿子,我为用自己辛劳挣得的每一分钱养活我们母子而感到自豪。埃拉的悲剧令我同情,她作为一名独立女性用工作来谋生而不是靠政府救济值得我尊重。

我们可以互相支持。而且,她的母语是英语,这将使她与克拉德的交流没有障碍。

可是，仅仅工作了一个星期，既没辞职，也没给我任何理由，埃拉就离开了。留给我的是关于她那惊人的女王身材，从楼梯上一步一停，喘着粗气，艰难地走下来的记忆。不必再为她失去平衡从楼梯上跌下来而担心，使我松了口气。

埃拉之后，我先后试用了两个白人妇女，但她们的名字我都忘记了。克拉德对她们与他的对话，为他打开的电视节目，准备的食物，陪伴他散步的种种尝试都不感兴趣。特别是他绝对不接受她们在他上厕所时帮助他。

"亲爱的，我不想在家里有一个陌生人。"克拉德说，"这使我不舒服。"

她们都在为期一周的试用期结束后就离开了。克拉德和这些护工终究没有能够建立感情。

我在美国的Craigslist网站登了一则招聘广告。这一次，申请人中有一位年轻的墨西哥女孩罗莎·玛丽亚，她只有十八岁，身材娇小，漂亮而充满活力。我喜欢既健康又敏捷的护工，况且，和我一样，罗莎·玛丽亚是一名移民，来到这片充满机会的土地，是想要为自己争取更好的未来。

"不用担心，我会照顾爷爷的。"罗莎·玛丽亚信誓旦旦地向我保证。她称呼克拉德"阿布里头"，"abuelito"在西班牙语中是"爷爷"的意思。

"也许我可以成为她的榜样。"我心想。

第一天来上班,年轻的罗莎·玛丽亚穿着轻薄的墨西哥传统式样的露肩T恤,衣服下摆在胸部下面扎起,露出她整个肩膀、大部分乳沟和肚子。一条极短极短的短裤,让我替她担心,在走动时,她那丰腴的臀部两侧随时会滑出来。她那极其迷人的乳沟,炫耀着那只属于芳龄少女的某种隐秘的撩拨。

我好奇地思考不同种族的女性,在开放和封闭观念上的差异。罗莎·玛丽亚的着装,对我这样既不年轻又不潮流的中国女人来说,难免被震撼。我大部分的年轻时代是在中国向世界开放之前度过的,矜持、含蓄和端庄曾是我着装的不二法则。即便如今我生活在西方极为宽容的文化中,我也未改初衷。

罗莎·玛丽亚既不是女王也不是皇后。在我的眼中,她是一条美人鱼,是海涅笔下的"萝莉莱":

> 山顶上有一位姑娘,没有人比她漂亮,
> 她梳她那金黄的头发,珍珠在闪耀光芒,
> 她一面在那儿梳妆,一面在把歌儿唱,
> 这歌声是那样美妙,谁听了都会神往。
>
> 这歌声里有一种力量,打动了小舟水手,
> 他忘记了狰狞的岩石,一心只看那山头,
> 谁知道那滚滚的波浪,把船儿深深埋葬,

萝莉莱用她的歌声,将故事这样收场。

好一个水妖!我是否应该担心船夫和他的船被浪涛吞噬?我是否应该担忧我的克拉德遭受阿尔茨海默病的折磨,困惑迷茫,失去了自我保护的能力,能否抗拒萝莉莱那充满了魅惑的歌声?

但是,我提醒自己,不要因为想象中的可能性而失去一位也许很优秀的护工。毕竟罗莎·玛丽亚聪明伶俐,学东西很快。

克拉德散步时,她并不坚持与他同行,只是紧紧跟随其后,时刻关注着他。我要她做的家务琐事她都一一完成。她的机智中含有一些狡黠,很讨人喜欢。克拉德没有像抱怨其他女人那样抱怨罗莎·玛丽亚,是因为她很养眼吗?还是因为大部分时间她都精明地躲在克拉德的视线之外?当我在上班期间回家里查看克拉德的情况时,罗莎·玛丽亚会从房子的某处悄悄地冒出来,而克拉德往往根本没有意识到她的存在。

2006年春季的一天,克拉德的女儿嘉怡和她的孩子柯林、格蕾丝从佛罗里达来了。

午餐后,我们一群成年人围坐在楼下厨房里的岛台旁,嘻嘻哈哈地谈天说地。我环顾四周,寻找罗莎·玛丽亚,也许她可以带"阿布里头"去上厕所?

"谁看见罗莎·玛丽亚了吗?"我问,"克拉德也许要去一下厕所。"

"我们已经有一段时间没有见到她了。"嘉怡说。

"罗莎·玛丽亚和你们在一起吗?"我穿过走廊走到客厅,柯林和格蕾丝在那儿看电视。

"没有。"两个孩子齐声应答。

我正要自己带克拉德去厕所,但突然停下了,我想到一个主意。

"我经常弄不清罗莎·玛丽亚在楼上做什么。不如让柯林上楼去探寻一下。"我诡谲地笑着对嘉怡说。

"柯儿,亲爱的,来这儿。"嘉怡喊儿子。柯林进入厨房,"你能去外公的房间,从壁橱里把他的绿毛衣拿来吗?"

"当然。"

"顺便看看罗莎·玛丽亚在那里做什么。"她降低了声音,朝我眨了眨眼,对她儿子说,"悄悄的。"

我们三个人会心地笑了。我们成了"犯罪团伙",秘密侦查,"连档"作案。

柯林很快拿着外公的绿毛衣下楼来,他告诉我们:"她坐在乔安的床上,剪脚指甲、涂脚指甲油。"

"她看见你了吗?"嘉怡问柯林。她脸上的微笑像是一个做坏事的孩子,明知故犯但又不想被抓住。

"是的,她看见我了。"

"她说什么了吗?"

"没有。她才不在乎呢。"

在那之后不久,"美人鱼萝莉莱"就离开了我们。她和她的表姐一起去做一份更加充满活力的工作——替人打扫房子。

船夫可能不会触礁了,但我那匹脑袋里满是糨糊的老马啊,我拿你怎么办?

从2004年夏到2006年春,我们家进出了很多不同肤色的护工,除了种族差别,她们性格各异、背景繁杂,但由于各种原因,克拉德的护工仍然落实不了。

2006年6月的一天,我浏览免费的周报《达拉斯观察者报》,扫视广告页面中的《求职》部分,并给一些求职者打了几个电话,其中一位求职者听起来很有希望。在过去的几年中,她一直在照顾一位老太太,老太太刚去世。她有十年多的照顾老年人的经验,熟悉药物管理,并且会使用基本的医疗设备。她有自己的车子,而且会说地道的英语——至少对我来说是地道的——还有什么能比她那带有浓重得克萨斯乡土味的口音更地道的美国语言呢?一些元音在她的口中被拖长并略微有些变调,好似崇明蟹味的上海话,例如"我把它留在你的书房里",从她嘴里说出来时是这样的"伲拨伊落拉侬格嘘房里"。

美国南方口音软糯,听起来甜美怡人,但她的声音透出些阳刚气。我好像听见她说自己的名字叫查尔斯,是个男人的名字,但是否我没听清楚呢?而且在英语里,名字不是总能表明一个人的性别,比如我认识名叫"山姆"的女人,叫"帕特"的男人。

会不会,这个"她"实际上是个"他"?

我们商定第二天下午一点见面。

第二天，在约定好的时间，一辆汽车在我家门前缓缓停下，从副驾座上下来一个人。门铃响起，我打开门，让进来一个五十多岁的高个子英俊男人。声音的奥秘解开了：原来这是一个声音听起来有点女性化的男人，而不是一个声音男性化的女人。但我还是有些惊讶，因为之前应征的清一色是女性，男性应聘家庭护工出乎我的意料。我心里没底，他能称职地当好护工，服从我这个女王兼最高司令官的指挥吗？

"你好，温菲尔德太太。我是查尔斯·毕比。"他的声音与电话里听到的声音一样甜美，音调略高，"我们昨天聊过。"

我藏起了惊讶和疑虑，和颜悦色地把他带到起居室，请他在我和克拉德旁边的沙发上坐下。令我高兴的是，在查尔斯和我开始交谈后不久，克拉德居然也加入了我们的谈话。他和查尔斯一起谈论有关得克萨斯州的种种逸事，因为他们俩的童年都是在那些边远小镇里度过的，尽管他们的年龄相差二十多岁。得克萨斯的乡村并没有发生太大的变化，他们各自的家庭追根溯源都连接着美国大西南广袤的土地，地理位置也许相隔很远，文化认同的距离却很近。还有，在他们俩的血管里都流着美国印第安人的血：克拉德的祖上有肖尼和切罗基的基因，查尔斯的母亲是个切罗基人（肖尼和切罗基都是美国主要的印第安部落）。

谈话进行得很愉快，远远超过我预计的时长，内容也远远超出了面试护工的范围，我突然想起好像是有人开车把查尔斯送来这里的。

"有人送你过来的吗？"我转头朝外面马路上汽车停着的方向张望，送查尔斯来的车仍然停在门口。"为什么不请他进来？或者是她？

外面热得像火炉。"

"伲（我）弟弟开车送伲来格地（这里）的，"查尔斯轻声说，浓浓的得州口音，元音拉得长长的还变调，相当于上海本地人在说上海话，"伊（他）末（没）事体（关系）。"

"不行，不行。"我坚持道，"太热了，这是得克萨斯的夏天，不能让他在车里待这么久。"

查尔斯出去了，不一会儿就领着一个看起来比他年轻几岁，矮几英寸的男人进来了。他长得和查尔斯不像，但也挺帅。

"这是我的弟弟罗纳德。"查尔斯介绍说，我们与罗纳德握手。

巧得很，罗纳德毕业于我工作的南卫理公会大学。我对罗纳德的第一印象是他很安静。他坐在沙发旁的椅子上，几乎一言不发，而查尔斯、克拉德和我继续天南地北地漫谈。

但不用多久，我们就会发现人的第一印象多么具有欺骗性。

并且，在我把目光投向他们俩的那一刻，我就知道他们不是兄弟。

就这样，两个得克萨斯州的男同性恋者——两个"酷儿（queers）"和一个来自上海的女人，他们的命运就紧密地交织在一起了。

从2006年夏天到克拉德逝世的2011年秋天，在我作为健康配偶照顾患病丈夫的漫长旅程中，他们成为我的亲密战友，在与阿尔茨海默病的斗争中与我并肩作战。那时，我无法知晓前方还会有多少波折，我们还必须经历多少困厄。他们组成我家庭的一部分，我们互相扶持前行，他们为我，我为他们，风雨兼程，不离不弃。

2008 年，在得克萨斯州达拉斯的龟溪公园，查理和罗尼在进行"LifeWalk"，这是一项针对艾滋病毒 / 艾滋病患者的年度宣传活动。

5
鸟有巢

> 当我看世界的时候,我是悲观的,但当我看人的时候,我还是乐观的。
>
> ——卡尔·罗杰斯(1902—1987),美国心理学家

在查理和罗尼进入我们生活的几周后,在一次谈话中,我告诉他们可以对我直呼其名。在非正式场合,尤其对关系密切的人,美国人习惯略去姓氏,直呼其名。例如克拉德的全名是克拉德·乔伊·温菲尔德,通常就被叫克拉德,我的英文名是乔安。只有在非常正式的场合,像婚礼、葬礼、颁奖仪式或上法庭打官司之类的,我们才会被称为"温菲尔德先生"和"温菲尔德太太"。

克拉德也加入了我们的对话:"是的,请不要再叫我温菲尔德先生,叫我克拉德吧,一定别客气。"

查理的正名是查尔斯,我问他是否可以叫他查理,因为他可不是

英国王子。

"当然可以,我不介意。"

所以查尔斯就成为克拉德和我的"查理",罗尼的"查克",其他人的"查尔斯"。

罗尼呢?他只是"罗尼",除非他把我们惹恼了,那时他就是"罗纳德"。

查理和罗尼看起来完全不同,连傻瓜都不会相信他们是兄弟。查理后来告诉我,我们见面的第一天他告诉我罗尼是他弟弟,是因为担心我从未直面地接触同性恋者,不想让我震惊。他的细心周到令我感动,但他低估了他眼前的这个中国女人:她的生活包含了如此多的波折和冲击,她心理的防震级别是非常高的。

查理身高一米八,四肢匀称。罗尼告诉我,查理曾经在夜总会伴舞,这是他不想向任何人透露的历史。在他的金发下面是一张棱角分明的脸,高高的颧骨,坚挺的下巴,一个"外国鬼子"的大鼻子,还有一双蓝眼睛。我以为他是德国后裔,因为德国人大多金发碧眼,但他实际上是一个苏格兰血统的男人和一个印第安切罗基部落的女人生育的儿子,他一定是从他印第安母亲那里继承了高高的颧骨。

罗尼身高只有一米六七,矮小而圆润,显然在营养摄入方面成绩超群。他的深棕色眼睛在长长的深色睫毛下闪烁,黑头发紧紧地卷曲着,脸色黝黑,皮肤光滑。他俩唯一的共同点是,上唇都留着与各自头发颜色相同的小胡子。

"我不是黑人。"罗尼急于申辩,他指的是他那往往是黑人特有的黑色小圈圈卷发。

其实我觉得他们俩都挺帅，我告诉他们我的想法，查理什么也没说，但罗尼显然很得意。他们互相交换了一个微笑，好像在隐瞒什么秘密。后来我才知道，他们的外貌是经过精心修饰的。听说男同性恋者大多很注重自己的外貌，我希望所有男人都那样。

很快我就意识到罗尼不是那个第一次见面时被我错误地判断为寡言少语的人。事实上，没有人能阻止鸭子罗纳德"罗老鸭"[①]无休无止地"嘎嘎嘎"。

在他们进入我的生活后的几天内，我就熟知了他们大约五十年的生命中的每一个细节。罗尼毕业于南卫理公会大学，它是得州著名的私立大学，也是我工作的学校，别名"富家子弟学校"。他是一个货真价实的富家子弟。他的老爸在大D拥有三家"汽车行"，也就是汽车销售中心。罗尼是家里五个孩子中最年幼的，父母对他极其宠爱。妈妈把他视为掌上明珠，常带他出入高级餐馆和奢侈品商店，为他一掷千金，甚至超出他内心的期望。妈妈那些富有的闺蜜也对他溺爱有加。父母不仅送给他拉风的豪华轿车，还替他选择一位年轻的妻子，以为妻子的存在可以治愈他"歪门邪道"的性取向。父母每月付给他妻子一份慷慨的津贴，希望他们的婚姻得以持续，然而他们的婚姻终究未能持久。罗尼的父亲去世后，他的母亲患上了阿尔茨海默病，由他的

---

① "唐老鸭"的名字叫唐纳德，所以罗纳德是"罗老鸭"。

一个姐姐照护。哥哥姐姐不允许他去看望母亲,完全和他断绝了来往。

因为他是同性恋?因为他的态度咄咄逼人?还是嫉妒他曾是爸爸妈妈的最爱?或者是所有这些原因?我无从得知。但罗尼毫不在乎,他有他的查克。

查理是一个在得克萨斯偏远农庄长大的乡下男孩,他在十一个兄弟姐妹中排行老六,他们通通出自同一位英雄母亲!从孩提时起,因父亲远离家乡去军队服役,他便帮助母亲,一个深爱她的孩子们,性格强势而专横的印第安切罗基妇女打理农活和家务。查理犁地、播种、收获庄稼、做家务、照顾弟弟妹妹们。那时候,家里每一双手都必须劳作,才能换取稀缺的资源来填满这么多张嘴。

二十世纪六七十年代的美国乡村比现在更加保守,得克萨斯有广袤无际的农耕社区,农耕人口对宗教深信不疑,使同性恋普遍不被接受,同性恋者的家人也常常因此蒙羞。因此,查理一直对他那保守的、虔诚的家庭隐瞒着自己的性取向。直到他三十多岁,已经离家独立生活多年后的一天,出乎大家意料,他带着罗尼回家参加家庭聚会,既没有任何警告,也不做任何解释。查理的妈妈和兄弟姐妹不敢相信,也不愿接受这个事实,他们英俊、敬畏上帝的查尔斯是个同性恋!他们憎恶罗尼,认定是罗尼把查理引入歧途,虽然查理的家人从来没有排斥过查理,但他们从来没有接受罗尼。罗尼则以他典型的毫无顾忌的张扬个性公开宣告:他们的查理和他一样,是个不折不扣的同性恋者!他认为自己和查理都远比查理那些红脖子不开化的乡下亲戚更加开明优秀!

罗尼的聪明是显而易见的。和大多数聪明人一样,他无法迁就和容忍别人的愚蠢和缺欠。

他曾经在餐馆做服务员。有一次,一位老太太点了一个三明治,三明治端上来后,老太太看着盘子不满地说:"我和你说过,我要的是芥末放在肉的上面。"罗尼抓起盘子里的三明治,利索地翻了个面:"好嘞,这就是你要的。"他得意地看着老太太,而她则瞠目结舌说不出话来。

在和查理恋爱期间,罗尼是一家殡仪馆的主管,他很热爱这份工作。下班后,他会开着一辆看起来非常威武庄重的黑色凯迪拉克灵车去接查理,两位恋人同去罗尼工作的殡仪馆,一起为死者化妆。老年妇女是他们的最爱,他们轻轻梳理死者的头发,为她们涂口红、擦胭脂、染指甲油和粘贴假睫毛,精心为她们装扮,因为第二天将是她们大典的日子——追悼会和葬礼。

查理一边工作一边用浓重的得州腔温柔地同亡故者谈心:"我的甜心儿,我要把你打扮得漂亮又迷人!"他总是说到做到。

他轻声哼唱一首蓝草[①]福音歌,沉重又悲哀:

[①]蓝草:Bluegrass。它是欧美流行乐坛由乡村、布鲁斯音乐过渡到摇滚乐时期最为重要的音乐形式之一,以乡村乐为基调,集结民谣、布鲁斯、福音音乐与爵士乐。许多蓝草歌曲的主题都和民俗音乐一样带有追忆往事的情愫。

在这里道路崎岖我肩负重担，
有时我的脚感到疼痛又厌倦，
但更光明的一天即将到来，
很快我就会踏上天堂之岸，
我再也不用把心担。

这是一首甜美的歌，查理淳朴和略带女性化的嗓音，拖长的元音，给歌声增添了一分柔和与悲哀。每次查理在家里唱这首歌时，忧郁的曲调都会打动我。

在我确定查理、罗尼和我之间有了一种真正的感情纽带后，我才开口问了他们一个盘亘于我心底的、带有潜在冒犯性的问题：

"根据我的观察，在一对同性恋伴侣中，似乎总是有一个偏于男性化，另一个偏于女性化，就像异性伴侣中的一男一女一样。所以，你们中哪一个是男人，哪一个……"

没等我说完，罗尼就爽快地回答："我是男人，他也是男人，所以我们是一对同性恋。"

我没想到他会这样回答，但这个回答合情合理。罗尼说这是他们最常被问及的问题，也是最荒谬的问题。这也极为合情合理。

* * *

查理开始为我们工作时，罗尼在医院上夜班，为医院处理向保险公司递交的医疗表格。下了夜班,他回到自己家中小睡片刻,然后来伴我们家陪伴查理,一直待到查理结束在我家的工作,通常是在傍晚/下午五点左右我下班以后。

当查理在房子里忙东忙西时,罗尼会和克拉德待在一起。有一天,我下班回家,发现罗尼正在和克拉德说话,他倾诉着自己工作中一连串的倒霉事:经理不把他当回事,不信任他,不理解他,不在乎他的苦恼。他们没有应罗尼的要求去约谈他的某位同事。这位同事不该犯了错不认账,不应该自己不去纠正错误,而要罗尼去解决她犯的错误,更不应该将她自己凌驾于罗尼之上……总之,这一切是多么不公平!

而罗尼又怎么知道自己是绝对正确的!

这时的克拉德仍然能够弄清楚部分谈话内容,他专心地听着罗尼愤愤不平的冗长宣泄,甚至还提了几个问题。终于等到罗尼闭嘴,克拉德,这位前大学校长心平气和地说:"罗尼,我来给你提个建议。"

罗尼本来只想发泄一下自己的不满,而克拉德是唯一愿倾听的人。罗尼没有期待认知能力不佳的克拉德能理解他,更没有期待他会提供什么有价值的建议。

"好呀。"他的礼貌中带着明显的怀疑。

克拉德舔着嘴唇,像往常一样,费力地把他想说的话一点一滴地挤出来,阿尔茨海默病已无情地夺去了他大量词汇。经过一番挣扎,他一字一句、郑重其事地说:"不要把自己钉在一个小十字架上。"

罗尼忍不住大笑起来。这个建议真是非常有针对性,它让罗尼立刻明白了,困扰他的正是他自己的狭隘,于是他的沮丧烟消云散。

"不要把自己钉在一个小十字架上",从那一天起,成为我们大家最响亮的座右铭。

不幸的是,很快我们就都目睹了克拉德智慧之泉的枯竭。

不久之后,罗尼又一次嘀咕个没完,讲述一桩关于此人和彼人之间的无谓而复杂的纠纷:谁对谁做了什么,之后又发生了什么;谁对谁说了什么,谁高兴了,谁不开心;谁是对的,谁错了……他足足发泄了半个多小时,连气都没喘一口。查理和我听着,或者假装在听,克拉德也和我们坐在一起。当罗尼终于唠叨完他那洋洋洒洒的来龙去脉,查理和我交换了一个眼色,松了口气。

克拉德感觉到此场谈话已经结束,他站起身来,走到罗尼身边,搂住罗尼的肩膀,我们都看着克拉德,不知道他要做什么。克拉德停顿了一下,稍微靠近一点罗尼,舔着嘴唇,结结巴巴词不达意地问:

"你能……能不……"他困难地搜索合适的词,我们都屏住呼吸,等待着。

"从头说起!"

我们三个人难以置信地面面相觑,然后同时爆发出一阵大笑。

这一次,"鸭子"罗纳德也失去了继续"嘎嘎叫"的热情,我们也幸免于听"罗老鸭"重复整个使人乏味的故事了。

查理和罗尼来到我们身边时,他们已经共同度过了十七个春秋。

尽管个性如白天和黑夜般不同,但他们形影不离。查理很安静,罗尼很健谈;查理有点羞涩,罗尼性格外向;查理很节俭,罗尼跨进最贵的商店前从不犹豫，不管口袋里面有没有钱（多数时候没有）；查理很温和，罗尼很张扬，经常惹恼别人还扬扬自得；查理不停地忙碌，照顾克拉德的生活起居，确保房子干净整洁，让我舒心。罗尼呢？"嘎嘎"不止，到处惹别人，不停地娱乐大家，却不动一根手指。

"你又不是我的老板。"罗尼和克拉德坐在沙发上，他兴高采烈地谈这谈那，嘴里嚼着零食，往喉咙里灌入他每日十五罐减肥可乐中的最后几罐。

好吧，罗尼，你正在替我干活，只是不拿工资而已。

* * *

在很长一段时间里，克拉德的躁动不安是最令人苦恼的难题。阅读是克拉德一生中最大的爱好，但此刻他已经丧失了阅读能力，也无法理解大多数电视新闻或脱口秀节目。但他的身体却依然强健，当一个人充沛的精力被困在躯壳里面，他会怎么做呢？他像笼子里的困兽一样在房子里不停地走来走去，试图弄清楚自己在哪里，该做些什么。好几次，一不留神他走出家门，迷路了。

"给我一件活儿干。"他不断重复地对我要求，像一根缠在狗毛里的蒺藜子般黏着我令我无法摆脱。我无法使他安静下来，之前的护工们也寻思不出行之有效的办法。

查理想出了一个方法来缓解克拉德的不安，像给婴儿安抚奶嘴似的，他给克拉德安排一些简单又不会伤害到他的任务，尽管那可能只是暂时有用。他交给克拉德一个羽毛掸子，请他"帮助"除尘。他把一篮子旧毛巾和旧T恤放在沙发前，请克拉德坐在沙发上"帮忙"叠衣服。他给克拉德一把扫把扫地，然后，克拉德再次被请求去"帮忙"折叠同样的旧毛巾和旧T恤，一遍又一遍，反正克拉德不记得他在重复着刚刚做过的事。查理会热切地称赞和感谢克拉德的"帮助"，但我确信克拉德是无功受禄。不过他的认真努力确实值得称道：这位前大学校长全神贯注地做着鸡毛蒜皮的家务活，卖力地完成任务，好像正在全身心地投入一个数百万美元的重大科研项目。

有查理和罗尼在，家中的混乱情况得到很大程度的改善。

他们想方设法分散克拉德的注意力，不让他闲着。通常，当我下班回家，查理在一边准备晚餐，一边和他们两人聊天。内容上天入地无所不包：孤星州的历史和传奇，他们的童年和经历，印第安人的传说，美国的政治、战争和军事，种族问题。他们之间既有观点上的分歧，也能找到共同点，他们尊重并克制地倾听对方的见解。克拉德是一个温和的倾向于保守的无党派人士，而查理和罗尼是温和的民主党人；克拉德不信教，查理和罗尼是虔诚的教徒，信奉基督教新教派别之一的五旬节派；克拉德是参加过朝鲜战争的退役军人，查理是军人子弟；克拉德有印第安血统，查理的母亲是印第安人；查理和罗尼都讨厌被视为"有特权的白人男性"。这三个男人都有说不尽道不完的关于他们各自母亲的故事，那些坚强的女人，辛辛苦苦养育了她们的儿子们，给予他们最无私的母爱，赢得了儿子们真挚的爱戴和钦佩。

我不知道他们有多少次重复诉说这些同样的故事，但是有谁在乎呢？毕竟，对记忆受损者不存在重复，每一回都新鲜。而另外两个，如果重复可以维持当下的和谐,他们心满意足。

当聊天不再使大家感兴趣,家务活也无法继续吸引克拉德时,就到了该散步的时候了。

他们带他到离家只有几步之遥的威廉斯公园,那里有怡人的步行道,沿着修剪整齐的草坪蜿蜒。鸭子们在一个小池塘里盘旋嬉戏,他们带着面包来喂鸭子。一次,在公园里散步时,克拉德出其不意地开始模仿鸭子的叫声。

"克拉德,你能告诉乔安鸭子怎么叫吗?"当他们回到家里后,查理问克拉德。

"嘎嘎嘎嘎……嘎嘎嘎嘎……"

即使我使劲练习,也达不到克拉德那带着孩子般热情的模仿水平,我忍不住放声大笑。我的笑声鼓舞了克拉德,他开始更起劲地学鸭子叫。

"嘎嘎嘎嘎……嘎嘎嘎嘎……"

他很高兴他仍然能够逗他所爱的人开怀大笑。

有一天我下班回家,查理向我汇报:"我们今天到公园去走了七次。"

* * *

那些日子里我们的伙食很不错——查理会做饭!

对我的中国味蕾来说,他的烹饪方式带有美国式的"不良倾向"——过量的调味品破坏了食物原本的味道,使人们失去了欣赏食物原味的微妙和复杂的空间,例如糖分超标的蛋糕、重盐的汤、淹没在沙拉酱里的沙拉，以及对一切食物，甚至卷心菜，一概采取的油炸方式。查理做了肉饼，克拉德不吃，因为他有个习惯，不吃任何他不能够分辨出是什么东西来的食物。查理自豪地为我们食鱼爱好者做了鲑鱼煎饼，我出于礼貌尝了一些，但克拉德谢绝了，因为那是用鲑鱼罐头做的，而我们俩都不喜欢罐头食品的味道。查理做了一个蛋糕，上面的糖霜堆得比蛋糕坯还厚。美国有句俗语是"蛋糕上的糖霜"，相当于"锦上添花"，意味着"好上加好"，言外之意，糖霜是每个人都向往的。与上海蛋糕上精致、细腻、轻盈的奶油裱花不同，查理的糖霜只是重重的糖、色素和厚厚的人造奶油，非但不让人向往，反而让人望而生畏。

但我们很喜欢查理做的意大利面、炸鸡、煎牛排和荷叶土豆，尽管心里希望它们最好不要那么咸和油腻。我们很喜欢他的得州辣肉汤，汤里有很多牛肉，不像餐馆里卖的辣肉汤通常有很多豆子。罗尼告诉我，加豆子的辣肉汤是很"娘娘腔"的。真正的得州人——牛仔风情的得州人，从不在辣肉汤里加豆子。我们还喜欢查理用煎培根时流出来的油脂烤的玉米饼，他那煮得过熟的南方风味四季豆，还有用腌猪蹄炖的萝卜叶子。每个新年都有火腿炖黑眼豆，象征着来年的富足和好运；每个夏天，当得克萨斯的桃子成熟时都有桃子馅饼。

我们很快学会了适应彼此的烹饪风格和食谱，对彼此的口味好恶做了些妥协。查理和罗尼觉得我做的中国菜很好吃，饺子和炒饭是他们的最爱。我甚至成功地让这两个大男孩和我们一起吃豆腐，我教他们如何调味，让豆腐吃起来更像吃肉。

* * *

有了查理和罗尼，我能够经常和克拉德在一起外出活动，这是我独自护理克拉德时无法做到的。独自一人时，我不能确保克拉德安全地进出汽车，走路时帮他保持平衡，在坎坷的路上操纵他的轮椅，处理他频繁的如厕需求和不时发生的厕所事故，对付他混乱思绪中生出的种种行不通的要求。应付层出不穷的事件使我筋疲力尽，无法享受在一起时的欢乐。查理和罗尼分担了我的重任，让我仍然能够体会生活中星星点点的明快，那些我们有意识地用希望、幽默、信任和对彼此衷心的关爱去创造的我们可以共同欢乐的生活氛围。

"鸟有巢，蜘蛛有网，人有友情。"英国诗人威廉·布莱克说得多么贴切！我们为自己建造的真正的家园，不是用砖头和水泥搭建的，而是用人情和爱心筑就的。

从2006年夏天到2007年秋天，也就是查理第一次住院和克拉德搬进老人院之前，每个星期五上午，我去上班，查理和罗尼带着克拉德去达拉斯郊外约三十公里处的哈伯德湖，我们在湖边有一所度假别墅。途中，他们会买一份得州烤肉带到别墅去当午餐。午饭后，查理打扫房子，修剪草坪，罗尼看着克拉德，直到我下班后到了那里，查理和罗尼才回家。星期六早上他们会再次来到别墅，和我们一起，在对着哈伯德湖的露台上共进周末的早午餐。查理做炒鸡蛋、煎培根、烤小面饼。

啊,那些蓬松的小面饼,刚从烤箱里出来,热腾腾、香喷喷,金黄色脆脆的外壳,包裹着里面洁白松软的面包,想起来就令我食欲大增!

一天,查理修剪草坪时,发现一只如同餐盘大小的乌龟,正在草坪上不慌不忙地漫步。查理和罗尼赶忙把它捡起来,到湖里放了生。

"你可别再回来了,"查理对乌龟说,"如果你不想被端上乔安的餐桌。"

我们为躲在湖边厚厚的芦苇丛中孵小鸭的鸭妈妈留下了一些面包。她急切地吞食着面包,同时对我们投来不信任的目光。三个星期后的一天,鸭妈妈和鸭宝宝们都不知去向,留下一堆破碎的蛋壳。

2008年年初的某个星期天,克拉德最后一次和我们一起出去吃饭。

查理已经从2007年初秋的第一次发病中初步康复出院了[①]。2007年10月,查理生病住院后不久,克拉德也住进了蒙蒂塞洛养老院。克拉德的病情每况愈下,我们已经无法带他去正规餐馆就餐,他必须坐在轮椅里靠人喂食,如果我们没有时时刻刻看着他,他会下意识地把盘子里的食物抓起来扔在地上,用餐具敲打桌子,还不停地朝四处吐口水。

那天,我们把克拉德从蒙蒂塞洛接了出来,去北公园购物中心的

---

①在《离她而去》中对查理的病情有所描述。

美食广场吃饭。路人好奇地注视着我们，我们选择了一张最靠角落的桌子，避开众人的目光。午饭后，我买了冰激凌，我们一起逛商场。查理推着克拉德的轮椅，我拿着一个巨大的冰激凌甜筒紧跟其后，这样我就能抓住机会喂克拉德吃上一口，同时就势让自己也吃一口。罗尼跟在大家后面，握着一个同样大的冰激凌甜筒，他本来是与查理分享的，因为查理不能空出一只手自己拿冰激凌，当然啦，他不经意就忘了确保查理该得的份额。他一边忙着消灭这个巨大的冰激凌，一边忙着拿一堆餐巾纸，擦去磨石地板上克拉德不断地朝四面八方喷吐的口水。在外人眼中，我们一定是一个相当奇特的组合，我们则以微笑去回应向我们投来的探究的目光。

* * *

每年圣诞节前后，龟溪合唱团，美国最负盛名的男声合唱团之一，照例会举办圣诞音乐会。

合唱团拥有170多名成员，清一色都是男同性恋者，观众大多是同性恋者和变性人。这是达拉斯同性恋圈内看与被看不可错失的良机，是男同性恋者们展示最优雅华丽，或是最标新立异的时尚的大舞台。音乐会的门票价格不菲，我知道这是查理和罗尼非常向往，但力所不及的愿望。罗尼的生日正在12月中旬，于是我每年会为大家买票，以此作为庆祝节日和罗尼生日的完美方式。

龟溪合唱团的圣诞演出优美、热闹，特别的幽默，充满了节日的喜庆。这是一个我们都期待的夜晚，打扮得漂漂亮亮走出家门，一起去感受节日的气氛。然后，免不了会听罗尼无情地取笑他的"同志们"的服装审美，或者更确切地说，服装审美感的缺乏。

"查克，你看到他了吗？"有一年看龟溪合唱团演出时，罗尼指着一个查理多年前的恋人问道。

同性恋的圈子范围有限，龟溪合唱团的演出是他们的大聚会，在那里他们总会遇到熟人和过去的恋人。

"他可是衰老得厉害。如果他不知道怎样正确地戴假发，那他根本就不该戴。"

查理不回答他，于是罗尼转身问我："查克可比他耐看多了，是不是？"

是的，我认为查理挺帅。但我不明白，罗尼如何能够不用触摸，甚至都没有靠近，就能一眼看出什么人戴着假发、假胡子、假睫毛、假屁股，甚至女人的假胸脯。

2006 年 12 月，在参加龟溪合唱团音乐会的那天晚上，查理正忙着给克拉德做准备，带他去上厕所，帮他穿晚礼服，给他脱下室内穿的鞋子，换上一双漆皮鞋。查理一早就把这双平时不用的漆皮鞋擦得锃亮。

与此同时，罗尼正在打扮自己。"查克，我的脸看起来很糟糕。"他愁容满面地从小厕所里走出来，明显地心烦意乱。"你看我，怎么出得了门啊！"

"怎么回事？"我问。

"你看起来很好啊，罗尼。"查理一定上百次地对付过这类问题。他连头也不抬，不去理会罗尼的忧虑，继续装扮克拉德。

"你看这里！"面对灯光，罗尼叫我看他的脸。靠近左太阳穴有一块颜色较淡的斑块，不明显，几乎察觉不出来。"我脸上的颜色全掉了，怎么办？像这样子，我怎么去音乐会见人呢？"

"怎么啦？为什么会这样？"我问。

查理不言不语，低头闷笑，继续他的工作，他正很努力地把克拉德的右脚塞进皮鞋里去。

对于化妆这个题目，我是文盲。我不知道也想不到罗尼黝黑的皮肤竟是精心化妆的结果。对我来说，男人化妆，这可太不寻常了，于是我开始发表评论："罗尼，我觉得你很别具一格，很奇特，或许是很怪异？"不确定自己对于英语用词的精确性，我将我所知道的一堆表示怪异、奇特、不寻常的形容词统统抛出——strange、peculiar、queer。最后一个词"怪异"用的是英语"queer"。

刹那间，罗尼忘记了他的困扰，哈哈大笑起来，笑得前仰后合。查理也同样捧腹大笑。

"查克，你听到乔安刚才说什么了吗？我是个'queer'？"罗尼问查理。

查理不再蹲在地上摆弄克拉德的脚和鞋子，而是坐在地板上，弯着腰忘情地笑着，笑得喘不过气来。

"是的，我是个'queer'，"罗尼缓过气来，自己回答了自己的问题，然后指着查理说，"他也是！"

这就是我如何知道"queer"这个词,除了我在中国学英语时学到的作为一个形容词意为"怪异",在用于名词时,它的意思是"酷儿"或"男同志",男同性恋。尽管男同性恋会在戏谑和打情骂俏时称彼此为"queer",大家都知道这是一个被认为带有贬义的词,相当于骂人话,没有人会像我这样直截了当毫不留情地告诉罗尼他很"queer"!

我们终于都准备好了。

查理和罗尼穿着黑色西装,里面是浆洗过且烫得笔挺的白衬衫。查理打着一条他从克拉德的"领带丛林"中挑选出的有着蓝色条纹的黄色领带,罗尼打一条带黑点的红领带,两人都穿着擦得锃亮的黑皮鞋。罗尼最近节食,体重减轻了很多,看上去很苗条。

克拉德雪白的礼服衬衫上打着黑领结,穿着查理费了老大劲儿给他套上的三件套黑色晚礼服。四十多年过去了,这套晚礼服依然合身。我则穿着一件拖曳到脚背的皇家紫天鹅绒连衣裙,戴着白色珍珠耳环、一条长长的多串组合的白色珍珠项链,配上黑色缎子手提包和黑色高跟皮鞋。这双皮鞋还是我二十多年前出国留学时从中国带来的,因穿的次数不多,仍然崭新如初。

我坚信我们这一组会有很高的回头率,以往人们对我们这个不同寻常的组合总是投来好奇的目光:斯文却目光茫然的绅士克拉德,加上两个帅气但有乡土气息的中年男子,再加一个略为优雅的亚洲女子。"你们算是啥子关系呢?"而这一晚,人们一定用欣赏的目光看着我们,因为我们每个人看起来都很了不起,既潇洒又经典。

大家都上了我那辆珍珠白的凯迪拉克越野车，罗尼开车，查理坐在他旁边的副驾驶位上，克拉德和我坐在后面，好一幅和美幸福家庭的写照。

查理转过头，看了一眼开车的罗尼，发话道："我的天哪！罗尼又在开凯迪拉克了！"

罗尼立即回他说："闭嘴，你这个'queer'！"

对他们彼此的调侃，我则以莎士比亚十四行诗中的句子相赠：

"名称何以为？那我们称之为玫瑰的，赋予任何其他名称，它依然芬芳！"

2006 年，克拉德和查理在达拉斯植物园。

得克萨斯州大学公园城，威廉斯公园。

2008 年，在漂亮的大房子里庆祝罗尼的生日。

罗尼、查理、克拉德和我在龟溪合唱团的音乐会上。

6

厕所礼仪

> 进来的人有优先权。
>
> ——克拉德·乔伊·温菲尔德（1931—2011），一个美国人

与芝加哥相比，达拉斯的冬天不算寒冷。二十世纪八十年代末的一个冬天的晚上，我和克拉德在芝加哥第一次见面，那里的冬天是令人痛苦的既凛冽而又漫长的七个月。但达拉斯一月的夜晚，天气也足够寒冷，冷得令人左思右想，是否愿意离开温暖的鹅绒被窝和舒适的床去上厕所。我们把卧室的温度调得很低，因为我们都喜欢在感觉凉爽的温度下睡觉。

那个夜晚，或许是因为克拉德在我身边挪动，或许是我自己上厕所的需要，我迷迷糊糊地醒来，朦朦胧胧地意识到克拉德刚刚上过厕所，才又回到床上。而我也有一种明显的感觉，我的膀胱已经满了。

去还是不去？这是个问题。我像哈姆雷特一样举棋不定。

小时候我住在上海，几个家庭合住一个楼洞，每个家庭都有多个成年人和孩子，共用一个厕所的情况很常见。那时候公共厕所也比较少，因此我从小就学会了控制自己上厕所的需求，可以坚持很久。但那个晚上，最终紧迫性压倒一切，变得势在必行，于是我果断地把自己从被窝里面拎出来，冲进厕所，蹲下身子，放松肌肉，一下子释放了积聚的全部压力。

啊，多么美好的感觉！

当我把臀部摔到马桶上时，我感觉到一股暖流自由宣泄。

但就在我跌坐在马桶上的一瞬间，我像被弹簧弹射了似的直接跳了起来，好像我一屁股坐在一个火堆上。

"啊呀，糟糕！"我尖叫着，如果我知道怎么说脏话，此时从我嘴里吐出来的肯定不会是文质彬彬的词语。

我并没有坐在火堆上，而是直接坐在了马桶冰冷的陶瓷边缘上。马桶圈没有放下来，陶瓷边缘是湿的。克拉德刚刚上完厕所，我很清楚刚刚击中我"光腚"的湿乎乎的东西是什么。此刻，我无法停止那股正从我体内淅沥滴淌而下的暖流。

天下没有比这更令我不快的感觉了，简直骇人听闻！

我站在那里，赤身裸体，又冷、又湿、又臭。在极度的愤怒中，我想尖叫、高喊、骂人，挥动一根大棍子去敲打那个"罪犯"，让他知道他是多么的可恶。克拉德曾经教过我一句美国俗语，"如果你想好好教训什么人，让他永远记住你的厉害，就用一根大棍子去敲打他的脑壳"。

是时候试试了！

透过门，我看到厕所的灯光昏暗地射在床上。在厚厚的鹅绒被下面，那个"犯罪分子"蜷曲的身体随着酣畅的鼾声有节奏地起伏着。他正放松又满足地沉溺在梦乡中，显然，我的痛苦于他不关痛痒。

我长长地、慢慢地吸了一口气，又长长地、慢慢地吐出，用深深的叹息，安抚我被刺激的神经。

"随他去了。"我摇摇头自言自语地说。

在反复经历了几回令人苦恼的寒冷、潮湿之后，我终于成功地将我的大脑重新编程，使它接受一个事实：在我们家里，坐在马桶圈放下来的干燥马桶上的保质期已经永久地失效了！

在美国女权运动时期，人们对男士在如厕之后是否应该把马桶圈放下各持己见，大加辩论。而克拉德和我，从我们共同生活开始，就从未辩论过马桶垫圈应该翻上去还是放下来，还是定位在四十五度以示男女平等。克拉德的母亲，温菲尔德太太，在她的孩子们还没成长到对一切都要追问"为什么"的年纪之前，就立好了放下马桶圈的规矩。

"我认为马桶垫圈放下来更好。"克拉德对我说，"男人应该体贴女人的需要，况且，马桶垫圈放下来也更美观。"

我很赞同这种老派的观点。"礼貌意味着对他人的感受有敏感的意识，"美国著名礼仪权威艾米丽·波斯特这样写道："如果你有这种意识，你就会有礼貌。"

"对他人的感受有敏感意识",在人际关系中具有十分重要的意义。它可以成就一对恋人,也可以摧毁他们之间的关系。这对一般人之间的关系也同样适用。我为丈夫的厕所礼仪而感到骄傲,我知道,不是所有男人都在意这些平凡的小事。我喜欢在我的家里,马桶圈被放下;马桶前没有令我担心会踩上的尿液,我不用害怕会把它带到房子各处;洗脸盆中牙膏的残迹和剃下的胡须都用水冲洗干净;湿毛巾铺开在毛巾架上晾干;厕所里总是备有一卷不仅可以看见而且够得到的卫生纸……

* * *

在克拉德患阿尔茨海默病被确诊之前大约五年,一些迹象就已经开始出现。我注意到有时灯一直亮着,水龙头没有被关掉,或者抽屉一直开着。这种马虎和克拉德一贯的勤俭节约、有条有理大相径庭,我不禁感到有点担忧。

"你可能得了阿尔茨海默病,"我和他开玩笑,然后又严肃地补充说,"你最好和你的医生核实一下,至少排除这种可能性。"

他去看了他的家庭医生,医生给他做了一个小型的认知评估,克拉德回家后向我汇报:"我没事。医生说我有一些与年龄相关的记忆力减退,仅此而已。"这是一个我们都乐于接受的结论。

在克拉德正式确诊为阿尔茨海默病大约两年后,有一天,我注意到克拉德在房子里走来走去,眼睛睁得大大的,左顾右盼。

"宝贝,你在找什么?"这时,我知道他已经开始无法辨认熟悉的东西了。

"亲爱的,你能帮我找到一个 latrine 吗?"

"什么是 latrine?"

"latrine,你知道那是什么,我们这里有一个的,我敢肯定。"

"什么是 latrine?我不知道这个词。"

"亲爱的,别这样,你知道的。"

"真的,我真的不知道。"

"latrine,你知道的!你怎么会不知道呢?我得,得去……"

突然,我恍然大悟。"你的意思是厕所?"

"对,是的,我要……"

"你为什么叫它 latrine?我从来没有听过这个词。"

我拉着他的手,赶紧把他带到他刚刚经过的小厕所,以免为时太晚。小厕所是一楼唯一的厕所,厨房、餐厅和起居室都在一楼,我们白天通常就在一楼活动。

"在军队中,我们叫它 latrine。我猜这是一个法语单词。"克拉德仍然是我循循善诱、乐此不疲的老师。

"宝贝,我们能只说英语吗?英语对我来说已经够难了,让我们不要搞得太花哨,不要从现在开始讲法语,行吗?"

但是从那时起,"厕所"这个词就从克拉德的世界里永远消失了,无论在家里或其他地方,它都不复存在。在克拉德今后能说话的所有岁月中,latrine 永远取代了厕所。

latrine里面事件层出不穷。以前偶尔有灯不灭水不关的现象，现在频繁发生；我已经完全放弃了马桶圈会被放下来，可以自然而然地坐在干燥的马桶圈上的希望；我经常不得不甩着滴水的手到处寻找擦手毛巾；因为克拉德已经失去了如厕后冲水的意识，我必须做好思想准备，面对马桶里面一大团丑陋可怕的东西对我恶狠狠的直视；最糟糕的是，我经常不得不坐在马桶上琢磨，如何才能不失优雅地够到一卷卫生纸（这里最好不要使用想象力）。

"宝贝，你把擦手毛巾放哪儿了？"

"我不知道。我没有动它。"

"宝贝，你为什么总是把卫生纸拿走？这太不顾及别人的感受了。"

"不是我干的。你认为是我干的吗？"

"是的，是你。"

"我不记得了。"

"宝贝，你能不能不要把卫生纸从厕所里拿走？"

"对不起。我不会再这样做了。"

温菲尔德太太无疑自小就培养了她的孩子们良好的南方风度，克拉德总是彬彬有礼，和颜悦色。但是，如果我认为面对这些新的状况，能够以温柔的指导和耐心的劝说取得胜利，那我就大错特错了。

之前提到过，克拉德的下属们曾经这样描述他们的校长："温菲尔德可能是错的，但从不自我怀疑。"按照美国习俗，作为克拉德的妻子，我也算是一名温菲尔德，我对自己也毫不怀疑，我坚信，只要我再努力一点，就能够恢复一些厕所里失去的秩序。

"请记得把马桶圈放下。"

"请不要把卫生纸拿出去。"

"请答应我，你会记住的。"

"答应。"克拉德说。

"答应什么？让我听见你说答应什么。"

"说答应。"

"你能说你'答应记住不要把卫生纸拿出厕所'吗？"

"你答应记住。"

尽管我做了不懈的努力，克拉德的厕所礼仪不仅没有好转，反而越来越糟糕。一天，当我坐在马桶上沮丧地盯着空空的卫生纸架时，一个绝妙的主意产生了。在公共卫生间的女厕所里经常会看到贴着"请不要把卫生巾丢入马桶"的告示。我确信克拉德在男厕所里也见过类似的提示牌子，当然内容不会是有关卫生巾的。

人们不都遵从这样的告示吗？我一直遵从的。

我们何不也来一张告示呢？

我告诉克拉德，我要在厕所里贴一个告示，提醒我们注意礼仪。他热切地支持我的想法，并愿意全心全意地提供帮助。

"亲爱的，把你写的东西读给我听，我来帮你。"

我读了之前坐在马桶上等他送卫生纸来时琢磨出的句子。当时他未能按照我的指示找到储存的卫生纸，幸好我最终从他衣服口袋里的囤积物中"挖"出一些用过的纸巾。

他专注地听着。我念完后，他停顿了一会儿，然后问："亲爱的，你能再说一遍吗？"

我重新开始，一句一顿，等待他的理解和反馈。

"你能想到其他需要包括的内容吗？"我问。

"把这句话再说一遍。"他把手指指向空中，好像有几句话是写在那里的某个地方。

我又开始重复整篇告示，在念到"你应该将废物留在恰当的地方"这句时，停顿了下来。我的"废物"用的是复数"wastes"，而"地方"用了单数"place"。

"'废物'这个词，我应该使用单数还是复数？"我问道，英语中的单数和复数有时使我迷惑不解。

"废物，废物……"他喃喃自语，努力地思索着，"你是对的。"

"那么'地方'也应该是复数而不是单数了？"

他赞成这一改变。因此，"你应该将废物留在恰当的地方"，这句中的"废物"和"地方"都用了复数。

多年以后，一个朋友向我指出，这两个词在这里都应该是单数形式。

哦，好吧。

就这样，《厕所礼仪》诞生了，这是克拉德和我两个人聪明才智的结晶。我把《厕所礼仪》打印在一张奶油色的纸上，文字是黑色的，我用了一种叫作爱德华的老式字体，有着优雅的草书笔触。在文字外面，我加上了一圈维多利亚风格的边框，由卷曲的豆青色藤蔓编织而成。我把它装裱在一个黑棕色的木框里面，挂在马桶正对面的墙上。在那里，一个端坐在马桶上聚精会神严肃"办公"的人，会无法避开与它直面相视。

它是这样说的：

厕所礼仪

你应该在此静思默想；

你不应该不把马桶圈放下；

你应该记住用后冲水；

你不应该把毛巾拿走；

你应该将废物留在恰当的地方；

你应该尊重这个房间里的一切功能。

正如我希望的那样，告示没有被忽略，我的客人们带着微笑走出小厕所，称赞我们这个告示牌考虑得非常周到。然而，厕所里令人发狂的混乱不仅没有改善，反而变本加厉。克拉德自小养成的南方礼仪和值得称赞的文明举止，都已成为遥远的记忆。尽管如此，记忆中他曾经的好，帮助我这个担负着照护病患配偶责任的健康配偶，在我们共同度过的余下岁月里，在由于他的阿尔茨海默病带给我的混乱和落寞中，得以始终保持以客观的态度看待发生的一切。

Powder Room Etiquette

Thou shall use the space to meditate;

Thou shall not leave the seat up;

Thou shall flush after using;

Thou shall not take the towel out;

Thou shall leave the wastes
in appropriate places;

Thou shall respect all functions
of this room.

《厕所礼仪》。

7

最后的舞蹈

小精灵们,请把我从这个沉闷的世界带走,

因为我会和你们一起随风而上,

……

像火焰一样在山巅翩翩起舞。

——叶芝(1865—1939),爱尔兰诗人

他俩都喜欢跳舞,但跳得都不太好。一些狐步,一些吉特巴,一些摇摆舞,加上大量的即兴舞步,混合在一起。他们随着任何音乐节拍,随着自己的兴趣起舞,并不在意舞步是否优美,舞技是否精湛,况且也没有其他人在意,他们只是喜欢两人跳舞时身体的同步,精神的和谐。

多年来,他们的脚步在各种各样的地面上流畅地一起旋转着,后来就不那么流畅了,因为她的丈夫患了阿尔茨海默病。他们把舞步留

在了许多地方，在"小牧场"家中巨大客厅闪亮的白瓷砖地面上，唯有她与他同在；在"小牧场"屋外的草坪上，在从上海来探亲的爸爸妈妈的微笑注视中；在达拉斯植物园芬芳的紫藤架下坚硬的水泥道上，查理和罗尼在一旁伴随；在和朋友们一起在马吉亚诺意大利餐厅宴会厅的打蜡地板上，追逐着模仿大名鼎鼎的弗兰克·西纳特拉的乐队的节拍；在得克萨斯的哈伯德湖上一家乡村小餐馆的浮动露台上，和克拉德的女儿和孙子们在一起，随着当地西部乐队演奏者的忧郁曲调；在华丽的"玛丽女王2号"游轮人头攒动的舞池里，漂荡在浩瀚的地中海的一方；在阿肯色州温泉城有着传奇色彩的阿灵顿大旅馆的舞池里，追踪著名的客人们留下的足迹。①

在他们共同生活的岁月里，她熟知他的动作，他也熟知她的。

可悲的是，随着克拉德病情的发展，慢慢地，他开始忘记他们的舞步，她的和他自己的。但她，那个健康配偶，没有忘记。

* * *

那是一个普通的夏日，她下班后接替了查理的职责，放他回家休息。晚饭过后，她坐在沙发上，克拉德坐在她身边，她打开电视，希望用这种不动脑筋的娱乐来消磨时间。她和克拉德聊了一会儿，用无

---

①对于罗斯福来说，应该是"追踪轨道"，而不是"足迹"。罗斯福于1936年参观了酒店，当时他已患了15年脊髓灰质炎，坐着轮椅。罗斯福、杜鲁门、老布什、克林顿，都是美国总统。比·露丝（Babe Ruth），著名棒球运动员，曾经是玛丽莲·梦露的丈夫。托尼·贝内特（Tony Bennett）和芭芭拉·史翠珊（Barbra Streisand）都是著名歌手。阿尔·卡彭（Al Capone）是美国最著名的黑手党头目之一。

关紧要的话题来吸引他的注意力,把他"留"在"这里"。

"克拉德,你和查理今天去喂鸭子了吗?"

克拉德看着她,回想着,但脑子里没有出现答案。

"宝贝,你能学一个鸭子的嘎嘎叫声吗?"

"嘎嘎嘎……"这他还能做到,毫不费力。

她笑了,并奖励他一个吻。

科学研究结果告诉我们,当人们拥抱、亲近,或互相抚摸时,他们的大脑会释放催产素,即"爱"或"拥抱"激素。它并非女人的专利,男人也有这种激素。这种激素可以减轻压力,让他们感觉精神愉悦,彼此更加亲近,即使是抚摸狗或猫也能改善一个人的情绪,也许这就是为什么她一直喜欢他们之间身体的沟通。尽管她丈夫现在已经失去了很多意识,有时似乎沉溺在自己的世界里,但她一如既往地喜欢与他搂搂抱抱,仿佛她还没有长大。她时不时地抚摸他柔软的花白头发,触摸他的脸颊、脖子、肩膀、躯干和四肢,感觉他骨头的坚硬和肌肉的弹性,皮肤的温暖和气息的平缓。在她出生的中国,在她年轻的时候,受传统文化影响,异性之间公开示爱的做法常会受到阻止。

"小资情调。"人们会嘲笑。

"不可以这样。"母亲们会告诫。

在美国,自由表达爱意是每个人的权利,"异性禁止接触"的禁令被解除了。无论何时何地,无论她喜欢用什么方式,她都可以尽情地表达她的情感——拥抱、亲吻、抚摸他的脸、握着他的手、紧紧勾住他的手臂、搂住他的腰、把胳膊缠绕着他的肩膀……曾经压抑的欲望总有办法更猛烈地冒出来。她经常想，她这种强烈的"接触欲"，是否出自她早年生活中的"接触饥饿"。

克拉德对来自妻子的关注津津乐道，并回报以等同的甚至更强烈的感情反馈，让她觉得终于可以随心所欲地表现出她的"小资情调"了。现在克拉德的语言能力已经大不如从前，交头接耳搂搂抱抱成为他们沟通的重要手段。她用这种方式对他说：嗨，宝贝，我在这里，请和我在一起。我爱你。

克拉德理解她的肢体语言，他不仅以身体的行动回答她，有时他甚至能用语言回答：

"我爱你，亲爱的。"

在漫不经心地浏览电视节目的过程中，克拉德混乱的大脑开始迷糊了。

"亲爱的，我们回家吧。你准备好了吗？"

"再等一会儿。"她知道这是一场将要到来的搏斗。她磨磨蹭蹭，拖延时间，其实是她的战术之一：缓兵之计。"克拉德，宝贝，我想和你一起看完这个节目。"

"好吧，不要着急。"他对她还有着无穷无尽的耐心。但不到两分钟，他站起来说，"亲爱的，我们回家吧，我准备好了。"

"坐下来，我最喜欢和你坐在一起，有你在身边总是让我很开心。"她抓住他的手，把他拉回沙发上坐下。她用双臂搂住他的脖子，把头靠在他肩上，使他无法站起来。"我最喜欢这样和你在一起。"这是她的战术之二：甜言蜜语。男人们其实都很简单，聪明的女人知道如何维护他们的自尊心。克拉德虽然病了，但他还是个男人。

"节目快结束了，我们很快就回去。"她无意去任何地方，但绝不为自己的谎言感到羞耻。毕竟他们在自己的家里。

"好吧，不要太久。"他一如既往地信赖她，把一只手臂放在她的背上，轻轻地拍着，仿佛她是个孩子，这使她像猫被挠痒痒时一样舒服得几乎发出咕噜声。

"如果克拉德实在焦躁不安，那我就带他去超市，"她想，"我们可以买一些葡萄柚和香草冰激凌。"

这将是战术之三：转移注意力。她希望超市之行能让克拉德忘记他头脑中那个遥不可及且莫须有的家。他最喜欢的水果葡萄柚和最喜欢的甜食冰激凌，也许会使他混乱不堪的头脑得到安顿，使她疲惫的心灵得到安慰。

终于到了该睡觉的时间。她让克拉德吞下晚间最后的药片，帮助他刷牙、洗漱、脱衣服，让他躺在柔软、细腻的棉布床单上面，然后在床边放了一个塑料盆和一块他一起床就会踩在上面的脚垫。在克拉德这个年纪，很多男人需要多次起夜。因为克拉德不再知道应该在哪里小便，他会站在床边就放开"龙头"，而她只有几秒钟的时间去制止他，带他去 latrine。

"我觉得我又成了个哺乳期的母亲。"她叹了口气，心里充满了母亲般的慈爱,她曾经才华横溢的丈夫,现在已经退化到像一个婴儿。

终于,她在他身旁躺下。克拉德闭着眼睛平躺着,她温柔地轻吻他闭着的眼睛,用嘴唇拨弄他的睫毛,抚平他额头上细软的头发,深深地吸了一口气,让他的气味充斥她的肺腑,这股令她愉悦和给她安慰的气味为她定义了他。她对气味非常敏感,爱人散发的熟悉气味使她安心,告诉她,他在这里,在她身边。

她在床上看了一会儿书,这是她一生未改的习惯。她读了几章丹·布朗扣人心弦的《达·芬奇密码》——悬念小说是她最好的庇护所,又看了几页催眠的园艺目录——她喜欢园艺,喜欢看着生命生机勃勃的样子。

她关掉了灯。

窗外一片漆黑,远处的雷声隆隆作响。转过身去,她用背轻轻地拱了拱克拉德,把自己的身体安顿下来。她感觉他们相互接触的肉体既温暖又天真无邪,他们总是赤身裸体地睡觉。她完全地放松了,开始坠入梦乡……

半梦半醒中,她突然察觉到从床的另一半传来小小的骚动,瞬时,她所有的感官一下子都回到了高度戒备的状态。

"克拉德起床了吗?"

她屏住呼吸,预判克拉德的下一个动作,准备随时从床上弹起来。如果她晚了一秒钟,仅仅一秒,克拉德就会赶在她之前下床,在地板上撒尿,她只得在三更半夜收拾残局。这样的事发生过好几次了,这不是一个令人愉快的景像。

但是,克拉德并没有打算起床,相反,他翻身转向她,把身体紧靠在她的背上,温暖的呼吸吹得她脖子痒痒的。"嗯,感觉很好!"她轻轻扭动身体,来摆脱刚才的紧张情绪,再将自己的身体与他的贴合在一起,就像他们经常做的那样。此刻,他们的身体形成了一个完美的"勺子扣勺子"的形状。两个人的体重都不重不轻,体型兼容,当相互重叠蜷曲时,他们像从同一棵卷心菜上剥下来的两片菜叶,一个套着另一个,几乎不存在缝隙。

克拉德继续微微活动着身体,犹豫地用手抚摸她,脸轻轻地蹭着她的背,喃喃地说:"亲爱的,你,你……"他的手沿着她身体的曲线,穿过她的腹部、腰部、臀部、腿部,漫无目的地游走。她感觉到他身体的下半部有一些笨拙的活动,仿佛他在寻找,寻找……寻找什么东西……

突然间,她意识到了这一举动的目的,理解了他的追求,她的心猛然收缩,她真切感受到了内心的抽搐;与此同时,她的眼睛变得湿润了,丈夫寻找的东西和开天辟地一样原始,和亚当夏娃一样古老。本能地,他在寻找生命的延续,但他迷路了。他失去了一个如此基本的、早就深深编码在他生命中的、对人类生存不可或缺的能力,一个他曾经熟练掌握的能力。

对她来说,交配仪式已经变得像一双旧鞋,没有被扔掉,但只是偶尔被想起。她太累,太紧张,忙于做一个照护者,或者不确定他的身体状况,从而几乎忘记去追求它。这是一个残酷而痛苦的启示,可怕的阿尔茨海默病剥夺了他作为一个男人的能力，也夺走了他们之间那个如此亲密，如此珍贵，如此重要，对他们的关系起着定义作用的东西，而她无力阻止这一切。

默默地，她对他说："让我带你回家，宝贝，让我带你回家。"

她用右手握住他的右手，引导它慢慢穿过她缓缓的山峰和峡谷，在她圆润的肚子上流连忘返，向上滑行到她的臀部，向下达到她凹陷的腰部，让它沿着她毫不张扬的乳房追踪和徘徊。这是一种熟悉但奇怪的感觉，无欲却性感，超越单纯的快感，近乎神圣。在她的心中，没有兴奋，没有期待，只有悲伤，深深的悲伤。

宝贝，你可记得这一切？

她记得他们的第一次和之后的很多次，仿佛他们在随着交响乐队的演奏起舞，开场的旋律常常是柔板，一个序幕，他们跳得缓慢，胆怯，带着试探性和令人心疼的柔情。接下来是谐谑曲，他们的舞蹈变得轻松和俏皮，他们的渴望变得炙热而强烈。谐谑曲导致了快板，舞蹈变得快速，乐观，大胆，热情，几乎疯狂。突然间，结局到来，俗话说的大爆炸——烟花四飞，星星相撞，天堂敞开了大门……

然后表演突然结束了，不要指望有一个加演节目，甚至谢幕都不会有，所有的灯都熄灭了。

我们最后一次做爱是什么时候？三个月前？六个月前？还是一年前？

她搜索记忆，一无所获。

她没有转过身体去面对他，而是伸手去抚摸他。她的手滑过他的身体，先是他结实的大腿外侧，然后是敏感的内侧，然后是他平整而容易接近的下背部，她品味着他皮肤的质地，柔软，光滑，温暖，她想知道他是否仍然喜欢她的触摸，"会表达的手"，他曾经这样形容她的手。

她把手放在他的臀部，感觉它的肉质和柔情。为什么英语称它为"脸颊（cheeks）"？她记得问过克拉德，这个叫法仍然使她感觉好笑。她把他的臀部推向她，感觉他肉体的欲望越来越强烈。

她仿佛听到他在心里喃喃自语：亲爱的，领着我，带我回家。

她记得当他们第一次一起跳舞时，每当她的动作领先于他的，克拉德就会对她说，"亲爱的，我不能被领着跳舞。"他会失去他的步伐，他们将不得不停下来重新调整。克拉德不会跟随，克拉德必须领路。

"角色互换！现在必须由我领路，宝贝，你跟着。"

她仍然背对着他。她把自己推向他，越来越深，越来越深，直到他们之间没有距离，直到他们几乎成为一体。她想裹住他，抱住他，不放他走。她想对他做他想要的一切，给他她的一切，吞噬他的全部，她希望克拉德也对她做同样的事。她想感受疼痛和疼痛带来的真实感，她想让他拥有她沸腾的身体和燃烧的灵魂，她一切的一切！她想感受他压在她身上的重量，让她感到既脆弱又安全。

再来一次，就一次！

但不会再来一次了,永远不会了!不会再有夫妻合作,不会再有投桃报李,现在一切由她负责,她必须独自带领他们两个回家。

想到这里,她把克拉德翻过身来,骑在他的身上。

她开始移动,先是缓慢的,然后更有力,直到她的呼吸变成急促的喘息。汗水从她的额头、腋窝和胸口冒出来,她像个马术师一样在他身上驰骋,把膝盖勾在他的大腿外面,就好像他是她的马一样。他就是她的马!

她拉着他的手触摸她的乳房和臀部,唤醒他对她女人身体的记忆。

"宝贝,你感觉到我的身体了吗?你记住我了吗?"她的灵魂向他喊道。

回答她的只有远处的雷声。雨来了。

她想让克拉德感受到她带给他的快乐,这是一个很简单的快乐,并不需要记忆或理解。她思考着人类性行为的本质,这么简单的东西怎么会如此精彩、如此可靠地持续数百万年呢?被剥夺如此基本的快乐是多么残酷!

她睁开眼睛,看到克拉德在看着她。他在端详她吗?他能感受到她的心情吗?他明白她在和他做爱吗?

这又有什么关系呢?她摇摇头,好像甩掉缠绕着她的蜘蛛网,弯下腰来亲吻她丈夫的眼睛。

外面,在黑暗中,雷声咆哮着离得更近了,闪电穿过绣有白色小花的豌豆绿的丝绸窗帘的间隙,在她的肉体上猛烈地闪耀着,像鞭子在猛烈地抽打。

突然间，她感到愤怒，她觉得有必要对一直积压在她内心的悲伤进行报复。她的眼睛冒着怒火，动作变得更加充满活力。

该死的阿尔茨海默病！

已经沉睡的欲望，被琐碎的照护责任、工作压力和情感痛苦掩埋了的欲望，像干草遇见烈火般地被点燃了，势不可当。她以急剧的力量和速度移动，气喘吁吁……她感觉到她的丈夫，她最珍贵的爱，也在回应她……他变得强大，有男子气概，坚实而持久……极度的快感如脉冲般地冲向她身体的各个角落，强烈乃至疯狂的激情席卷了她……

她的情绪里有一种复杂而令人费解的混乱，困惑、悲伤、兴奋、温柔、凶猛和疯狂的占有感。她拥抱他，亲吻他，在他身上哭泣，同时用力地摇晃着他，仿佛想把他从一场迷惑他心灵的可怕梦魇中摇醒，要他确信不疑地认出她，知道她在向他表达爱情，她希望这一刻深深地烙在他的记忆里。

她努力地驱赶着她的马，带着快感呻吟着。那个巨大的宇宙消退了，随之而来的是一个完全属于他们的宇宙——不断膨胀着，直到它填满了所有的空间。

雨倾盆而下，大声地敲打着窗户。雨和云，云和雨，再也无法分清哪个是哪个了。他们的身体交织在一起，分不清他的或她的；他们的灵魂融合成一体，没有你的和我的。生与死之间不存在间隙——过去没有，现在也没有。我们都活着，我们也都在走向死亡。

人不能选择自己的出生，大多数情况下，也不能选择自己的死亡。

她想，无论在生活中遇到了什么，她都会选择如何生活和如何去爱。这正是她要做的！

她寻找他的灵魂，寻找他仍然记得她的迹象和对她的爱的保证。她觉得它闪烁了一下，或许只是她的想象？它来得快去得更快，像在黑暗中闪烁的荧光，毫无声息地消失在不可知的朦胧之中。她没能抓住它，还没来得及确定。

在她身体下面，也许是被根植于人类躯体中神秘而不朽的代码所驱使，克拉德的身体扭动着，响应着她。他的眼睛闭着，嘴角微微抽搐。她旋转着臀部，感受那股在她的体内越来越强大，越来越健壮的男子气概。

宝贝，来吧，跟我回家！

在她上下左右前后摆动身体时，他们陷入了各自急促的节奏和随之而来的一重重的震撼，像从风暴中掀起的浪，开始有些抑制，然后一环接一环地放大，她感到交响乐队演奏的乐曲逐渐变强，之后走向不可阻挡的高潮。她大声叫喊，颤抖着，喘着气，汗珠相互连接，汇成小股，然后变成小溪，顺着她的脸、脖子和胸脯，滴落在克拉德身上。随着她身体强劲而迅速地摆动，在一声她熟悉的呻吟后，克拉德伸展着躯干和四肢。她想象着那些无用的"种子"喷涌而出——成千上万个潜在的生命机会均等，因为它们之中没有任何一个，会在某一天成为一个真正的人物。

克拉德开始"瓦解"，她倒在他身上，筋疲力尽。在她脑海中遥远的角落里，美丽的挪威歌手西塞尔·基尔克耶贝正在柔情地唱着：

回家去，回家去，

我只是回家去，

静静的，安详的一天，

我只是回家去。

不远了，很近了，

通过敞开的门，

工作已完成，担忧放一旁，

不用再害怕。

  她从丈夫身上翻下来，俩人的身体在床上平静地躺着。她依偎在克拉德的左臂下，把头靠在他的肩膀上，四肢和他的绕在一起。眼泪从眼角静静地流下来，流到克拉德的肩膀上，继续往下流到枕头上。

  外面的风暴已经退去，雨也停了，透过窗帘，细腻的路灯光钻了进来。克拉德用脸去触摸她的面庞，从她那里要到了一个吻。她把头靠在克拉德的肩膀上，看着他的侧影，在幽暗的光线中，隐约看见他闭着的眼睛，但看不见她喜欢的睫毛。她可以辨认出他隆起的鼻子和他坚定的嘴唇，她经常调侃那是"印第安酋长的鼻子"，指的是他有一部分美国印第安人血统。他的脸色平静，一如既往的亲切。

  "宝贝，你快乐吗？你觉得被爱了吗？你爱我吗？"她希望能知道克拉德现在在想什么。

她在心中哀悼，她知道这是他们最后的舞蹈。火焰在熄灭，星星在下落，就像宇宙中的两颗星星，它们的轨迹交会，它们的旅程联结在一起。现在，同样是那股使他们走到一起的神秘力量，那曾经祝福他们并给予他们如此多幸福的强大力量，正在把克拉德从她身边带走。克拉德，她亲爱的丈夫，她珍贵的爱人，像一颗流星，正在离她而去，不可逆转，不可挽回，越来越远。不久，她将再也无法触碰到他，他将"无人可及"。

再见了，我的爱。

2006 年，在达拉斯的马吉亚诺意大利餐厅举行的舞会上。

2008 年，在达拉斯植物园。

8
环游世界

> 只有那些冒着风险走得太远的人,才能知道自己能走多远。
>
> ——艾略特(1888—1965),英国诗人

2005年8月,英国,南安普敦。

游轮轻轻地滑出港口,驶向繁忙的英吉利海峡,继而驶向地中海温暖的水域。

克拉德和我站在这位"伟岸的女士"——"玛丽女王2号"的甲板上,频频朝岸上那些对我们来说完全陌生的人挥手道别。游轮优雅地驶入开阔的海洋,大海和天空融合成深不可测的蓝色,岸上的人们从视野中慢慢消失。在我们周围,冒着泡沫的香槟酒流畅地注入游客们的酒杯,带着海水咸味的雷鬼音乐尽情地飘荡在空中。

就在几分钟前,在去港口的途中,我们的车子经过了一个不起眼的地标性建筑。大约385年前的1620年9月,"五月花号"就是从那

里离开英国前往美国。对我来说，这一切犹如梦境。"玛丽女王2号"，与具有传奇色彩却惨遭不测的"泰坦尼克号"来自同一英国皇家游轮公司。站在甲板上，我期待着和克拉德一起畅游的不是一两个，或者三四个国家，而是让人期待的七个世界上最美丽的国家，从英国出发，前往葡萄牙、西班牙、法国、意大利，然后是梵蒂冈和摩纳哥。

我深深地叹了口气，捏了捏克拉德的胳膊："宝贝，我梦想很久了，这一天终于到来了。"

* * *

克拉德和我曾计划在我退休后去周游世界，尽管我何时退休仍不可知。

"我想先去意大利，去看文艺复兴时期的艺术瑰宝。"每当我做关于未来旅行的白日梦时，就这样告诉克拉德我的计划。

"只要你准备好了，我很乐意陪你去，带你去看我所了解的意大利。"他曾经多次去过意大利，二十世纪八十年代，他与意大利学者在罗马合办过一个为期几个月的研讨会，逗留过一段时间。

克拉德也许能像电影《罗马假日》中乔·布拉德利陪伴安妮公主一样地陪我逛罗马城？

那可太酷了！

"我也想去希腊，与西方文明的伟大先哲交谈，尤其是柏拉图。"

"为什么是柏拉图？"

"因为我想让他启发我关于'粗俗的爱'和'神圣的爱'的区别。"

我开玩笑地说，那是指所谓的肉欲之爱和柏拉图式的精神恋爱。

"你不必去希腊就能得到启发，你可以去图书馆。"克拉德以完全严肃的态度对待我明显的胡说八道，这总是让我感到好笑。

"还有印度，"我继续做我的好梦，"在恒河上看日出。"

"有很多人在那里生病，你必须非常小心。"那语气听起来好像我第二天早上就要出发去印度似的。他曾多次在出国旅行中感染疾病，对"细菌理论"高度信服。

"还有埃及，我太着迷于所有的古老文明了。"

"但你就是在世界上最古老文明之一中长大的。"

他可能并不像我那样热衷于环游世界，但他总是向我保证："亲爱的，等你有时间了我们就出发。"

那时，我的创造力和工作热情正处于鼎盛时期，我热爱并致力于我的事业，退休远在天边遥遥无期。但现在克拉德得了阿尔茨海默病，病情的发展无法预计，能够旅行的日子也屈指可数，现在不出发就可能永远不能成行了。所以，当我的妹妹蓝海邀请我们与他们夫妻一起乘坐"玛丽女王2号"时，我欣然接受了邀请。当时的"玛丽女王2号"是库纳德游轮航线的旗舰，是全世界所有游轮中最大、最新、最豪华的。

克拉德生病前，我们曾谈论过乘坐游轮，但他并不热情，他认为我们会觉得游轮的空间太狭小、太受限制。

"亲爱的，我以前坐过远洋轮，我知道那是什么感觉，我认为你不会喜欢它。"他有把他的喜好安置在我身上的倾向。

克拉德指的是他在朝鲜战争末期的一次远航。当时他还是一名年轻的空军中尉，被派去负责船上的大约三百名士兵。在长达一个月穿越太平洋的航程中，大多数的士兵都因晕船而倒下，船上横七竖八地躺着呕吐的人，呻吟声此起彼落。

那可不是一幅美丽的画面，也不是一次愉快的航程。

我曾经和他理论，那些旧时的军舰与如今的"浮动城市"不可混为一谈，军事任务与豪华的享乐消遣也无法相提并论。现在，我用另一个论点，即我们可以前往七个国家，停靠十几个港口，不需要换房间，不需要打包和拆包行李，因为调换旅馆房间现在对他来说非常困难，整理装卸他的行李则完全成了我的责任，以此成功地说服了他和我一起"环游世界"。我知道和阿尔茨海默病患者一起旅行会很艰难，但是，作为一个经历过"文化大革命"，在内蒙古戈壁沙漠十三年的沙尘暴中生存下来的女人，我不是那么轻易就被吓到的。克拉德的阿尔茨海默病给我们的生活蒙上了明显的死亡阴影，这使得和他一起去享受生活的想法变得更加迫切。德国哲学家马丁·海德格尔告诉我们，"向死而生"是人生的基本组成部分。这一观点如今赫然地呈现在眼前，在我们今后有限的、不确定的时光里留下美好的回忆，成了我坚定不移的生活重点。

除了我们四个人，一起旅行的还有另外两对夫妇，他们是蓝海和她丈夫的朋友，我们一起在指定的餐桌上用餐。第一天晚餐结束后，吃甜点时，克拉德悄悄地对我说："亲爱的，这顿晚餐我想请你所有的朋友。你能帮我吗？"他已经分不清他皮夹子里面的信用卡、驾照和其他东西了。

除了克拉德，每个人都知道游轮上三餐的费用是包含在船票内的，但我还是眨了眨眼，向大家传达了克拉德的意愿，大家都被逗乐了。他们知道克拉德患有阿尔茨海默病，每个人都幽默且善意地为克拉德这顿并没有为他们付账的晚餐而感谢。

晚饭后，我们去看了演出。演出结束后，我们去了舞厅，乐队正在那里为跳舞的人们伴奏。我很快发现，这位曾经在军官俱乐部里喝着威士忌、抽着雪茄、通宵达旦跳舞的前空军军官，不再像从前那样在舞池里流畅地旋转。这位曾经能言善辩、思维敏捷、知识丰富的谈论家，不再能够跟得上别人海阔天空的话题了。当我接受别人跳舞的邀请，或与其他人交谈时，他只能茫然地呆坐一旁。但当他加入聊天时，所有的人都感到茫然无以应对，因为他说的话常常无法被理解。在同阿尔茨海默病患者交流时，人们往往不知如何应答，所以很多时候只能避免和患者交往。

我感觉到，或许是想象到，我们正在制造尴尬，于是我叫克拉德和我一起去甲板上散步。

"但是，亲爱的，我想待在这儿，我喜欢这里。"他对我的窘境毫无察觉。

我的心绷紧了，我觉得自己像是一个残疾儿童的母亲。孩子天真无邪，没有意识到自己的局限性，但是母亲太清楚了，她要保护她的孩子免受赤裸裸的、残酷现实的伤害。

宝贝，我们不再属于这里了。

"我有些不舒服，"我说，"我不该喝那杯椰林飘香鸡尾酒，酒精总是让我头疼。但它实在太好喝了，我忘了我不能喝酒，我需要去透透新鲜空气。"

我拉着他的手，走到甲板上。

地平线上看不到一丝光亮，黑暗包围着我们，只有这个巨大的"漂浮城市"，她高高耸立的十八层甲板，在无限的黑暗之中，像一个披着金色盔甲的巨人，闪闪发光。我深吸了几口温暖潮湿的地中海空气，每次呼出时都让它带走一点我心中的悲伤。我们手拉手在甲板上走着，克拉德已经忘记了拥挤的舞厅和舞厅里充满激情的音乐。

在甲板转弯处，我们被一个小房间里传出的钢琴声吸引，走了进去，在一张桌旁坐下。钢琴演奏者正在边弹边唱，几首曲子之后，一个"猜曲子"的游戏开始了。每张桌子都编了号，给了一张记分卡。我们是第八桌，是中国人认为的幸运数字。

"克拉德，你只能独自作战了，"我告诉他，"我帮不了你。"我的英文歌曲储备仍然停留在中国二十世纪五六十年代出版的《外国名歌三百首》上，早已过期。

演奏者敲击了几个琴键，很快二号桌有人喊出一首歌的名字，猜对了，他们拿到一颗星星贴在记分卡上。克拉德笑着说，他也猜到了这个名字，但慢了一拍。又响起了几个音符，克拉德叫出了这首歌的名字，他猜对了！我们的记分卡上有了第一颗星星。又响起了一串音符，克拉德叫出名字，又猜对了，又增加了一颗星星！二号桌的人得到了下一颗星星。随着比赛的进行，八号桌和二号桌的星星比其他任何一张桌子都多。

然后又蹦出了几个音符，大家都安静下来。人们互相看看，眼神中带着问号。二号桌的对手们看看我们，我看看克拉德，克拉德微微摇了摇头。

见鬼！没人知道这几个音符出自何处。

最后，到了数星星的时候了，二号桌获得第一名，八号桌紧随其后，仅以一星之差屈居第二名。

"克拉德，如果你有一个得力的伙伴帮你，我确信你绝对会拿第一名，因为二号桌有四个人。"我给了他一个大大的拥抱，他始终是我心目中的英雄。

克拉德微笑着："我只是幸运而已。"他仍然是一个谦逊的人。

我仔细研究每天的活动项目，选择那些对我们俩都适合的，既要对我来说有趣，又要能够适应克拉德的能力，对体力和认知没有太高的要求。克拉德很高兴地任凭我"利用"他对我的依赖，让我"大行我是"。

"亲爱的，你替我们选。你知道我们喜欢什么。"

但有些日子，他合作的情绪不高。

"我不想爬大岩石。"一天我告诉他，我们要去摩纳哥岩，他理所当然地将"岩石"与"攀登"联系起来,这使他感到害怕。

"不,不是那种类型的岩石。"我试图解释,但他的大脑坚持"岩石"和"攀登"之间有着不可分割的联系。

"我不想出汗,我会得肺炎的。"他经常会找借口避免去做让他望而生畏的事情,"你知道我很容易得肺炎的。"他记得他小时候得了肺炎差点送命。

"宝贝,你可以不去,你待在船上,我自己去。"虚张声势是我的武器之一,在大部分时间相当有效。"但是,在我走后,你自己在船上做什么呢?"

对他来说答案是显而易见的:没有我,即便是短短的几个小时,肯定比岩石更可怕。于是他跟着我去了摩纳哥岩,没有大汗淋漓地攀登任何大岩石,却和我一起享受了我们的每一步。

在余下的行程中,我带着略微的伤感,避免和我妹妹以及她的那帮朋友一起活动,这样我们就不会拖慢他们的速度。当克拉德随美国空军前往日本驻军时,他的父亲给了他两条忠告:"永远不要自告奋勇"和"永远不要错过机会"。至少,我们仍然忠实地遵从"永远不要错过机会"的信条,从不错过任何使用厕所的机会。每到一个地方,我的第一个和最后一个任务都是让克拉德去上厕所,因为像克拉德这个年龄的男人大多对厕所有着特殊的依恋,而下一个机会就有可能来得太迟了。我总是为上下车、吃饭、上厕所、途间休息、返回船上等规划额外的时间,这意味着我们游览观光的时间不得不减少很多。放缓速度和减少内容对我来说并不容易,我习惯了快速和激情的步伐,渴望看到更多,经历一切。但作为一个照顾病患者的配偶,我真的不得不接受这样的限制。

旅伴中的其他人不断冲向最激动人心的冒险,远远地向我们招手,鼓动我们加入他们的行列时,妹妹蓝海就会默默无语地用同情的目光看着我,我知道她理解我的窘困。

"不,你们去吧。"我微笑着向他们挥手,看着他们离去。但在心里,我感觉自己像一只折断了翅膀的鸟,不能向着广阔的天空自由翱翔。我看着克拉德,我亲爱的、懵懂无知的丈夫,使劲握了一下他的手,感受他在我身边的存在。

宝贝,我很感恩我们仍然在一起。

细细体味我们在一起的这一刻,使我更容易接受阿尔茨海默病强加于我们的种种限制,在可以预见的未来,我们现在所有的这有限的一切,也将失去。

一天,我们早晨下船去游览,中午回到了游轮上,吃完午饭也才只有一点钟,离开船时间还有五六个小时,我们整个下午都将无所事事。我想下船,在风景如画的海滨小镇上漫步,小镇临海的街上排满了诱人的面包房和迷人的小商店。

"宝贝,我们上岸吧!"我总是充满行动的冲动。

"亲爱的,我累了,我不想再出去了。"

"但我们有整个下午,我们做些什么呢?"

"我要睡个午觉，我筋疲力尽了。"他的眼皮看起来很重，好像晚上没睡好。我知道他经常睡眠不好，但担心午睡会毁了他晚上的睡眠，而我的睡眠也会随之而毁掉。

"跟我去吧，走出去你会感觉好点。"我开始哄他，"我保证我们不会走太远。"

"我真的不想出去。"

"那好吧，我自己去，你可以待在这里。"我再次使用我的武器，确信他绝对不想和我分开！

"你去吧，亲爱的，我只是需要休息一下。"他在床上躺下。

糟糕，武器失灵了！

我的身体充盈着能量，寻求释放；我的心里充满了好奇，渴望见识生活里所有的奇迹，渴望经历世界的每一个角落。这种被压抑的欲望如此强烈，几乎要爆炸。

我想出去！我不想留下来！我想自由！

我充满渴望的心沮丧地尖叫着，同我充满理性的头脑博弈。理性的回答坚定有力，不可动摇——你爱他！他依赖你，这是你的命运，接受吧！

我知道我绝对不能，也不会让克拉德留在游轮上无人看管。我爬上床躺在他旁边，背对着他。克拉德翻过身来，习惯性地和我像两把勺子似的贴在一起。我身体的轮廓顺着他的，脸背对着他，我的精神支离破碎，悄悄地流泪很久，但他毫无察觉。泪水不仅伴随着我的悲伤，也伴随着我的挫败、投降和自怜。

"脆弱啊，你的名字是女人！"莎士比亚在那里嘲笑。

那天晚上，我们没有去餐厅和旅伴共进晚餐，我不想让别人看到我红肿的眼睛。

我可能是一只折翼的鸟，但我不愿意让克拉德的疾病限制我的想象力，阻止我们做仍有可能一起做的事，去我们仍有可能一起去的地方。我们走访了克拉德早年生活过的地方，拜访他的朋友，这可以强化他的记忆，也为我创造新的记忆。在他确诊后不久，我们去了阿肯色州的柯蒂斯小镇，在那里他的妹妹若雅带我看了克拉德出生的小屋和屋外的大桑树，他多次给我讲他小时候采桑葚的故事。我们开车在亨德森州立大学的校园里转悠，从那里他转学到了东得克萨斯州立大学（现在是得克萨斯A&M的一部分），因为那里有美国空军在校学生的预备役军官训练营。克拉德从小就渴望开飞机，参加空军是他实现梦想的最佳途径。我们拜访了他儿时的一位密友，午餐时克拉德将浸泡过的茶包放进嘴里，以为那是食物，他的发小吃惊地阻止了他。发小什么也没问，我什么也没说。

我们经常去佛罗里达的迈阿密和劳德代尔堡看望克拉德的女儿嘉怡和她的家人。一次佛罗里达的旅行我们也去了西礁岛，在那里参观了杜鲁门的小白宫和海明威的家。海明威曾经在小说《流动的盛宴》中警告旅行者，"决不要同你并不爱的人一起出门旅行"。

很明智！虽然我的旅行伙伴头脑里断了几根弦，但他仍然是我心爱的人。

在密苏里州堪萨斯城，我们参加了克拉德儿子威廉的硕士毕业典礼。威廉是为了让父亲见证这一场面而决定参加毕业仪式的，我们每个人都是为了继续创造有关克拉德的记忆。在这次旅行中，我们参观了位于堪萨斯城的杜鲁门总统图书馆和博物馆，去了密苏里州的汉尼拔小镇，那里有马克·吐温的童年住所。

马克·吐温有句名言："在搏斗中，狗的大小并不重要，狗的内在战斗精神的大小才是最重要的。"

我的内在战斗精神有着令人生畏的规模。我奋力前行，在旅途中面对克拉德的种种困惑，他各种功能的减退，他使用 latrine 时的艰难，他饮食时引发的混乱……我顽强地决心创造我们所能创造的记忆，在最糟糕的情况下寻找最好的方式，尽可能充分地感受生活，不留遗憾。

在巴巴多斯岛，我们去了著名海盗山姆·罗德的城堡。克拉德以前到过巴巴多斯岛，参观过这座城堡，他讲述的关于山姆的故事早就激起了我的兴趣。在佐治亚州的萨凡纳，我们参观了保存和修复下来的那些美国南北战争前期的詹姆斯·威廉姆斯南方庄园宅邸。威廉姆斯耸人听闻的谋杀案为约翰·贝伦特1994年创作的小说《午夜善恶花园》提供了素材。

还有一次，我们去新英格兰看秋叶，从缅因州首府奥古斯塔出发，乘坐游船沿着卡斯科湾寒冷的水域漂流，经过一座座染了红色、黄色和层次丰富的绿色色调的田园诗般的岛屿。开车沿着海岸线南行，我们在肯纳邦克、朴次茅斯和塞勒这些在美国建国史上留名的古朴城镇停留；跳过我们都去过多次的波士顿，顺着朝圣者公路去了鳕鱼角和玛莎葡萄园；然后西行前往纽波特海滩，去造访那些美国镀金时代富人和名人的"夏季小屋"。这些"小屋"绝不是古朴简单的，它们巨大的外墙和奢华的内饰，仅属于极少数的商业大亨和他们的继承人，称它们为"宫殿"似乎更为恰当。

2006年1月，大D寒冷又沉闷，我们飞往夏威夷火奴鲁鲁，我将在那里举办的一次学术会议上作报告。二十年前，我从上海到芝加哥，开始我在北伊利诺伊大学的研究生生涯，火奴鲁鲁是我进入美国的港口，我在那里因转机停留了十小时。在海关办理入关手续时，美国海关人员没收了我从香港带来的多尔香蕉和加州橙子等所有食物。

"但这些橙子来自加利福尼亚。"我向海关官员抗议。很显然，水果一旦离开美国国土，它就永远失去重新进入美国的权利。

我在机场查看麦当劳的菜单，当我将美元价格转换成人民币时，得出了一个令人震惊的结论：一个巨无霸汉堡包将花费我在中国整整一个月的工资！我坚决抵制"资本主义的剥削"，只从机场的饮水器里喝水，感谢那水是干净的、免费的和无限的。

火奴鲁鲁，一别十载，我又来了，带着博士学位和事业上的一串成就，身后有一个大学毕业的儿子，身旁有一个恩爱的丈夫！

在尽职于工作的间隙，我们去了珍珠港，向在袭击中丧生的美国官兵致以敬意。

火奴鲁鲁的会议在四天后结束，我们开始了为期一周的夏威夷群岛巡游。第一个停靠的港口是茂宜岛的卡胡鲁伊，在那里我们参观了菠萝种植园，克拉德和我分享了一碗上面堆着高高的新鲜菠萝块的冰激凌。夏威夷大岛上的希洛是下一站，巴士载着我们一直到达莫纳基亚山顶，那是夏威夷州的最高点。在山顶附近，导游指给我们看一株盛开的银剑。银剑曾经遍布夏威夷岛，尤其是在火山口的周围，现在已成为罕见的濒危物种。在科纳，我们参观了一个古老的咖啡种植园。车子经过了基亚莱克库亚湾，1779年2月14日，著名英国探险家库克船长，在第三次访问夏威夷岛屿时被土著杀害，而我们看到的是阳光下一片宁静的海滩，过去的暴力毫无迹象。

在返回火奴鲁鲁之前，我们最后停靠的港口是卡乌阿伊岛的纳维利维利。此次旅行的亮点是在君悦酒店举行的一场被称为"夏威夷文化盛会"的烤猪晚宴。当我们走进将要举行晚宴的花园时，夏威夷的男孩和女孩用灿烂的笑容和花环热情地迎接我们。男孩们扎着 malos（腰带），女孩们穿着 hula（椰子做的胸罩和草裙），脖子上挂着花环，黝黑健康的皮肤在阳光下油亮发光。

我们戴着花环，跟着其他参加宴会的人们来到一个被花坛环绕的大草坪上，草坪中央散落着铺上白桌布的餐桌，草坪前面是表演呼啦圈和火刀舞的舞台，草坪的一侧有几张长桌，上面放着大托盘。草坪的后面正对舞台的桌上摆着装满不同饮料的玻璃杯，大多装着貌似甜美的夏威夷潘趣酒，它的名称和它的内容一样极具欺骗性——原本罐装"夏威夷潘趣"是不含酒精的碳酸饮料，曾经是可口可乐强劲的竞争对手，而这个夏威夷潘趣酒含有的酒精足够把我放倒。

太阳几乎消失了，光线变得模糊，整个场地像是一个美丽而又混沌的神话境界，我们被充满异国情调的夏威夷音乐和舞蹈包围。似乎除我之外，每个人手里都有一杯带着危险的甜味和貌似无辜的夏威夷潘趣酒。面朝大海矗立着的酒店大楼、草坪外面的沙滩、沙滩上的棕榈树、渐暗天空中最后的阳光、贸易风和带着咸味的空气，以及被繁茂的热带花朵包围着的天鹅绒般郁郁葱葱的绿草坪……所有这些景物在一起，幻化出一个完全超脱尘世烦恼的世界。

而且此刻，一场盛宴即将开始！

我拉着克拉德的手，走到一旁的桌子边"视察"食物。在二十世纪中国对世界开放之前，很多美国妈妈曾经这样告诫孩子："把盘子吃干净——想想中国那些饥饿的孩子！"回首往事，我也是那些饥饿的中国孩子中的一个，食物对我有着不可控制的诱惑。我无法遏制对覆盖着铝箔纸的托盘里的食物的好奇心，悄悄掀起铝箔纸的一角，窥视它们隐藏的秘密。有些只是老生常谈，沙拉、土豆泥、凉拌卷心菜、煮玉米、烤鸡和面包；另外一些则带有地方特色，如加了夏威夷果的米饭、烤菠萝、热带水果、熏三文鱼和取之不尽但味道让人不敢恭维的夏威夷芋泥。

宴会菜单的主角，人们津津乐道的夏威夷烤猪在哪里呢？我问了一位服务人员，被告知猪还在烤。我脑海中出现了那个可怜的家伙，它被包裹在层层香蕉叶中，舒适而温暖，在发光的燃烧的篝火上被慢慢地炙灼，油脂点滴流下，橙色的小火焰噼啪跳跃。

我带着克拉德离开食物台，走向放饮料的桌子，桌上的玻璃杯像正在操练的小士兵一样排成排。我为我们俩每人选择了一杯气泡水，然后在靠草坪后面的一张桌子边坐下。如果克拉德在演出中间需要上厕所或感到无聊了，我们可以很容易撤退，不打扰别人。不久，又有一对夫妇加入了我们的桌子，我们一起随意闲聊。猜想"八戒"在噼里啪啦的篝火上的"修炼"一时还结束不了，我决定带克拉德去latrine。

同桌的男人善意地给我们指路："绕过那些放饮料的桌子，走下楼梯，然后经过一段高高的栅栏，再经过花坛，在墙前面右转，你就看到厕所了。"

顺着他的手势看去，我既看不见栅栏、花坛和楼梯，也不确定那后面是否真的有个厕所。看着他面前放着好几个已经被成功"毙"了的可爱小士兵——空了的潘趣酒杯，我暗自思忖他是否头脑清醒。转了几个弯后，我找到了厕所，进出的人络绎不绝，也许都在为篝火上慢慢转动的"阿猪"腾出肠胃的空间。

"宝贝，你去吧，我在这里等你。"我告诉克拉德，然后补充道，"别忘了洗手。"为了确保他听明白了我的话，我双手捧着他的脸，看着他的眼睛，非常刻意地说："我就在这里，你记得吗？"

他点点头，匆匆走进厕所。我看着他的身影消失，后退了几步，站在男厕所的门口，监视出来的每一个人。

几分钟过去了，一些男人从厕所出来，大多数不理会我，只有几个怪怪地瞥我一眼，也许是因为我站得离他们的"专属王国"太近了。

又过了几分钟，克拉德还没有出来。我开始焦虑不安，朝门口走近了一点，抻着脖子，看看能否在里面发现丈夫熟悉的身影。

就在这时,一个男人走了出来。我上前一步,问道:"不好意思,你有看到一个看起来有些糊涂的……"

还没等我说完,他就冲着我跺脚喊叫:"你丈夫喝醉了,随地撒尿,他连要在什么地方撒尿都搞不清楚!"

"他没事吧?他现在在做什么?"

"你怎么能让他喝得这么醉醺醺的?真丢人!带他回旅馆去,你们根本就不该来这里!"

这时,克拉德走出了男厕所,他看到有人对我大喊大叫,很是吃惊。

"怎么回事,亲爱的?"克拉德走到我身边,然后转向那个男人,"别这样对我妻子说话!"

那人更加愤怒了,他把矛头转向克拉德,咆哮如雷:"你这个酒鬼!你不知道自己在做什么,醉得连在哪里撒尿都不知道了。你在地板上撒尿!醉汉,你这个愚蠢的酒鬼!快滚回去!"

我知道克拉德无法理解眼前发生的事情。当我情绪激动时,我的英语会卡在喉咙里,我只能说:"嘘,嘘,我丈夫没喝醉,他有病。"

但那个怒火中烧的人只听得见自己的吼声:"不知羞耻,你们俩都不知羞耻!他不知道自己在做什么,你也不知道他在做什么,你快把他带走!"

尽管克拉德搞不清发生了什么,但他仍然是一个拼命为自己女人辩护的男人。

"滚开!"克拉德一边对那个生气的男人说,一边站到我的面前,好像要保护我免受那人的攻击。

那个男人一定认为这个举动是对他的威胁,他也向克拉德靠近了几步,对着克拉德的脸挥动拳头。他比克拉德年轻、壮实得多,满腔怒气,随时有可能动拳脚。我的心剧烈地跳动着,所有的血液涌到头上,我挣扎着把克拉德拉回来,尖声嘶叫,绝望中不情愿地喊出那几个字:"他得了阿尔茨海默病!"

一些路过的人停了下来,几个男人把那个愤怒的男人拉开,几个女人围住克拉德和我,我听到她们温柔地说:"你没事吧?""你需要帮助吗?""那家伙一定喝醉了,不要理会他。"

我稳定了下情绪,安慰克拉德一切都好,并感谢了善良的陌生人。回到我们的座位,我带着严重缩水的食欲和沉重的心情,听着对烤猪传统的介绍,看着呼啦圈和火刀舞,嘴里的食物味同嚼蜡。虽然我们在夏威夷余下的旅行很顺利,但这件事留给我一个挥之不去的疑虑:

我的行为对公众造成骚扰了吗?我们还有权参加这些活动吗?

直到如今,我仍然没有找到这个问题的答案。

作为健康配偶,我经常会碰到个人权利和公众利益不一致的情况。阿尔茨海默病患者在餐馆会把食物和饮料洒得到处都是;他会从坐在他旁边的陌生人的盘子里拿取食物,这事发生在飞往中国的航班上;会在电影放映中大声说话,在集体活动时让别人等待,甚至还会出现更糟糕的情况。

因为这些原因,许多健康配偶选择完全避开公共场所,随之而来的是被社会孤立的感觉和精神抑郁。我努力与这些不良感情苦苦搏斗，因为它们破坏我的幸福，让我质疑生命的价值。我用理性和自律努力地接受，妥协，迎接挑战，突破局限，继续积极地生活，而不是将我自己的生活完全搁置一边。有些人称赞我勇敢，但我知道，我是踩了一些人的脚指头的。

正如欧美经典歌曲《甜蜜的梦》里所唱的，

我环游世界和七大洋，

每个人都在寻找自己的东西。

归根结底，我们不都在寻找同样的东西——以最好的方式与亲人共度时光吗？

旅行中也有很多积极轻松的时刻。2006年夏天，克拉德的儿子威廉和他的妻子萝伦邀请我们一起乘坐游轮去阿拉斯加。太平洋西北部的美丽景色令人向往，因为有威廉和萝伦陪伴，在旅途中，我们情感上越发和谐。因为克拉德的儿子可以陪他上厕所，也更便于管理。

丰富的自然奇观在我们的旅途随处可见：壮丽的冰川散发着晶莹的象征着永恒的蓝色；意外走进的热带雨林郁郁葱葱，充满生机；成千上万的三文鱼洄游产卵，然后英勇地拥抱死亡。

一天晚上，船上的剧院演出结束后，我们决定在回房睡觉前去酒吧喝一杯。在走廊里，萝伦和我顺路上个厕所，威廉和克拉德一起在女厕所外面等待。正当我和萝伦洗手时，门被轻轻地推开，一双眼睛偷偷看进来，接着是鼻子、嘴巴，最后是整张脸探进门来，脸上带着一个孩子想要得到礼物时的甜美的微笑，彬彬有礼地问："请问我能进来吗？"

萝伦迅速而坚定地回答："不，你不能！"

那张略有失望但又很温顺的脸，缓缓地退出门外。那是我亲爱的丈夫克拉德的脸，孩童般的可爱。他企图进入女厕所的动机完全是纯洁的，他只是想和他的"小甜心"在一起，无论她在哪里。

* * *

2007年。又是一个秋天，我和克拉德开启又一次的秋叶之旅，目的地是五大湖之一的休伦湖中间的麦基诺岛。

这是克拉德确诊后的第五年，他的身体和认知能力已严重下降，穿衣、洗澡、吃饭、上厕所等日常起居都需要帮助，但他仍然可以自己走路。走路时我一直握着他的手，不让他迷路或走散。大部分时间他仍然认识我。

别害怕，克拉德，你有我在。

我们出发了。

多年前，我看过一部《美国国家地理》杂志拍的关于麦基诺岛的纪录片，从那以后，我就对这座岛着了迷。麦基诺岛的大部分土地现在都是密歇根州的州立公园，是一个只有渡轮或飞机才能到达的世外桃源。冬天它被冰雪包围，但当春天来临的时候，绽放的丁香花覆盖着整个岛屿，使这座小岛成为一个有着薰衣草紫、浅紫、深紫、蓝灰紫、紫绛红……各种紫色的调色盘，空气中弥漫着令人陶醉的丁香花味。早在十世纪就有开拓者在岛上定居，几个世纪以来，麦基诺岛在穿越五大湖地区的航行中发挥了至关重要的作用。在美国独立战争之后，它一直是最受欢迎的旅游胜地之一。十九世纪末，麦基诺岛开始禁止机动车辆通行，理由是避免车辆惊吓和伤害岛上的"某些"居民，比如马匹，当然还有马车夫。

回归过去，多么奇妙啊！

我们于10月下旬抵达麦基诺岛，岛上的一切活动即将在一周后关闭，直到下一年的春天再恢复。夏季的喧嚣早已过去，岛上几乎空无一人，只有几个像我们这样勇敢的灵魂在四处游荡。

我很想选一匹高贵的马匹，像从前在内蒙古时那样跨上马背策马扬鞭，但我自己的老马——克拉德"克拉德斯代尔"——分分秒秒需要我的陪伴，我不得不把骑马的想法从我脑海里驱逐。骑自行车逛岛也很吸引人，因为对克拉德来说不安全，也无法成行。于是我们在岛上信步漫游，沉浸在它的历史和文化中。从印第安人到法国人，从英国人到耶稣会教士，再到游客；从一切以丁香花和马为主题的旅游商品，到用糖、黄油和牛奶制成的法奇软糖，还有我百吃不厌的用休伦湖里打上来的鱼做成的熏鱼……礼品店里除了丁香花就是马，我买了一块手工制作的陶瓷挂牌，上面写着"这里住着一匹被宠坏的老马（A spoiled rotten horse lives here）。"

"谁是老马？"我取笑他，知道我的老马绝对不会踢我的屁股。

"是我吗?"

克拉德的回答把我逗乐了。那些日子里我戏称自己为"看马人","horsekeeper"与"管家"的发音"housekeeper",相谐成趣。

在这遥远的北方的深秋,担心克拉德怕冷,他有些贫血,血液循环也越来越弱,我给他买了一件亮黄色防风防雨的大号连帽夹克。他穿着太大,颜色也太扎眼,不是我们喜欢的风格,但我不会抱怨,因为它是商店里当时唯一的一件而且半价销售。有了它,我们可以在岛上做更多的探索。

"yellow jacket"在英语里和"黄蜂"是同一个词。我把克拉德包在没有蜇人的刺的"黄蜂"里,里面一层层地套着人字呢的羊毛西装外套、暗绿色的羊绒开衫、深绿色的开司米背心和白色高领棉毛衫。然后,我抽紧"黄蜂"底部的拉绳,调整了袖口的尼龙搭扣,不让冷空气进入。袖子很长,盖住了克拉德戴着手套的手。最后,我把风帽紧紧裹住他的脑袋,他的脸大部分被遮住了,几乎看不见眼睛。

很快,我们的出租车——一辆老式的马车,来接我们到岛上的大酒店去喝英式下午茶。上马车需要先踏上一个踏脚板,对克拉德来说,这是一场艰难的斗争。虽然他体力强健,但他无法理解口头指令,也无法按指令保持平衡。

"克拉德,把你的右脚放在这里。"我把他的右臂搭在我肩上,用来支撑他的身体,帮助他保持平衡。克拉德抬起左脚,但仍不知道该放在哪里。

"不,不是这只脚,另一只脚。"他开始挪动他的脚,不确定哪一只脚是"另一只脚"。

我抓住他的右脚,想法把它抬起来,但它不听指挥。

"这里,克拉德,把你的脚放在这里。"他试着把右脚放在轮子的辐条上。

"不行,不行,不是那里!"我用双手搬动他的右脚,终于把它放在了踏脚板上,然后用右手固定住他的右脚,再努力用左手把他推上去,同时稳定我的身体,防止他摔倒。经过一番撕扯,我好不容易把他塞进了马车。我无视马车夫困惑的眼神,爬上马车,在克拉德旁边坐下,对马车夫发话:"请到大酒店。"

马车在带有传奇色彩的大酒店前停下,我们好像确确实实回到了一个已经远去的时代。门卫扶着我们一一从马车上下来,进入大厅后,我帮克拉德脱下了"黄蜂"夹克。现在,他穿着浅棕色与墨绿色混合的人字呢西装外套,和谐地映衬着我优雅的有着浅棕色蕾丝紧身胸衣的深棕色长裙。

我们看起来是不是最有气质的一对?我很高兴,将烦恼暂时搁置一旁。

大酒店有着一百多年的历史。

在宽大的客厅里,一个女演奏者弹拨着竖琴。我们坐在一张巴洛克式的深绿色天鹅绒沙发上,四周环绕着浅绿色的镶板墙面,镶板墙壁上装饰着白色的石膏线。我们享用下午茶,啃着或甜或咸的小点心,茶点三明治、小松饼和水果都漂亮地摆放在精致的三层骨瓷点心盘上。吊灯柔和地照亮了整个大厅,抛光的木家具、古董瓷花瓶、天花板上棱角分明的石膏线、脚下的拼花大理石地板,这一切都闪耀着微妙的光。在巨大的玻璃窗外,休伦湖节奏平稳地荡漾着,像是一位母亲摇晃着她的婴儿。这是一种感官上的享受,把我们带回到美国镀金时代,让我们一睹昔日的优雅。

过去,大酒店的下午茶是少数富人和名人才能享用的;现在,虽然不便宜,但许多人都触手可及。

我眼前浮现出电影《时光倒流七十年》的一些场景,那是一部在大酒店和麦基诺岛的其他地方拍摄的跨越时空的浪漫爱情片。

"我梦中的那个男人现在几乎消失了,"女主角伊莉丝·麦肯纳说,"……我可以看见他就在我面前。如果他真的在这里,我会对他说什么呢?……我有这么多话要说,可我找不到合适的词,只能这样对他说:'我爱你。'如果他真的在这里,我就这样对他说。"

如果失去的只是一个逝去的梦,人们会有多么悲伤呢?克拉德不是那个我在梦中遇到的穿行在时空幻想中的人,他是我的现实。得到一个人,和他一起分享了生活,然后失去这个人,一点一点,一天一天,一年一年,这才真的很可悲。

怀旧的气氛使我陷入沉思。

在我们离开麦基诺岛的那天,天空灰暗,云层低垂,岛上几近荒芜,准备迎来长长的冬季关闭时间。一夜之间,风席卷了树上剩下的大部分叶子而去,也带走了岛上最后的一点色彩。树枝上仅剩的几片残叶在寒风中颤抖,拼命地紧紧抓住生命的枝丫。

还能有多久？我想知道。

在回程航班上，我带克拉德去厕所。当我等在外面的时候，他把自己锁在了厕所里面，不知道如何开门，乘务员解救了他。当克拉德再次去厕所时，我站在外面，把着门，留一条门缝，防止他再次锁上厕所门。在我心里，我知道这是我们旅行的"天鹅之歌"，我们一起"环游世界，走遍天下"的时代结束了。今后的道路，无论是在崎岖陡峭的高山上，在深而黑暗的低谷里，还是在穿越波涛汹涌的海洋中，我都将独自前行。

2006 年，在缅因州肯纳邦克小镇。

2006年1月,珍珠港,在亚利桑那号航空母舰纪念馆。

2007年,在麦基诺岛,克拉德穿着他的"黄蜂"。

9
离她而去

我从没想到过要离开她。

——格兰特·安德森，电影《柳暗花明》(2006)

二十世纪九十年代中期，在克拉德被确诊之前的几年，我因工作需要走访了坐落在弗吉尼亚州夏洛兹维尔小镇的弗吉尼亚大学，克拉德与我同行。在工作之余，我们参观了夏洛兹维尔郊外的蒙蒂塞洛。这座庄园曾经属于《独立宣言》的主要作者，集政治家、哲学家、科学家、历史学家于一身的美国第三任总统托马斯·杰斐逊。蒙蒂塞洛庄园是他亲自设计建造，并曾经居住了多年的家。

穿过这所优雅的房子，我们漫步在"长腿汤姆"① 曾经劳作流汗的花园和菜园，在他的家族墓园向杰斐逊致以敬意，并在花园里与美丽

---

① "长腿汤姆"是托马斯的昵称。

的现任居民孔雀合影留念。那些孔雀抬头挺胸,趾高气扬地无视它们的崇拜者和观众,自由自在地在花园里信步漫游。我们如此近距离地触摸和呼吸着一段美国历史,亲密地拥抱一个伟大的"美国老爹",他的理想和远见帮助美国奠定和建立了一个以崇尚个人自由为基础的民主政府。

那一刻,我们谁也不曾想到有一天克拉德会成为蒙蒂塞洛的居民——西蒙蒂塞洛,位于美国孤星州的达拉斯,距离杰斐逊在"老多米尼克"[①]的那个蒙蒂塞洛十万八千里。

* * *

西蒙蒂塞洛,也叫蒙蒂塞洛,人们通常省略"西"字,位于达拉斯富裕的海龟溪社区和公园城社区的边缘,是一家设施齐备的养老院。把克拉德搬到蒙蒂塞洛是我人生中不得不做的、最艰难的决定之一。克拉德确诊已经快五年,对他的护理进入了一个更艰难的新阶段。

2007年秋天,从麦基诺岛回来时,我就知道我们一起旅行的日子已经一去不复返了,我需要把全部精力集中在克拉德的家庭护理上。克拉德无休无止地走来走去,随地吐痰、小便,突发的烦躁不安,还不时地走出家门,越来越频繁,越来越难以管理,危险的行为层出不穷。克拉德有着强烈的"做些什么"的欲望,他不断地抓起东西摔到地板上,使得许多物件伤痕累累。一个高大的中国瓷箭筒,用于收纳

---

①弗吉尼亚州的别名。

中国书画卷轴，原本功能完全是文明风雅的，现在成为克拉德小便和吐痰的容器；书架上摆放着一位老友几年前送的礼物，一个刻着错综复杂花纹的沃特福德水晶花瓶；窗台上盛开着的粉红色蟹爪兰的豌豆绿花盆；餐桌上的碗和盘子；书桌上的灯；梳妆台上装着家庭照片的相框……无一幸免。在他那难以捉摸的大脑的指挥下，仿佛整个世界充满了假想的敌人。他的双手仍然强壮有力，试图抓住身边存在的一切东西，没有任何东西是安全的，没有任何毁灭是不可能的。他像一个现代版的堂·吉诃德面对风车变成的巨人，在自己家里犹如面对一个充满邪恶的世界，家具、固定装置、到处零散放着的物品和装饰品，一切都带有威胁性。他试图去推动桌子、椅子、沙发、床和梳妆台等一切无法被他的头脑识别或理解的东西。物体的阻力越大，他战胜它的决心就越大。当厨房的岛台没有屈服于他的撼动时，他抓起一个放在上面的杯子，开始敲击花岗岩台面。杯子破了，划破了他的手——我们的勇士流血受伤了。

一天早上，查理照例打开车库门，把垃圾拿出去，老马"克拉德斯代尔"在车库门打开的短暂间隙悄无声息地溜了出去。当查理楼上楼下搜遍了整个房子，意识到老马真的不见了之后，他和罗尼花了几个小时前前后后地搜寻附近的街道。那几个小时，恐惧、焦虑、内疚的情绪和种种可怕的画面充斥着他们的头脑。最终，在离家好几条街的地方，他们找到了没事似的正在专心走路的克拉德。

晚上下班回家后听说此事，我不由庆幸险情已过，免于亲历那些可怕的时刻。我知道没有人，哪怕是最负责任、最有经验、最富同情心的护工,也无法保证另一个人百分之一百的安全,更何况这是一个失智的老人。

尽管面临重重挑战,我仍然不会放弃继续在家里照顾克拉德,但另一个致命的打击不期而至,使我面临的挑战从极其困难变成无法克服。

查理生病住院了。

查理为我们工作后不久,我得知他是一名癌症患者,但他的癌症经过医治已经得到控制。他告诉我,他得的是骨癌。虽然我没有相关的常识,但也没有细问,美国法律保护公民有不对雇主甚至家人透露病情病史的权利,我尊重他的隐私。和我们在一起的这两年里,他戒了烟,看上去很健康,所以这次生病很令人意外。

我带着克拉德去医院探望查理,他虚弱地躺在病床上,看起来一下子老了许多,未加修剪的头发和花白的胡茬,高高的颧骨耸立在凹陷的眼睛和脸颊之间,各种管子像章鱼的触角一样出没于他的身体。看到我的查理、善良好心的老查理、一直照料我们所有人的老查理,现在无助地躺在那里,也需要依赖别人的照顾,我的心碎了一地,但罗尼在他身旁全心全意地伺候,又令我欣慰。

"查克胸口痛,发低烧,"罗尼告诉我,"他呼吸困难。"

"是否和他以前的癌症有关?"我问。

"医生们不能确定到底是什么原因,他们认为是某种细菌感染,给他用了抗生素。不知道查克需要在这里待多久,但我想肯定要有一段时间。"

我拥抱了查理，告诉他我爱他，会再来看望他，并安慰他我会照顾好克拉德。怀着沉重的心情，我离开了医院，为查理，为克拉德，更为我自己伤心。我心里知道，到了把克拉德送到蒙蒂塞洛的时候了。

* * *

中国有句老话，"人吃五谷杂粮哪有不生病的"。护工会生病，护工也可能会辞职。克拉德的病情有可能发展到我难以应付的地步，我自己的健康也有可能出问题。对任何人来说，尤其是对像我这样的健康配偶来说，意外之事必定是意料之中的，我必须做好多种准备。

早在查理生病之前，我就考虑过如果失去他的帮助我该怎么办。再找一个护工吗？如果找不到合适的怎么办呢？我与查理和罗尼的关系非常密切，对我来说，查理是不可替代的。即使有幸再找到一个理想的护工，我是否依旧会充满焦虑，担心哪天因为不可预见的原因，又一次失去我得以依仗的护工？

不，我不愿重复那种应聘者像走马灯一样频繁出没我家的场景；不，即便有幸找到投缘的护工，我也不愿把自己置身于一种时刻担心这个护工会待多久的境地。还有，我更加不愿意又从心里喜欢上一个好的护工，为他或她的生病再一次心碎。

或许我应该辞掉我的工作，全天候照顾克拉德？

放弃我在南卫理公会大学的工作，舍弃科技行政主管和终身教授的职位，丢掉经过半生拼搏得之不易的"铁饭碗"？这也绝对不是上策。要知道，我的事业赋予了我生命极大的意义，它给了我成就感和使命感，让我跻身于一个更广阔的世界，并提供了我们生活所需的一半以上的收入。失去这份收入，意味着要失去很多现有的选择，包括对如何护理克拉德的选择。

作为一个阿尔茨海默病患者的健康配偶，照护病人的琐事占据着我的日日夜夜，工作给了我几乎是唯一正常生活的空间，是一帖调剂情绪的良方。

如果克拉德继续住在家里，除了要考虑谁来照顾他之外，我还需要重新考虑他的生活环境，我们的习惯和作息必须做出大大的改变。我将面临一项艰巨的任务，彻底改造我们家里的装置，以确保他的安全。送克拉德去养老院，剥夺他在温馨的家中的舒适生活，是一个无奈又痛苦的决定。不过，目前克拉德已经丧失了对环境的知觉，无论在家里还是别的地方，他已不知道自己身处何方，所以我料想搬去养老院不至于对他产生太大的不良影响，这个想法给了我些许的安慰和解脱。

早些时候，当嘉怡和她的两个孩子来达拉斯看望我们时，我请她陪我去实地考察一些具备阿尔茨海默病和其他失智症患者护理设施的养老院。这样做是为了，一旦查理或我出了什么事，我们就会有一个照料克拉德的后备方案。我们考察了四五处这样的地方，蒙蒂塞洛是我名单上的首选，而嘉怡也真心实意地赞同。

"嘉怡，你不认为这个地方对你爸爸不够理想吗？"我喜欢和嘉怡探讨我的想法。

"天哪，当然不了！"和往常一样，嘉怡总是我积极的支持者，"这是一个可爱的地方，爸爸在那里会得到精心照顾的。"

"它离我的办公室和家这么近，我可以经常来看他。"我叙述着蒙蒂塞洛的种种好处，为我的决定提出有说服力的理由，"它不是太大，管理得似乎很好，还包括了生命的临终关怀，我们有可能需要使用的。对我来说，价格也是可以承受的。"

"如果你需要经济帮助，告诉我。"嘉怡提供的不仅仅是情感上的支持，她的支持远远超出言辞的范围，"我的意思是，你需要钱吗？"

我思索着该怎样回答她。

"真的，Hon（亲爱的），如果你需要，只要告诉我你需要多少。一千？两千？"她对我微笑着补充说，"我现在有这个能力的。"

克拉德的女儿让我想起了她和她爸爸是这个世界上仅有的两个叫我"Hon"的人。"Hon"在英语中可以是"尊敬的法官"Honorable 的缩写。但是在这里，"Hon"出自"Honey"，意为"蜜糖"，是对亲人和情人的昵称，听起来更亲密，绝对没有称呼法官的威严感。

"Hon，"克拉德在我们拍拖期间曾多次告诉我，"如果你需要钱，请一定告诉我，我不希望你为钱担忧。"那时，我是一个单身母亲，在异国他乡独自抚养儿子，初入竞争激烈的职场，在试图站稳脚跟的同时，以微薄的薪水维持生计。幸运的是在我的美国生涯中，我从未处于那种不得不向别人求助维生的绝望境地，而克拉德对我的帮助也远远超出金钱所能衡量的范围。现在他的女儿用爱、关心、友谊和理解，为我填补了一些失去克拉德带来的情感上的空白。和嘉怡在一起，我不忌惮展示我的疑虑和我的脆弱，我是安全的，因为她是个真正的朋友。

我感谢了嘉怡的慷慨相助。我告诉她，她的父亲是一个非常自律的男人，一直非常理性、节俭地生活。他存了足够的钱，以便在这样的情况下可以自己照顾自己，不会成为他的孩子或其他人的负担。我和克拉德两人都没有为购物而购物的虚荣心，以我们两人的收入，我们能够过上相当舒适的生活。蒙蒂塞洛并不便宜，但我们完全有能力负担。

2007年10月下旬，在我们从麦基诺岛回来后不久，克拉德住进了蒙蒂塞洛三楼专收失智症患者的单元。蒙蒂塞洛离我的办公室和家都只需要几分钟的车程，我每天在午餐时间去看他，下班后又回到那里，直到晚上八点半左右，把克拉德稳稳当当塞进被窝后，我才回到大学公园区那座宽敞美丽，但已是空荡荡的房子里。以往从一个房间流动到另一个房间的喧闹和谈话声，在一瞬间全部消失了，房子里有一种可怕的缺乏生命迹象的寂静，仿佛死亡已经在这里发生。

记得送走了克拉德的那天下午，站在我们的步入式衣帽间里，我感觉呼吸困难，空气沉重而凝滞。巨大的衣帽间里一半的空间仍然挂满了克拉德的衣服，当我的眼睛扫视它们时，犹如踏上一条记忆之路，黑白相间的人字呢羊毛上装是我送他的生日礼物，这是他所有上装中第一件既不是海军蓝也不是黑色的衣服；红色开司米毛衣是圣诞节我在去机场接他的路上匆忙为他买的圣诞节礼物；粉红色的衬衫则和我们之间的一个笑话有关——每当他穿它时,我都会开玩笑地说:"你今天是个真正的男人吗?"因为传统的男性服饰很少使用粉红色,所以当粉红色开始出现在现代男性服饰中时,美国流行一句话"真正的男人穿粉红色";那件松绿色、厚实柔软的纯棉衬衫是我送给他的另一件生日礼物,是我最喜欢的一件衬衫,送给他时我在里面夹了一张便条"你是我的松树,高大挺拔,笔直坚固,为我遮风挡雨,是我跌倒时的依靠"。

还有那套他在香港量身定做,已经褪色的海军蓝西装。

"亲爱的,你看这个标签。"他指着上装内袋上缝着的一个标签。

"High Class Tailor(高级裁缝)。"我念道,"这是由一个非常著名的裁缝制作的吗?"那时的我真是天真无邪。

"你看出这有多么滑稽吗!"

"什么?"那时候的我脑子也慢好几拍。

"这很好笑,亲爱的。在西方,一个真正有等级的人或公司,不管他是裁缝还是华尔街老板,都不会自称'high class(高级)',还把它放在标签上。"他可是比我玩世不恭得多。

我终于悟到了其中的幽默,和克拉德一起哈哈大笑起来。

但是现在,独自一人站在衣帽间里,想到"高级裁缝",我却毫无笑意。相反,他衣服上散发出来的如此熟悉又亲切的气味,让人想起他的存在,我哭了起来。

这所房子里真的再也看不到他走来走去的身影,再也感受不到他的脚步在楼梯上的振动,再也没有他在厕所里留下的种种生理迹象了吗?

我再也感觉不到他温暖的气息呼在我的脖颈子上,再也听不到从屋子某个角落传来他那深沉的男中音"亲爱的,你在哪里"了吗?

我还能幸福吗?

没有他,幸福意味着什么?

没有幸福,生命的意义何在?

捧着那件松绿色的棉布衬衫,感觉着他的存在,哀悼着他的离去,我跪倒在地板上,像胎儿般地蜷缩成一团,把脸埋在软软的绿布中,抽泣着。

房间里,正播放着一首新歌,《建造一个家》,歌声缠绵悱恻,回肠荡气:

有一栋用石头建造的小屋,
木头的地板、墙壁,和窗台;
桌子椅子已被灰尘磨损,
在这里我不感到孤独,
在这里我回到了家。

因为,我建了一个家,
为你,
为我,

……

通过参差的枝丫，我爬上树梢，

我爬上树梢去看世界；

一阵风刮来把我吹倒，

我紧紧抓住你，你紧紧抓住我，

我紧紧抓住你，你紧紧抓住我。

直到消失，

从我这里，

从你那里。

日历翻到 2007 年的最后一页。秋天几乎完全消失了，冬天已在眼前；春天肯定会再次归来，但我的克拉德永远不会回来了。他离开了这个我们一起建造的家，这是一个确定的、永恒的事实，和昨天的消失一样不容置疑。

但真是如此吗？

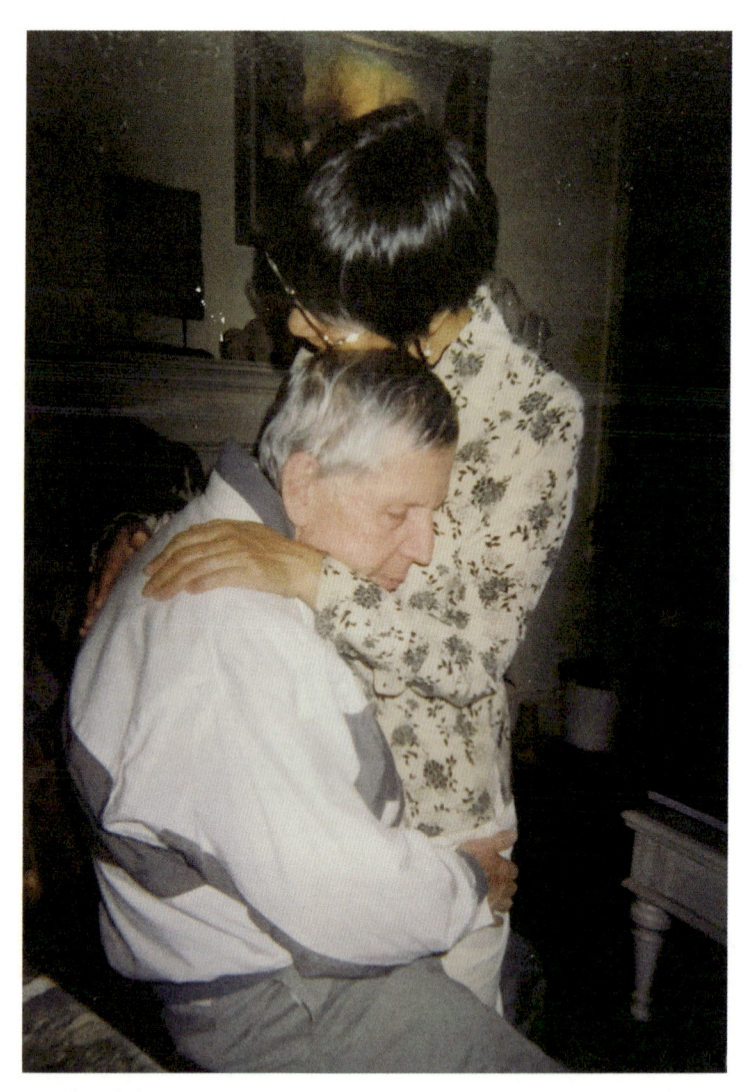

2008年,家中。

10
蒙蒂塞洛

生活里面充满了大理石和烂泥浆。

——霍桑（1804—1864），美国作家

    蒙蒂塞洛是一座四层楼高，外墙覆盖着棕褐色石膏的建筑。从正面看，它像一个巨大的长方形盒子，嵌着宽大的长方形窗户，外观像白面包一样普通，像卷心菜和土豆一样朴素——我的中式思维的丰富想象力往往不超出食物的范围。进入大门，内部设施令人愉悦，环境优雅，抛光的大理石地面的中心铺着图案优美的地毯，造型经典优雅的木条纹装饰着白色的天花板，墙壁上精美的画框里是描绘宗教场景或田园风光的画作，罗马式的柱子坚固地竖立在开阔的走廊两侧，走廊左边是敞亮的大餐厅，右边是一间活动大厅。

    在蒙蒂塞洛，三楼的活动大厅从早到晚人头攒动。早餐后，护工们为女居民们——蒙蒂塞洛不称呼入住者为"患者"——梳头、化妆，

修剪指甲，然后组织大家做椅子操和各种伸展运动，再就是看老电影。印第安纳·琼斯饰演电影《夺宝奇兵》中的英雄，是最经常在屏幕上亮相的英雄帅哥。上午会有一次茶点供应，午饭后会有当地的音乐家和儿童来表演，或和居民们一起唱歌。接着又是一段茶点时间，为居民们提供小吃饮料，或大家一起吃蛋糕来庆祝某个居民的生日。接下来看更多的老电影，老电影和老电视节目几乎占据了晚饭后的所有时间。在三楼的小宇宙中，狗狗们从未停止招惹面无表情的居民绽开笑容，帅哥印第安纳·琼斯的 N 次出现也从未让居民们感到厌烦。

三楼像是一个女儿国，有大约三十名女居民，而男居民只有三个，其中包括克拉德。尽管大多数女人已经行动不便，但这三个男人仍然能够在无人协助的情况下自主行走。女人们日复一日地坐在活动大厅里，参加各种统一安排的活动。但可爱的女士们显然缺少男士们的陪伴，男居民们基本不参与这些集体活动。

是啊，如此众多的女性有时也会让人感到泰山压顶般的不堪承受，即便在三楼这个小小的世界里也是如此。

克拉德和他的男同志们似乎都对有组织的活动不感兴趣。克拉德在得阿尔茨海默病之前就不擅追随大众，受命于人，现在他就更加不会去凑这份热闹。即使他可能愿意屈尊，他也已经丧失了理解各项指示的能力。因此，克拉德"克拉德斯代尔"，我心爱的老马，他继续步履矫健，从走廊的一端踱到另一端，不时地停下来询问护工、居民、来探访者……他的"小甜心"、他的"Hon"、他的"看马人"在哪里，像一只尚未断奶的小马崽。

"蓝'强'在哪里？""蓝江"的"jiang"老是被他说成"qiang"。

"你能，你能，打电话……我的妻子吗？"

护理人员不厌其烦地重复着同样的回答："你的妻子在上班，她很快就要来了。"

但是如果老马克拉德"克拉德斯代尔"惹了什么麻烦，那么我——"看马人"，就会接到蒙蒂塞洛的求救电话。

就这样，我的马宝宝继续着他的踱步。七十六岁的克拉德，与他三楼的那些八十多岁甚至九十多岁的同伴相比，可谓年富力强。他一直保持健康的生活方式，身体状况良好，行动敏捷，在踱步经过活动大厅时，经常会吸引女士们的眼球。每次当我看到那些覆盖着银发的脑袋齐齐地转动，她们的目光跟随着克拉德移过大厅，其中一个对着克拉德微笑，示意他坐到自己身边去时，我就不免感到好笑。

而克拉德，正致力于琢磨他在哪里，他的"Hon"在哪里，根本没有注意到她们。二十世纪六十年代中期风行世界的巴西歌曲《伊帕内马女孩》开始在我的脑中回响，我篡改了歌词，将"伊帕内马"换成"某个地方"，"女孩"和"她"换成了"男孩"和"他"：

……

来自某个地方的男孩轻轻走过，

每当他经过时，她微笑以待，

但他却没看见，他就是没看见……

一天晚饭后，我和克拉德在活动大厅里与那些可爱的女士一起坐了片刻。当我站起身想带他回自己的房间时，坐在他旁边的女居民拉住了他的手臂，要他留下别走。

"他是我的。"她以一副闷闷不乐的表情看着我。

"我可以向你借他一段时间吗？"我面带微笑，语调轻柔圆润地问她，但绝对无意把我的克拉德"还"给她。

一位护工过来解围，告诉那个女人克拉德必须去上厕所。即使是最混乱的头脑也懂得上厕所是件头等大事。

* * *

一天中午，大约十一点半，和往常一样，我骑自行车从南卫理公会大学我的办公室，到蒙蒂塞洛去看克拉德。不到十分钟，我就到了蒙蒂塞洛。我急速走过接待员的办公桌，穿过高高的门厅，门厅中央摆放着一张大理石面的圆桌，上面放着一大束白色的卡萨布兰卡百合花，这是我最喜欢的百合花，花枝向上伸展着，仿佛触摸到下垂的吊灯，同时又不断把花香散发到空中。

没时间欣赏花儿，没时间闲聊！

我继续前进，无视右边大厅里的大钢琴——克拉德的病打断了我的钢琴课。有几张熟悉的面孔坐在左边大餐厅的餐桌旁闲聊，我边走边向他们点头示意，抢在电梯关门之前跳进已经满载乘客的电梯。去三楼的按钮已经被人按亮。

通常，只要有楼梯，我就不使用电梯。但蒙蒂塞洛的三楼住着失智或记忆受损的居民，出于安全考虑，为了防止居民意外出走，所有进出的人都不得不使用密码启动电梯才能到达三楼。这个妙计至少已经失灵过一次，使克拉德成为一匹脱逃的野马。

我到了三楼克拉德的房间，门上挂着我们麦基诺岛之旅的纪念品，一块陶瓷牌，上面写着"这里住着一匹被宠坏的老马"。我打开门，但我的老马不在他的马棚里。

我沿着走廊去找克拉德，远远看见他在走廊的那端踱步，不知什么东西挂在脖子上面，右臂下面还夹着个什么东西。

"他脖子上是什么？"我问一个和我一起朝他走去的护工。

"哦，他把它套在脖子上，不让我们拿下来。"她继续和我一齐朝克拉德走去，"那是他的裤头。"

不知怎么的，他抓住了一条他的裤头，把头伸进了一个洞，坚持要把它穿在自己的头上而不是"尾端"。没有人能说服他把它脱下，他坚决抵制任何剥夺他的（非语言）言论自由的行为。

他一脸严肃，好像正在认真思考美国最近发生的、使我们的退休金一夜之间缩水 30% 的次贷危机。他若有所思的表情使他看起来更滑稽，我不得不笑出声来。

"宝贝，你在做时尚广告吗？你今天看起来确实很不错。我可以看看这个吗？"我哄着他，轻轻地试探性地，把他"穿"在脖子上的裤头脱下，不确定他是否会反抗。

他没有。

"这是谁的枕头？"我试着把一个陌生人的枕头从克拉德的手臂下面拿掉。

"这是，它是……我的。"他紧紧抓住不松手。

"这是他从霍洛韦太太的房间里拿的。"护工看都不看就回答了。她已经多次劝说他把枕头还回去，却徒劳无功。

"克拉德，宝贝，我可以看看你的枕头吗？"

"不行。"

"他不肯，所以我们就随他去了。"护工平静地解释，她经常处理这类事情。

我拉着克拉德的手，和他一起走到小饭厅，护工会在这里帮助失去进餐能力的居民们用餐。克拉德不会使用餐具了，他采用最原始的办法进食，直接用手抓来吃，弄得到处都是。我让他自己抓食烤面包、煮胡萝卜、去骨的鸡块和肉块那些不大会带来混乱的食物，我喂他吃对他来说不易用手抓的食物，如土豆泥、拌了西红柿酱的意大利面、酱汁火鸡胸肉，还有他最喜欢的冰激凌。他胃口很好，经常可以吃两盘，而大多数人连一盘都无法吃完。

我用余光盯着克拉德，他正忙于用手抓起食物放到嘴里。我同时加入护工队伍，给坐在那里盯着食物一动不动的其他居民喂饭，其中包括莎拉，一个纤弱羞怯、令人怜爱的女人，她经常和克拉德一起在走廊里踱步。老人们像婴儿一样，只要勺子碰到嘴唇，他们就会本能地张开嘴。这些"熟过头的老婴儿"大多呆若木鸡，身体瘦弱枯槁，面对他们，我心里充满温情和疼爱。他们的虚弱无助激发了我保护弱者的本能,当我小心翼翼地把一勺勺食物放进他们嘴里时,他们有时会回我以婴儿般的微笑,我的心被融化了。

等克拉德吃完午饭,我们回到他的房间,我打开便携式音响,播放为他特别制作的光盘。光盘上有二十多首儿童歌曲,是我从一套有一百首儿歌的光盘中仔细选录的。克拉德曾有着极好的记忆力,记得大量的歌曲,经常用他深沉悠扬的声音唱歌,许多都是经典的儿歌。

在阿尔茨海默病患者的脑海里,最久远的记忆最后失去。克拉德每次听到我给他播放那些孩提时代的老歌时都会跟着哼唱,当他歌唱时,我也会加入他,虽然有些走调:

罗利·保利,爸爸的小胖子……
我祖父的大挂钟……它停下了,再也不走了,当老人去世时……
当约翰·亨利还是个小婴儿时,坐在他爸爸的膝盖上……
老麦克唐纳有一个农场,伊—奥—伊—奥—伊……
玛丽有一只小羊羔,小羊羔,小羊羔……

这些儿歌把克拉德带回他的童年时代,在阿肯色州和得克萨斯州交界处的小镇柯蒂斯,那里天空辽阔,大地一望无际……他在房子后面宽广的草地上自由奔跑,在房子边的小溪里抓"泥虫子"①,爬上高高的老桑树摘桑葚……玩得累成狗一样,回到家里,他坐在爸爸温菲尔德的腿上……饥肠辘辘,他就着妈妈温菲尔德煮的黑眼豆吞下一张烤玉米饼……他回到了那个小男孩的时代,生活轻松,无忧无虑,不慌不忙……

但温菲尔德太太再也不能在这里保护她的小男孩,她的第一个儿子,她最疼爱的孩子之一(当然,她的每一个孩子都是她最疼爱的)。

但你永远拥有我,克拉德宝贝。

坐在沙发上,我把他的左手握在我的左手里,用右臂搂住他的背部,一起随着音乐的节奏轻轻摇摆,我们同声歌唱,歌声和谐融洽。

"音乐填平了两个灵魂之间的无限涧壑。"正如印度诗人泰戈尔所言。

就在我们一起唱歌时,一位和克拉德相隔几个房间的名叫Earl——"伯爵"的男居民走了进来,我请他和我们一起坐在沙发上。"伯爵"一言不发地和我们坐了几分钟,然后站起来去了克拉德的厕所。接下来,我听到他在克拉德厕所的地板上"释放自己",等他结束后,我才叫来护工打扫地板。后来我发现,不知何故,"伯爵"更喜欢在克拉德厕所的地板上,而不在他自己的厕所里撒尿。我只好提醒护工在白天把克拉德的房间门锁上。

对不起,"伯爵"大人。

---

① mudbug,小龙虾的俗称。

2007 年，我与父母在蒙蒂塞洛参加圣诞节庆祝活动。

"这里住着一匹被宠坏的老马"

克拉德和妈妈温菲尔德在一起，妈妈正抱着他的小妹妹。

克拉德骑在他的小马上。

11
另一个女人

爱在任何时候都是时令的果实，每只手都随时可以触及。

——特蕾莎修女（1910—1997）

第一次见到莎拉，是在克拉德成为蒙蒂塞洛三楼居民的几个星期之后。每天我必定去探视克拉德，由于可去之处很少，又找不到可做之事，就经常和克拉德一起沿着三楼的走廊来回散步。我牵着他的手，不让他像迷路的羔羊一样"误入歧途"。

那天中午，和往常一样，我们从走廊的一端走到另一端，经过所有熟悉的"景点"：护工工作站、活动大厅、大餐厅、小餐厅和电视室。走廊两旁排列着居民们的房间，我们在走廊尽头转身往回走，再次路过那些反复途经的房间。一路上，我仔细观赏居民们的房间里不同的装饰。一扇门上贴着主人近照，不再年轻但仍然笑容可掬；一张可能是祖传的古色古香精工细作的梳妆台靠在一面墙上；一本翻开的相册躺在咖啡桌上,也许正展示着某个重大家庭事件,或者是这位居民年轻时的照片;一个覆盖着粉红色玫瑰十字绣的靠垫,倚放在一张安乐椅上;一张手工缝制的用菱形的红、蓝、白色布块拼成图案的床罩……蒙蒂塞洛鼓励家人用居民熟悉的东西装饰他们的房间,让居民产生在"家"的感觉,怀旧似乎是装饰这些居所的共同主题。

当我们经过一个房间时,我的目光和一个躺靠在床上的男人相遇。一个女人站在床边面对他,背朝着我们,我可以看到她的银发、纤细的身躯和略微弯曲的背部。

"嗨,请进。"那个男人仍然躺在床上,明朗地笑着,向我们做了一个邀请的手势。他身材高大健壮,满头白发。

他头脑很清楚,似乎不像是三楼的居民,我判断。

那个女人转过身来,她有着苍白的肤色和精巧的面容,像个年轻女孩一样略带羞涩地对我们微笑,什么也没说。

"这是我的妻子莎拉,她住在这里,"他一定看出了我脸上的疑问,"我住在二楼。你是谁?"

蒙蒂塞洛的二楼住着仍然能够行动,但生活难以完全自理的老人们,尽管有些人需要借助轮椅走动,但他们能够处理自己大部分的基本需求。住在蒙蒂塞洛,他们不必自己做饭、洗衣服、打扫房子、侍弄花园或开车。他们可以尽可能多地享受蒙蒂塞洛提供的纸牌游戏、音乐、讲座、舞蹈、锻炼、手工艺等各种活动,也可以选择不参加任何不感兴趣的活动,随心所欲地待在自己的房间里。不同于几乎从不离开蒙蒂塞洛的三楼居民，二楼的居民经常乘坐一辆有舒适座椅的空调面包车去市里参加蒙蒂塞洛组织的出游活动，去当地的餐馆吃午餐，在达拉斯植物园白岩湖畔的草坪上野餐——"匹克尼克到湖边"，去北公园购物中心看电影逛商店。二楼的居民们保留了健全的脑细胞，这是划分拥有自由或失去自由的严格界线。

莎拉的丈夫是已退休的南卫理公会大学曲棍球教练，我也在这所大学任职。教练的心脏有问题，不能很好地照顾自己，更别说照顾患有阿尔茨海默病的妻子，于是，他们几年前搬进了蒙蒂塞洛，他在二楼，妻子住三楼。他几乎每天都来三楼看望莎拉，尽管莎拉不再记得他是谁了。

"但我依然知道她是谁。"这位前曲棍球教练说。

他们一定是八十奔九十的年龄。莎拉的银发向后梳理得整整齐齐，在脖子后面挽成一个发髻，简单而优雅。三楼大多数女性居民都穿着宽松的运动衫和裤子，这使得她们或多或少显得毫无性别特征。相比之下，莎拉的衣饰是绝对女性化的。莎拉的穿着整齐考究，比方一件传统款式的奶油色棉质连衣裙，上面缀着浅蓝色的花朵，一排纽扣规规矩矩地从领口扣到腰部。

是教练要求护工对莎拉的着装格外用心吗？

莎拉的脸上布满细长的皱纹，脸色苍白，这是常年待在室内，缺乏阳光照射的结果。她的嘴唇不再饱满，但涂了红色的口红，指甲也被涂成红色，那不是国旗的亮红，而是一种柔和的，偏铁锈色的，类似于血液的红颜色。

护工们每天早餐后都会给女居民们梳妆打扮，把她们的头发梳得漂漂亮亮的，在她们的脸上涂脂抹粉，把指甲涂成各种颜色。给莎拉梳妆打扮的护工选择了一个非常适合她的颜色，文静、细腻、令人舒心。莎拉总是带着朦胧的微笑，她眼神反射的是困惑、焦虑、羞怯的情感，或者所有这些情感的综合？

莎拉不和其他女人为伍，相反，她要么独自行走，要么安静地坐在一位护工的身旁。有人告诉我，她曾经受到另外一些女居民的骚扰。在三楼这个有着二三十个居民的小世界里，由于患阿尔茨海默病或其他失智症，居民们认知水平很原始，微薄的文明表层更加脆弱不堪。他们的自控能力不复存在，丛林法则很容易在这里盛行，弱者成为强者的欺凌对象。其他居民是否本能地将莎拉的柔顺当作软弱，莎拉是她自己温和举止的受害者吗？

其他人嫉妒莎拉吗？毕竟，有谁总是穿得这么优雅，还有一个高大英俊、满头华发的男人殷勤来访？十七世纪的法国哲学家让·德拉布鲁耶尔有过这样的观察："男人是使女人彼此不相爱的原因。"德国诗人席勒称嫉妒为"琐事的放大镜"。在三楼这个小宇宙中，居民们有足够的时间为所欲为，却又几乎丧失了理性思维的能力，她们可以轻而易举地把最琐碎的小纠纷，演化为一场最激烈的滑铁卢大战。

每当看到莎拉像幽灵一样漫无目的地在三楼徘徊，我总是把她带入我和克拉德的行列中。

我有几个星期没在莎拉的房间里见到那位前曲棍球教练了。一天晚上在和克拉德与莎拉一起散步时,我问一位护工为什么教练没有来看莎拉。

"他心脏病又发作,现在搬到四楼去了。"护工告诉我。

四楼?更上一层楼意味着离生命的最终目的地更靠近了一步。蒙蒂塞洛的四楼住着那些白天黑夜都需要护理和治疗的重病患者,那些卧床不起,完全丧失了行动能力的病人。他们很少会再搬回楼下,多数时候,他们将被搬出蒙蒂塞洛,去见他们的创造主。这位前曲棍球教练永远不能再来三楼看他的"小甜心"了。

我看着莎拉,她仍然身材纤细、容貌娇美,宁静地四处走动,脸上带着同往常一样的微笑和迷茫的表情,似乎完全不受这一不幸消息的影响。

我心里涌出要保护这个不幸女人的欲望,这是大多数动物都会有的一种保护群体中幼弱和伤残者的本能。

* * *

一天午餐时间,我照常去蒙蒂塞洛,迈出三楼电梯,正在工作站的护工就和我打招呼。

"温菲尔德博士在哪里?"她环顾四周,"他刚才还在这里来着,我来帮你找他。"

走廊那端,我看见克拉德和莎拉正手牵手,背对我们走去,护工顺着我的眼神也看到了他们,她立刻向我道歉:"对不起,我没有看见他们在一起。"

没等我回答,她和另一个护工就去拦截他们。她们赶到克拉德和莎拉身边,一人抓一个试图拆开他们,但莎拉紧紧抓住克拉德的手,不肯放松。护工一定用了很大的力气,才把他们两人的手拉开了,我听到莎拉用柔弱的声音恳求:"别……"

护工正在把她拽走,莎拉试图回头,她的手臂伸向克拉德。这时,我已经足够接近他们,清晰听到莎拉含泪的哀叫:"亲爱的,不要让他们这样对待我!"她的声音如此锥心,仿佛有人在撕扯她身上的一块肉。

"他不是你的丈夫!"护工紧紧抓住莎拉的手和肩膀,一边把她拖走,一边告诉她,"他的妻子来这里看他了。"

我从另一个护工手中接过才从莎拉的手里解放出来的克拉德的手,莎拉绝望、无助的声音依然缭绕在我的耳边;她原本宁静的脸庞,此刻充满恐惧和痛苦,印在我的脑海里并触痛着我的心。我知道这件事就像过眼烟云,不会在克拉德或莎拉的意识中留下痕迹,他们的失智症免除了他们对伤心经历耿耿于怀的痛苦,这也算是他们大脑受损顺便得到的一点福利。但是这件事深深困扰着我,莎拉的表情和声音让我无法释怀。

"有些家人不高兴,我们为此受到责备,"护工解释道,"我希望你不要介意。"

介意?我应该介意吗?介意什么呢?

人的自然本性决定我们彼此之间会形成依恋,与家人,有时与陌生人，大多数人会本能地被喜欢的异性所吸引。即使在我们不知道自己是谁，也不知道其他人是谁的情况下，就像失智症患者那样，异性相吸仍然会存在。失智症护理机构的居民产生感情，甚至发展浪漫关系的现象并不罕见，尽管他们往往已经有配偶或伴侣了。

在接受《纽约时报》采访时，最高法院前大法官桑德拉·戴·奥康纳谈到过在照顾患有阿尔茨海默病的丈夫时遇到的意想不到，苦乐参半的情形，"他在一家小养老院里，那里有一个女人依恋于他。有一个人跟他在一起，有时拉着他的手，陪伴他，应该说这是幸运的。"

在2006年上演的电影《柳暗花明》中，妻子菲奥娜患有阿尔茨海默病，住进了一家养老院。在度过养老院规定的30天无探视的适应期之后，丈夫格兰特去探望妻子。格兰特来到妻子面前，她却已经把他忘记了，取而代之的是，她依恋上了养老院里另一位居民奥布里，一个被困在轮椅里，失去了说话能力的已婚男人。

在各种养老院及为照顾失智症患者设置的辅助生活场所中，患有失智症的异性居民彼此产生恋情的现象频繁出现，更为复杂的是，病情导致一些失智症患者对性行为失去了控制力。牵手和调情可能是清白的没有恶意的，但在某些情况下，失智症患者会发生性行为。失去记忆或判断能力的头脑，不一定会失去对肉体快乐的渴望，他们中的很多人还具备发生性行为的能力。威斯康星大学麦迪逊分校老年精神病学家和临床教授肯·罗宾斯认为："（异性）吸引力、拥抱、调情、触摸，并且当然啦，还有性关系，是没有作废日期的。"保拉·S.斯科特在她的文章《在养老院做爱》中指出："因为我们是社会动物，社会联系和身体的接触,能够帮助抵御老年生活和养老院生活带来的抑郁感和孤独感。"

但是,由谁来决定什么是安全的和适当的,又是基于什么标准呢?

如果一个人失去了算账的能力,或者语言交流能力,那么他是否有同意发生性关系的自主意识和独立意志呢?回答这个问题并不容易,但我们都知道,配偶关系是人与人之间最亲密、最强烈、最具排他性的关系之一。一个偶然的机会,两个曾经互不相识的人走到一起,坠入爱河,发誓要互相照顾,承诺对彼此忠诚。在举办婚礼时我们宣誓:"无论顺境还是逆境,无论富贵还是贫穷,无论健康还是疾病……"那一刻,有多少人想到并真正做好了踏上漫长的护理之旅的准备,为伴侣可能会出现的长达多年甚至几十年的疾病而奉献自己?缔结良缘时,我们接受一定的界限和责任。但是,如果患病的配偶不再理解配偶关系的意义及其界限时,我们该怎么办呢?

毕竟,即使我们的脑细胞完好无损,爱情也可能是世上最难用理性去解释的事情之一。

虽然在法律和其他人的眼中,婚姻似乎是完美无缺的。但当婚姻中的一方罹患阿尔茨海默病或其他失智症后,健康配偶往往陷入身心匮乏的深渊。在《柳暗花明》中,两个健康配偶,菲奥娜的丈夫格兰特和奥布里的妻子玛丽安,试探性地亲热一下,然而,他们似乎对这种关系的实质感到困惑。虽然电影没有详细点明,但我们可以感觉到,玛丽安和格兰特之间并不存在爱情，仅仅是两个孤独的灵魂在寻求慰藉和归属。

《华尔街日报》的记者艾丽西娅·蒙迪在她的文章《爱与阿尔茨海默病》中，讲述了关于希德的故事。希德七十多岁，陪伴了他四十多年的妻子患有阿尔茨海默病，他每周和妻子一起住三天，另外四天和另一个女人住在一起。虽然希德已经有了一段新的亲密关系，但他仍然爱妻子，无意与她离婚，并尽心尽力照顾她。这个故事引起了一连串的讨论，有人把希德当成英雄丈夫，有人却指责他的不忠。

生活不总是为我们提供简单明了的答案。在照顾身患认知障碍和绝症的配偶时，健康配偶往往必须重新思考他们之间复杂而不确定的、不断变化的关系。

我的克拉德和他的"另一个女人"莎拉呢？

阿尔茨海默病夺走了一个人文明的外表，没收了他理性的头脑，也摧毁了他的教养和成熟，使这个人失去了对什么是合理社会行为的理解。无论这个人多么年长，有多么丰富的阅历和辉煌的往昔，他仍然会寻求与另一个人牵手，仍然希望被异性亲近。毕竟人与人之间，特别是与异性的温情，是人类最基本的欲念之一，它对人类生存和进化至关重要。用我理性的头脑看待克拉德和莎拉的关系，他们像年幼的孩子一样无辜（当时，克拉德的认知水平被诊断与两岁孩子相似）。我拒绝接受他们的亲密关系是对忠贞不渝的婚姻和爱情背叛的想法，我也一直信奉同情、慷慨和包容是真爱的重要元素，所以我决定——

接受克拉德的"另一个女人"。理性的思考使感情得到升华，我和克拉德的配偶关系有了重新界定，我对克拉德的爱产生了质的变化。

爱变得宽阔敞亮，同情心获胜，我告诉蒙蒂塞洛的护工们，我不介意克拉德与莎拉在一起。

* * *

在克拉德待在蒙蒂塞洛的余下时间里，每当我探访时，他总是和莎拉在一起。多数时间，他们手牵手在走廊里来回走动，有时他们一起坐在克拉德房间里的沙发上，克拉德絮絮叨叨，莎拉安静倾听。

谈话是这样的——

克拉德："亲爱的，你知道，那个……你知道吗？"

莎拉："是的，亲爱的。"

克拉德："你看到了吗？你吗？"

莎拉："是的，亲爱的。"

两人还成为"犯罪同伙"，摸进其他居民的房间"偷"东西，制造混乱。有一次我在一个居民的房间里抓到他们，克拉德正挣扎着把床罩从床上拖下来，枕头已经被丢到地上，衣服散落在房间里。莎拉轻声恳求着："亲爱的……"

他们之间没有过去也没有未来，只有当下；两人都不知道对方的名字，对方是谁，也不知道他们在哪里；但他们每天在一起。克拉德仍然认得我，见到我总是很高兴，但对和"另一个女人"在一起，他绝对没有感到不自在。

我带着他们两个一起在三楼的走廊里溜达,手牵着手,克拉德在一边,莎拉在另一边,我们的"三人行"看起来相当神气。我们来来回回地走着,经过活动室,窥视其他居民的房间。午餐时间,我们一起坐在小饭厅里,我负责给他们喂饭,往克拉德嘴里塞上一大勺后,再往莎拉嘴里放进一小勺。

一天晚上,大多数居民都在电视室里看美国最大的牛仔英雄印第安纳·琼斯,我确信这已经是第一百零一遍了。克拉德、莎拉和我坐在靠后墙的椅子上,我和夜班护工们聊天。

"莎拉有孩子吗?"我问一位护工,"除了她丈夫外,她还有其他亲人吗?"

"过来,莎拉。"一位护工对莎拉说。

莎拉走到她跟前,像个小女孩一样温顺。护工把手伸进莎拉的口袋里,掏出一个老旧的黑皮夹子,她打开皮夹子给我看,里面有两张照片,一张是个年轻男子,另一张是个年轻女子,两人都长得很漂亮,都面带微笑。

"莎拉,这是谁?"护工指着年轻男子问莎拉。

莎拉看看照片,抬起眼睛,不知如何回答。带着她特有的羞怯的笑容困惑地看着护工,仿佛感到尴尬。

照片上是莎拉的儿子和女儿,她仅有的两个孩子。两人都早已去世,儿子死于车祸,乳腺癌夺走了女儿的生命。

难以想象的灾难袭击了这个孱弱的女人,不只一次,而是两次。

我把莎拉揽到身边,她消瘦的身体贴在我身上,我感觉到她小小的突出的骨头顶着我的身体。

莎拉，残酷的生活再也伤害不到你了。

莎拉平静而天真地对我微笑，仿佛置身于一个和谐的心理平衡点，超越了尘世间所有的烦恼和苦痛。

一天下午，克拉德和莎拉正和我一起在走廊里散步，一个护工四处寻找莎拉。"莎拉在哪里？莎拉在哪里？"

"她在这里，发生什么事了？"

"她丈夫想见她，赶快给她准备一下。"

他们给莎拉套上一件森林绿的、带着白色蕾丝领子的灯芯绒连衣裙，梳理好她的头发，重新抹上口红。莎拉坐在那里，像一位年轻的新娘正在为她的婚礼梳妆打扮。不多久，莎拉就被带到楼上去看教练。

我很想知道教练是否知道莎拉对克拉德的依恋，他是否介意。

* * *

来访蒙蒂塞洛的家人或朋友，可以把三楼的居民带到一楼漂亮的大餐厅里去就餐。

那一天，我提早到了蒙蒂塞洛，准备带克拉德到一楼大餐厅吃午饭。偶尔在楼下吃饭可以改变日复一日在同一个地方吃饭的无聊，而且大餐厅里有更多食物可以选择。我仍然盼望能和丈夫有一个浪漫的约会，只有我们俩。当然啦，这无法与我们曾经在达拉斯市中心历史悠久的阿道夫斯酒店的法国餐厅用餐相比，时至今日，能去楼下的大餐厅就足够满足了，要知道，三楼的居民们很少能够踏出三楼一步。

看到我从电梯里出来，护工帮我去找那两个"犯罪同伙"，他们可能在走廊里游逛，或在别人的房间里胡作非为。我们看见他们从一个房间出来，正要走进另一个房间。现在，护工已经知道如何机智地转移莎拉对克拉德的注意力，她轻轻地把手插在莎拉和克拉德的手之间，连哄带骗，指着莎拉的脚说："跟我来，莎拉，贝丝想看看你的鞋子，它们可真漂亮！"莎拉穿着一双老式的中间带着搭扣的平底黑皮鞋，她顺着护工的手指低头往下看，漫不经心地微笑着，注意力从克拉德身上转移到自己脚上。在护工把莎拉的手过去的同时，我趁势握住了克拉德的左手，那上面仍然留着莎拉手掌上的温度和湿度。我笑容满面地看着克拉德，很高兴顺利收回了我的丈夫！刹那间，我的笑容僵住了，像是看见了美杜莎，那个希腊神话中把看见她的人都立刻变成石头的蛇发女妖。我的心像被猛然击中了一样紧缩起来。一对唇印！柔和的铁锈红，细腻的唇褶丝丝可辨，完美地印在我的克拉德左颊的中心，红得血淋淋，令人惊厥！

这个生灵，这个亲爱的男人！你曾经让我感到如此地被爱，我曾是你的唯一，你曾完全属于我——你去了哪里？

就我而言，当我还是孩子的时候，父母虽然爱我，但我必须和兄弟姐妹分享他们的爱，这意味着我只能分享他们五分之一的情感。作为母亲，我爱我的儿子，我给了他生命，他是我的一部分。但配偶之间的爱是不同的，两个完全陌生的人由相遇到实现彼此间的完全信任，形成牢固的纽带，最终发誓将这个纽带永久地维系，直到死亡将他们分开。我们独自来到这个世界，也将独自离去，但是夫妻之爱创造了一种感觉——我们在这个世界上不再孤单,配得上那种只属于我们的无条件的爱。

但现在这一切似乎都成了幻觉。

在我脑海里,一个声音无休无止地吟诵着出自《诗经》的古老词句:

死生契阔,
与子成说。
执子之手,
与子偕老。

与此同时,是爱伦·坡的诗歌《乌鸦》中那神秘的大乌鸦阴沉沉的回声:

永不再……永不再。

我忍住哽咽,进入电梯,按计划下到一楼吃午饭。我们并排坐在大餐厅角落里一张靠窗的桌旁,在这个宽敞的、装饰精美的餐厅里,衣着考究的人们互相打招呼、聊天、吃饭、欢笑。

为了掩饰悲伤,避免与任何人目光相遇,我把脸转向窗户。窗外的院子里,紫薇轻轻摇曳,红花绿叶沐浴在阳光下,它们对我这个心碎的观察者无动于衷。美丽的场景让我费解,我的头脑被一个有节奏

的、单调而执着的声音所占据:

    执子之手

    与子偕老

    永不再……永不再。

一滴泪珠从我脸上轻轻地滑落,然后泪水就像决堤一样抑制不住地涌出。
没有愤怒,没有怨恨,没有委屈,没有嫉妒,只有悲伤,和一无所有的孤独。

克拉德坐在我的旁边,沉默不语。服务员端来我们的食物,放在桌子上。我拿起叉子把食物送到克拉德嘴边,他没有像往常那样立刻张开嘴。我的喉咙像被噎住了似的,无法说话,泪水模糊了双眼,使我看不清克拉德那熟悉的面孔。
宝贝,我多么需要你,多么需要依靠着你坚强的臂膀!
这时,克拉德微微摇着低垂的头,突然而又令我意外地,用低沉的、充满了悲伤的男中音,缓慢而清楚地说道:"亲爱的,除你之外,再无他人。"

1957年，我和家人在上海。我在后排，挨着爸爸。

2006 年，在阿拉斯加。

2006 年，在阿拉斯加。

12
失乐园

> 下周不能再有危机,我的日程已经满了。
>
> ——亨利·基辛格(1923—),美国政治家

2008年年初。

那是一个冬日的星期天,窗外阳光灿烂,给人以和煦温暖的假象。我打算多睡会儿,在这样一个明媚的早晨,没有什么比赖在舒适柔软的床上更奢侈的了。我把自己深深地埋在暖暖的鹅绒被下面,把外面的严寒留给老天爷。

七点刚过,电话铃响了,把我从温柔的梦乡中唤醒。我舒展着四肢,叹了口气,伸手去抓床头柜上的电话。

如果是推销电话,我一定对他不客气!

但是电话液晶屏上显示的"蒙蒂塞洛"立刻让我睡意全消。

"温菲尔德太太?"话筒里传来一个熟悉的声音,"温菲尔德太太,

我是蒙蒂塞洛的迪安娜。"迪安娜是三楼护理小组的组长。

"克拉德怎么了？出了什么事？"我顿时紧张到几乎喘不过气来。

从蒙蒂塞洛打来的每一个电话都让我浑身紧张，头晕目眩，掌心出汗，精神焦灼，心跳加速。从那里传来的没有好消息，只有危机和更多的危机。这个电话比平时更令我震惊，因为清晨应该是"休战"时间。

"温菲尔德先生今天早上焦躁不安，他不肯穿衣服，还推了护工。我们不想加重他的焦躁情绪，你说过，他有事时要我们给你打电话，你能马上过来吗？"

"我这就过去。"我从床上跳下来，随手抓了一件衣服套在身上，就开车冲进寒冷之中了。我的脑海里翻腾着最近在蒙蒂塞洛发生的一连串危机。老马不断地惹是生非，我做什么才能使那里的情况变得可以掌控？我可以去哪里求得帮助？也许克拉德的药物需要调整？如果蒙蒂塞洛把老马赶了出去，我该怎么办？

几分钟后我来到蒙蒂塞洛的三楼。一个护工替我打开克拉德上了锁的房门，我走进了一个可怕的场景，一个任何人都不应该目睹的场景。床上凌乱不堪，枕头被扔在一边，毯子有一半拖在地上，床单皱成一堆。透过大玻璃窗，阳光把整个房间照得通亮。坐在床边的，白得耀眼的，是克拉德那白种人的身体，赤裸裸的，一丝不挂，如此憔悴，如此白皙，如此冰雪般寒冷。他的牙齿无法控制地格格作响，他瘦得皮包骨，皮肤轻微下垂，肋骨分明，关节突起，身体由于恐惧和寒冷颤抖着。我想起了画作《坏血病受害者》，出自尼古拉·盖特曼之手，他是一位在俄罗斯古拉格劳改营中幸存下来的乌克兰画家。

"哦，克拉德？"我哭着奔向他，"哦，克拉德！"

我把毯子拉过来盖在他的背上，试图搂住他，把他抱在怀里。

"怎么会是这样？"我抽泣着。

我的触碰使他的身体立即紧张起来，他双臂环抱，抬起头来，眼神里充满恐惧和不安。

"你是，是吗，要，要……伤害我吗？"

"克拉德，宝贝，看着我，我是蓝江，我是你的妻子。"我捧着他的脸，让他看着我的眼睛。我努力克制住颤抖的声音，慢慢地，坚定地重复着这些话："我是蓝江，我是你的妻子。"

他的眼睛盯着我，渐渐地，他能够识别我的脸和声音了，他依偎在我的怀里，把头埋在我的胸口。他如婴儿般柔软的细细的银发，轻拂着我的下巴，我轻吻着他的头顶，通过那柔软的头发感受到他的脆弱。

我珍爱的人！我那无助、无知、迷茫、痛苦，无法自我保护和充满恐惧的，可怜的小马！眼泪从我的脸颊滚下，滴落到他的头上。我心里充满了悲伤和愤怒。

宝贝，对不起！我答应过会保护你的，我辜负了你！

我把他紧紧地包在毯子里，抚平他的头发，抚摸他的脊背，直到他停止颤抖，紧张的身体开始松弛。

"我是蓝江，我是你的妻子，我在这里。"我不断重复着，"你是安全的，宝贝，没事了。"

我曾读到过亚里士多德在公元前350年写的《道德》中的句子："任何人都可以愤怒——这很容易——就像给钱或花钱；但是，要找到正确的接受者，以正确的方式，在正确的范围内，在正确的时间，以正确的动机，这不是每个人都能做到的，这不是容易的。"任何人都会发怒——这很容易。但是，若要发怒的对象、发怒的程度、发怒的时间、发怒的目的以及发怒的方式都恰到好处，那就不容易了。

我不知道我的怒火应该指向谁，不知道该往哪里发泄，也不知道我的愤怒会起到什么作用。如果我的愤怒意味着我会把克拉德搬离蒙蒂塞洛，相信蒙蒂塞洛根本不会介意。如果蒙蒂塞洛照料不了克拉德，谁又能呢？我不知道，但我知道我没有软弱的余地。我吞下了无用的愤怒，擦去了无用的眼泪，给克拉德穿上衣服，为他在蒙蒂塞洛度过的又一天做准备。

但他还能在这里待多久？我问自己。

迪安娜告诉我，因为是星期天，通常负责照顾克拉德的护工，那个美丽、高大、善良、令人愉快的从肯尼亚来美国读护士学位的学生不上班，因此，迪安娜指派了一个新的护工处理克拉德早上的生活起居。克拉德看上去很健康，所以新的护工以为他能够像有些居民那样，稍加监督就可以自己穿衣洗漱。她把克拉德的衣服放在他身边，叫他脱掉睡衣，在给他一些帮助后，就让他自己设法完成了。然而，当她告诉他穿上衣服时，他却开始乱抓衣服和床单枕头，无视她的口头指示,并拒绝她的帮助。她还没有意识到克拉德无法理解她的指令,认为是在向她挑衅,故意制造麻烦。一来二去,他们之间的弦都绷得紧紧的,最终当她走近克拉德去给他穿衣服时,他把她当作了威胁,老马被惹恼了要"尥蹶子",他一把将她推倒在地。就这样,他们把克拉德锁在房间里,迪安娜给我打了电话。

克拉德搬到蒙蒂塞洛后不久,我就意识到这里不会是我所希望的天堂,它不能缓解我对照料他的担忧。事实上,在蒙蒂塞洛,照料他的困难程度远远超出了我的预计,而且我确信,也远远超出了蒙蒂塞洛管理层的预判。我理解克拉德的随意吐痰、撒尿、骂人和推搡别人等很多不良行为,令蒙蒂塞洛很头疼。他随地吐痰,在公共区域的地毯上留下明显痕迹,蒙蒂塞洛的形象也因此受到损害;他"偷窃"和囤积"赃物",虽然不是故意的,但引起他和其他三楼居民之间的持续冲突;他无法表达上厕所的需求,而两小时的厕所间隔时间并不总是和他的生理时钟同步,因此排泄物不仅总是弄脏他的身体和衣服,还发生了好几次排泄物"危机",粪便弄得到处都是,不折不扣的到处都是!蒙蒂塞洛的工作人员花好几个小时来清洗一切,不只是他的身体和衣服,还有床单被褥,沙发桌椅,浴室装置。要使气味达到可承受的水平,工人们要每日清洗地毯至少一周时间,但几天后,同样的"危机"再次发生,整个地毯都要被更新。

除了到处吐口水,克拉德还在女士们看电视时,避过她们的视线到电视机后面去"释放自己"——撒尿,仿佛体面和隐私仍然隐藏在他大脑的某个偏僻的角落里。他推搡和咒骂前去阻止他的护工,有几次他推开了走廊尽头紧急出口的门,触发了警报,他还抵抗想把他从紧急出口旁拉开的护工。一天,当他再次推开紧急出口的门并触发警报时,迪安娜冲过去把他从门旁拉开。克拉德抓住她胸前的衣服,猛烈地对着墙撞击她的身体,威胁她:"如果你再碰我,我会把你打得屁滚尿流,狗娘养的!"

我认识的那匹老马的嘴里,从来不曾对任何人吐出过如此可怕的字眼。

我向迪安娜道歉,迪安娜很有礼貌地说,她明白克拉德的行为应该归咎于阿尔茨海默病,而不是克拉德。"但是,如果我们不能控制温菲尔德先生的暴躁行为,为了其他居民和员工的安全,我们可能无法继续把他留在这里。"她补充说。

我告诉迪安娜,只要克拉德发脾气,他们可以随时给我打电话。他们也毫不客气,每当克拉德发脾气或难以驾驭,我就会接到他们的电话。克拉德是三楼一匹未驯服的黑马,需要蒙蒂塞洛付出比照顾别人多得多的精力来对付他,这使我感到内疚和不安。老马的顶撞和"尥蹶子"把他自己踢出蒙蒂塞洛的可能性让我很焦虑,我尽力花更多的时间待在蒙蒂塞洛,希望减轻护工的负担。

然而,克拉德和其他居民之间的冲突并没有停止。在可爱的莎拉的陪伴下,他走进别人的房间,把东西搞得一团糟。推家具,把床罩从床上拉下来,把枕头扔到地板上。"偷窃"和囤积东西,垫子、相册等其他不属于他的小物品会出现在他的房间里。有一次,他的口袋塞得满满的，笨拙地膨胀着，摸起来死硬死硬的，经过一番"挖掘"，我挖出了克拉德的宝藏：一件XXXL尺码的胸罩，皱巴巴的但依然丰满，自豪地展示着母性和生育力！

蒙蒂塞洛的护工都知道，只要老马不伤害自己或其他人，最好让他随心所欲。他们从经验中认识到，如果试图控制这匹"克拉德斯代尔"，他会像野马一样躁动不安，踢打和顶撞。但随着一个个事件的发生，克拉德越来越接近蒙蒂塞洛能够接受的极限，我也夜不成眠，越来越焦虑。

如果蒙蒂塞洛把老马赶出去，我该怎么办？

我更加卖力地去蒙蒂塞洛帮助照料克拉德，喂他吃饭，陪他走路，给他洗漱，晚上帮他上床睡觉。除了上班，我的每一分钟都和克拉德一起在三楼度过。毕竟，自从克拉德搬到蒙蒂塞洛后，在一天结束后我回到的，那座坐落在大学公园区里的又大又漂亮的房子，只是一个空荡荡的房子，一个失去了灵魂的躯壳。

* * *

查理终于出院了。他和罗尼经常来蒙蒂塞洛看望克拉德，一待就是几个小时，他们仍然是我们家庭的一部分。查理住院期间，罗尼辞去了医院的工作，现在，他俩像鸟儿般的自由，有充裕的时间，还有一个需要填充的银行账户。我决定重新雇用查理，星期一到星期五，每天工作四小时。有查理在蒙蒂塞洛，可以阻止克拉德不断地惹麻烦，罗尼也一定会在那里，在一旁天南海北地胡诌，绘声绘色地讲个不停，逗其他护工们哈哈大笑。而我继续在下班以后去蒙蒂塞洛，在那里一直待到把克拉德安全地掖在被窝里方才回家。

一个被困惑的头脑操控的健康体格特别危险。蒙蒂塞洛的电梯需要输入密码才会启动，失智病人是没有能力操作的。可是一个早上，在查理到达蒙蒂塞洛之前，克拉德竟然跟着一些来访的客人走进了电梯。他看上去很正常，没有人猜测到他是三楼的一位病人，所以谁都没有阻止他。他下到一楼，经过门口的接待处，悠闲地游荡到了外面的街上，然后走上了附近繁忙的州际高速公路。这件事激起了各方面的高度恐慌，我为克拉德的生命安全担忧，而蒙蒂塞洛的工作人员除了担忧他的生命之外，还要为养老院负不起的责任担忧。

老马出逃事件发生后的第二天早上，蒙蒂塞洛的执行主任，一个看起来很专业的中年男子，把我叫到他的办公室。"昨天温菲尔德先生出走的事件幸好没有酿成悲剧，"他说，"下次我们可能不会那么幸运了。"

没有人能保证克拉德的绝对安全，我不能，有着坚固的钢筋门窗、牢不可摧的水泥墙壁，和训练有素的护工团队的蒙蒂塞洛，也同样不能。

执行主任接着彬彬有礼但毫不含糊地告诉我："我们不知道还能让温菲尔德先生在这里再待多久。"

唉，蒙蒂塞洛，它已经受够了老马的臭马屁。

克拉德继续不断地给蒙蒂塞洛的护理工作出难题,我也继续不断地担心那把高悬着的达摩克利斯剑随时会落下。我增加了查理的工作时间,这样他可以整天在蒙蒂塞洛陪着克拉德,直到我下班后赶到那里。当我把支付给蒙蒂塞洛的费用、查理的费用,以及无形成本——我投入的时间和不断的担惊受怕叠加起来时,我开始怀疑让克拉德留在蒙蒂塞洛是否值得。

但他能去哪儿呢?

选择总是有的,但没有完美的选择,把克拉德留在蒙蒂塞洛似乎仍然是所有不完美选择中相对最佳的。

也许老马很快就会厌倦"尥蹶子",我不知所措地权衡。

春天如期降临,夏天也即将到来。

我预定于5月1日去上海做讲座,同时看望我的父母。在我出发前三天,蒙蒂塞洛的执行主任又一次召见我。自从克拉德搬进蒙蒂塞洛,我们已经多次会谈,探讨如何使我的这匹难以驾驭的老马顺从管理。

达摩克利斯之剑要落下了吗?

重重焦虑,让我在会见的前夜彻夜难眠。

第二天上午九点,我准时踏进执行主任的办公室。在巨大的办公桌的那一端,除了执行主任之外,还有他的两名女副手,一位是蒙蒂塞洛的经理,另一位是克拉德所在的三楼护理小组组长迪安娜。在办公桌这一边放着一把孤零零的椅子,是为我准备的。

"好一个强弱鲜明的权力布局。"我想。

我和那两个女人打过多次交道,她们和我打招呼时显得比平时更友好,甚至有些讨好。

"这是中国古代的著名战术:先礼后兵。"我暗自思忖,勉强微笑以掩饰我的紧张。苗头不对。

"温菲尔德夫人。"我刚在那把为无能为力的人准备的孤零零的椅子上坐下,执行主任直截了当地开话:"经过深思熟虑,我们想让你知道,我们无法继续将温菲尔德先生留在蒙蒂塞洛了。"

"我已猜想到这是你召集这次会议的原因,我能理解。"

对自己回答时的平静,我感到惊讶,同时也松了一口气。虽然这看起来像是一段相当长的经历,其实,克拉德在蒙蒂塞洛才只待了六个月,这是使我神经高度紧张的六个月。虽然我不知道下一步何去何从,但至少我知道这六个月的磨难已近闭幕。

我脑海的某处,一个带着湖南腔的声音抑扬顿挫地吟诵:

不管风吹浪打,胜似闲庭信步。

执行主任继续为他的决定申诉种种理由,两名妇女频频点头,以示拥护支持。

"我们曾经有居民吐痰,有居民尿在地上,有居民骂人推人,但我们从来没有居民所有这三件事都干。温菲尔德先生的暴躁行为是蒙蒂塞洛的潜在危险,我们有责任保护其他病人和我们员工的安全。"

我无法反驳他的论点。这只是我的臆想吗——我似乎在迪安娜的眼中看到了些许遗憾和抱歉。

不去管它。

我请求给我三十天的宽限期,因为我要去中国,将离开三个星期。他慷慨地答应了我的请求。

线被切断了,那高悬着的剑终于落下。

克拉德离开蒙蒂塞洛的决定一经做出,我反而从恐惧和焦虑中解脱出来。我相信我一定会找到安顿克拉德的方案,那时距离我去中国只有三天时间。

作为一个中国人,我和这句老话一起长大:天无绝人之路!

与这句话相应的英文是:Heaven never seals off the exit!——"天堂永不封闭它的出口!"

是的,永不!

2006 年,在达拉斯植物园。

13
天呐！天呐！！天呐！！！

> 生活好似演奏爵士乐……当你即兴表演之时最精彩。
> ——乔治·格什温（1897—1937），美国作曲家

为了能让自己带着平静的心情踏上去上海的行程，我需要在启程之前先安顿好克拉德，这样回来后我才可以兑现和蒙蒂塞洛达成的协议，及时把克拉德迁离蒙蒂塞洛。

我既松了一口气，又格外紧张。松了一口气，是因为过去的六个月克拉德在蒙蒂塞洛制造的事故接二连三，简直糟糕得不可能更糟糕，那段令我时刻处于惴惴不安中的日子马上要结束了；格外紧张，是因为蒙蒂塞洛没有像我曾希望的那样，为克拉德提供一个长期可靠的避风港，我因此面临着又一个无法确定的挑战。

失望和紧张没能够阻止我，不能浪费任何时间，我全力以赴，开始为克拉德寻找下一个安置方案。

当然会有其他的选择，一定会有！

新的选择可能会更好？也许这一切都是冥冥之中注定的？

克拉德的身体仍然强壮，像一匹难以驾驭的老马，他焦躁不安地来回走动，到处吐痰、小便，毫无意识地推动家具、摔碗砸盘，他仍然"胡作非为"并拒绝听从任何人的劝告，带他回到我们那又大又漂亮的新房子里，他的破坏力仍然不容小觑。两天之内，我跑遍了我们家附近方圆二十英里内大大小小的养老院和护理所。在那些护理所里，大多数病人的活动能力极低，只能躺在床上或呆坐在轮椅里，把身体仍然强壮的克拉德放在那里显然"屈才"了。大规模的养老院缺乏一对一的护理服务，而小规模的养老院往往只收几个病人，也只有少数几个护理人员，更是无力应付被混乱头脑所指挥的强壮肢体所造成的破坏。总而言之，和蒙蒂塞洛相比，看护克拉德，它们的条件似乎更无法达到要求。

两天不间断的奔波结束后，我既没有否定任何可能性的存在，也没有任何让我充满信心的发现。还剩一天我就要飞往上海，那晚，我回到蒙蒂塞洛，筋疲力尽，灰心丧气，茫然失措，不知所从。

我们都坐在克拉德的房间里，我向查理和罗尼表明了我仍然一无所获，以及我的担忧和困境。我叙述完毕，大家陷入沉默。查理和罗尼对视了一眼，然后查理开口，语调一如以往的平静，那得州腔也仍然甜美。

"乔安，你能让我照顾克拉德吗？我别无所长，就只会照顾别人，这是我最喜欢做的事。"他变得有点动情,"你知道我爱你和克拉德,我很想来做这件事,你就让我试试看,行吗?"

他的语言质朴,真诚,出乎我意料,不禁使我热泪盈眶。多年来,查理和罗尼一直是我陷于困境时的"救火队员",他们体贴而又及时,总是在我需要的时候扶持着我,拉我一把,与我同在。此刻,我又一次感受到了我们之间那种不可多得的令我安心的深情厚谊。

"查理,我一直阻止自己问你是否愿意承担这个责任,你大病初愈,照顾克拉德会不会影响你的康复?要你离开自己的家,是不是要求你做出太大的牺牲?我知道你和罗尼有多么相爱,我不想让你离开他和你那三个宝贝小狗。毕竟,我们不知道这样的情景会持续多久。"

"查克和我已经谈过了。"罗尼开口,他一反常态地严肃,"我们爱你,爱克拉德,和你们在一起,是我们人生中经历的最快乐的时光,你就像我们的姐姐。查克想这么做,我也想帮忙。"

没错,事实上,我早就半开玩笑地称呼查理和罗尼为我的"布巴(Bubba)"。"布巴"是乡下男孩的名称,相当于"好老弟",也是得克萨斯土话对兄弟的称呼。他们则叫我"茜茜(Sissy)","茜茜"是一个女里女气的男人名称,相当于上海话里的"娘娘腔",也是得克萨斯土话中对英武豪爽的乡下女人的称呼,类似"姐儿们",是一个女性版本的"布巴"。

第二天,我签了一套带客厅的一居室小公寓的租约。它在一栋小房子的一楼,不用爬楼梯,和我们漂亮的大房子在同一条街的同一侧,仅隔一个门。

就这样，克拉德离开蒙蒂塞洛后的护理方案落实了，比我预想的还要好。我安心登上了飞去中国的航班，我知道当我回来时，我的老马将有一个安全的新窝，和我近在咫尺，查理和罗尼会在我身边和我一起照顾克拉德。

踏上行程，我再次对先辈的智慧确信不疑："天无绝人之路！"

* * *

2008年5月初，克拉德在蒙蒂塞洛动荡的七个月结束了。从上海回来后的搬迁让我们忙碌了好几天，搬家的烦琐事务分散了我们对克拉德的注意力，在他们住进小公寓的第二天，查理提醒我，克拉德已有五天没有"大号"了。

查理和罗尼把克拉德放在他的床上侧卧着，并试图打通阻塞的肠道。但这时的克拉德像一瓶葡萄酒，肠道被瓶塞封得严严实实的，而里面的酒已经酿过了头。当查理试着触碰那明显凸起的瓶塞时，瓶子发出痛苦的呻吟。我让查理把克拉德移动一下，让他肚子朝下趴着，希望换个体位，可能可以使瓶塞容易拔出，但移动却使克拉德呻吟得更厉害。查理站在那里，不敢继续下手，大家面面相觑，束手无策。

我的记忆闪回到二十多年前在上海瑞金医院，那时，我的第一任丈夫受了重伤，他的一只胳膊必须被截除，医生要求我签署手术同意书。为了挽救他的生命，手术必须进行，但读着同意书的文字，要我接受他在手术过程中死亡的可能性，当时的我三十一岁，带着一个一周岁的儿子，我下不了手，我的手抓不住那支笔，签名同意切除我丈夫的手臂,也许还要连同我那仍是幼婴小儿子的父亲的生命。当时,是我永远理智和坚强的母亲代表我签署了这份令人心碎的同意书。

但是此时妈妈远在千里之外的上海,她无法再替我做决定,我唯有自己来做,这件事必须得做!

查理小心翼翼地把克拉德的背转了一点,把他从那尴尬和难受的体位中解放出来,克拉德号叫得更响了。

"也许我们应该带他去急诊室。"罗尼谨慎地建议。

"也许你说得对,但我担心搬动他会加剧他的痛苦,使情况更糟糕。"

对大多数中国人来说,便秘并不构成一个需要去医院的大问题,和我同龄的许多中国妈妈都有动手打开孩子肠道阻塞的亲身经历。

我不也是一个中国妈妈吗!

我戴上乳胶手套,试探性地、轻轻地按了一下瓶塞,它像岩石一样坚硬,即便是对我羽毛般轻盈的触碰,瓶子也会痛苦地抽搐呻吟。

我停了下来,用心判断,凭直觉快速地计算着:"这瓶塞它有多强的抵抗力?需要使多大力气来穿过它?哪个角度切入最顺当?需要进入多深?"我竭力遏制我的脑海里生动的想象力,和我自己身体里感觉到的"幽灵痛"——作为人类,由于同情感作祟,往往会体会到发生在别人身上的感觉,如同发生在自己身上。我在手套上涂抹了厚厚的凡士林,鼓起排山倒海的勇气,硬着头皮,狠下心来,深吸一口气,屏住,然后坚定而平稳地用我的手指挖入"瓶塞"最坚硬的部分。

克拉德惨烈地嘶叫,仿佛他被活活宰杀,叫声撕裂着我的心肺。

一大块残破的"瓶塞"不情愿地被挖出,深红色的液体随着渗出,混合着"瓶塞"的碎片,染红了我的手和下面的床单。

流出来的可没有红酒——我的手上沾满了我丈夫的鲜血。

即使在今天,每当回想起这件事,那场景,以及克拉德哀号的余音仍然刺痛着我的心。这件事我做对了吗?

尼采对此有过睿智的评论:"你有你的方式,我有我的方式,至于正确的方式,唯一的方式,它不存在。"现实是,在日日夜夜繁杂的护理工作中,担负着护理责任的健康配偶和护工们,不可能对出现的一切情况,都具有时间精力和知识去寻求完美的护理方式。我唯一践行的是,尽自己最大的努力。

* * *

新租的小公寓里家具很少。

卧室里,靠右侧的一面墙放了一张克拉德的单人床,方便护工给他穿脱衣服。靠另一面墙为查理准备了一张双人床,如果罗尼愿意,也可以在这里过夜。大门的把手都用胶带贴起来,不能转动,防止老马逃跑,我们可以用钥匙开门进出。厨房里的炉灶都没有旋钮,看起来光秃秃的很奇怪,查理已经拔掉了所有的旋钮,把它们藏起来了,这样克拉德就不能随便"玩火"了。

有一天查理休息,我在厨房里给克拉德准备午餐。我能听到克拉德在客厅里忙碌地推动家具的声音,这是他日常自娱自乐的活动,紧接着我听到他的惊叫。我赶紧放下手中的东西冲向他。克拉德被挤在门和沙发之间，原来他将沙发竖了起来，重心在一端的扶手上，导致沙发失去了平衡，歪倒在克拉德身上，他被死死地"钉"在门上，动弹不得。幸运的是因为有门顶住了他，而且这张沙发大部分是由很轻的泡沫块组成的，所以克拉德虽然受了惊吓，却安然无恙。我把克拉德从"邪恶"的沙发下面解救出来，脸上带着胜利的微笑。和我的老马斗智斗勇，我"看马人"还是技高一筹！如果是一张笨重的沙发压在克拉德身上，那会造成怎样的结果呢？不堪设想。

克拉德和查理住进小公寓几周之后的一个早晨，怎么也无法叫醒克拉德。查理从床上把他弄起来，抱他坐到沙发上，他紧闭双眼，不肯张嘴吃东西，也没有像往常那样在小公寓里走来走去。这样的嗜睡很不正常，我给医生打了电话，医生立刻赶来。

为克拉德做了一番检查后，医生做出了令人沮丧的宣判："克拉德中风了，你们从他身体左边瘫痪的状况可见一斑。"

克拉德脸的左侧微微下垂，左嘴角也比右嘴角低些，他的左臂已经不能动弹，他坐在椅子上无法保持身体的平衡，上半身晃来晃去。

"三个月，最多不超过六个月。"医生这样断言，她将克拉德置于"临终关怀"的病人之列。

"临终关怀"是美国医疗系统旨在减少临终病人痛苦，减轻医疗系统负担而设立的一个自愿参加的项目，必须由医生判断病人的生命不超过六个月才可以将病人纳入这个项目。进入这个项目之后，医护人员不再对病人做以延长生命为目的的抢救，护理的宗旨变成减少病人的痛苦，让病人安逸地离别人世。为了鼓励大家参加这个项目，政府给予参加这个项目的病人很多护理上的帮助，包括免费提供药物、护理物品和护理人员。

医生接着告诉我，到了该为克拉德安排后事的时候了，因为当不可避免的终结到来时，处于巨大悲痛中的家人很难有时间和精力冷静地、有条不紊地去处理法律上的和其他必须应付的事务。她留给我一个牧师的联系方式，尽管我不明白牧师能够为我做些什么，但我还是接受了医生的建议，立刻联系牧师，心想牧师或许能够帮助我减轻一些精神上的重担。

牧师是个态度温和，慈眉善目，脸刮得干干净净的中年人，大约四十岁。

他询问了我的宗教信仰，我告诉他我不信教，我很有礼貌地表明，我不是一个无神论者，而是一个"挑衅者（antagonist）"。看到他脸上流露出困惑的神情，我纠正道："我是一个不可知论者（agnostic）。"他松了一口气。

"我有时会把'antagonist'和'agnostic'混淆，"我为自己辩解，"我曾经是一个无神论者也是一个挑衅者，但是随着年龄的增长和阅历的加深，我懂得了做人要谦卑。"①

思想开明的牧师欣然接受了我这个没有上帝的人，依旧每周都虔

---

①无神论者不相信上帝存在；不可知论者认为上帝的存在与否目前超越了人类的认知范围。

诚地来看望我，直到我们谈完了一切可以谈论的话题。我最终还是听从了他的建议，开始造访一些他给我联系的墓园，为克拉德寻找一个永久的安息之地。

这时，我姐姐蓝云从上海来达拉斯看我，有她在我身边，我多了一份勇气。我不必单枪匹马地去闯荡那些灵魂安息之地，那些平和静谧中透着森森阴气的墓园，不必独自面对即将到来的永别。我们姐妹俩在达拉斯的那些墓园转悠，商量如何抉择。在她的陪伴下，我终于签下了购买墓地的合同，并安排了克拉德的火化事宜。

由于当时我的父母仍然健在，祖父母或在我出生之前或在我出国之后故去，我从未直接地经历过亲人的死亡。当这一切安排就绪后，我的精神得到一种很大的解脱。

三个月过去了，然后六个月也过去了。克拉德没有被死亡带走，而死亡则为克拉德让路，悄悄蛰伏在一边。克拉德的身体慢慢恢复了一部分因中风而失去的功能，虽然左侧比右侧弱，但是他能够挪动他的四肢，自己坐到他那把蓝色的老年椅上，喃喃自语着偶尔可以使人理解的话，无意识地用右手臂抓他可以触及的一切，仿佛他的右手粘贴着尼龙搭扣，随便"粘"住他够得到的东西。

风和日丽的日子里，我们推着轮椅带他去威廉姆斯公园。克拉德坐在轮椅里，我和蓝云坐在草坪旁边的长椅上，啜着拿铁咖啡，啃着羊角面包。鸭子们在小池塘里游来游去，它们的家庭在壮大，但我的克拉德已不能再模仿它们的叫声了，不会学鸭子叫来逗我笑了。

* * *

2008年即将结束。那一年，在我生活的美国，爆发了一场席卷全球的金融危机，导致美国政府在2008年和2009年采取了前所未有的救助行动，总计花费了近1万亿美元，以防止美国金融体系的全面崩溃。5月12日，在我出生和长大的中国，一场震级为8.0级的地震发生在四川省汶川县，造成69227人死亡，374643人受伤，大约1993.03万人失去住所。

虽然如此大规模的灾难让人们不知所措，但新的医学成果和科学进步给人们带来新的希望。如果世界上第一个怀孕的男性托马斯·比蒂，能在那一年6月29日生下一个女儿，也许离我们达到治愈阿尔茨海默病的目标也不会太遥远了！也是在那一年，国际阿尔茨海默病研究与治疗促进协会（ISTAART）成立了，目的是汇集全世界的科学家、医生，和其他治疗失智症的专业人员，共同研究阿尔茨海默病和其他失智症的病因和治疗方法。

照顾病中的丈夫，仍然是我生活的小小世界里的舞台中心。

这是一个典型的冬日早晨，寒冷、沉闷。罗尼告诉我查理已经不舒服好几天了，他的喉咙肿痛，吞咽困难。

"查理，你为什么不早点儿告诉我？"我很为他担心。我一直小心翼翼地不让他做过于繁重的家务，因为知道他的癌症病史。

"我希望它会慢慢过去，不想让你为我担心。"查理说，他虽然轻描淡写,但从他的声音里我听到了他的无助。

查理,亲爱的老查理!我的心收紧了。你从不抱怨,你总是在照顾别人!

"有多长时间了?我可以看一下吗?"我的腔调听上去像是一个医生或姐姐,或两者兼有之。

事实上,在"文化大革命"期间,我在内蒙古当知青时就充当过"医生"的角色,谓之"赤脚医生"。因此,我觉得我比一些人更懂一点医学常识,确切地说,更胆大妄为,敢于去处理一些简单的小疾病。我对尝试使用自己的医疗技能很少犹豫。

那时我住在内蒙古一个贫穷偏远的村庄里,和我在同一个村庄里插队的哥哥患了严重的急性支气管炎,他发烧,咯血,但村庄附近没有医生或医疗设施。我查阅了书本,决定尝试用针灸替他治疗。治疗要用一根长达三寸的银针刺入他锁骨之间的皮肤,贴着他的气管平行地向下刺入三寸深度,然后留针若干时间,任何偏差,我都有可能会刺穿他的气管,造成不可想象的伤害。这是我第一次也是唯一一次实践如此高难度的医术。那之后,哥哥病情明显好转,毋庸置疑,他的康复不是由于赤脚医生精湛的医术,而是由于那个年轻身体自身的强大免疫力。

查理对我来说就像一个兄弟,他是我的"布巴",我是他的"茜茜",我现在穿上了鞋子不再赤脚,表明我作为一个"医生"的地位有了相当的提升。

"已经三四天了,它越来越大,我不能吞咽。"查理回答着我的问题，好像在跟一个真正的医生说话。

我把他拉到窗前，让他张开嘴，把他的头转向着光亮，只见他的咽喉上有一个乒乓球大小的肿块，堵住他三分之二的喉咙。

"你怎么不早告诉我？你怎么能让这个东西长到这么大！你当然不能吞咽啦，你必须马上去看医生！"

一看见那个丑陋的大肿块，我对自己扮演医生的角色和发挥医疗技术的信心烟消云散，那个肿瘤让我心惊肉跳。那么巨大的一个肿瘤，谁能够做到不心惊胆战呢？

"不要担心克拉德，我在这里。"我一边说，一边把他俩推出门去医院。

几周后，经过反反复复的检查，查理的诊断书来了——癌症。

罗尼给我解释查理得的癌症，其中包含很多拉丁语专用名词，相当复杂，我很难理解，但我明白他得的是一种和免疫系统相关的癌症。查理将为保卫自己的生命而战，他需要接受持久的充满折磨的治疗，包括化学疗法和放射性治疗。罗尼需要照顾他，他们将会自顾不暇，对克拉德的护理和给我的帮助将不可能再像以前那样地适时适地。然而，我也知道，比起他们生命中的任何其他时刻，他们都更需要有一份收入，需要有人关爱支持。在这个关头，他们需要感觉到人世间依然存有温暖、关怀和同情，从而维持他们对人道主义的信心。

我该怎么办？

我能做什么？

我能够做到吗？

一切似乎都在照常运行。

白天，查理和罗尼往返于小公寓和医院之间，在查理治疗的空隙中照顾着克拉德。晚上他们住在小公寓里一起照看克拉德，罗尼也能照顾查理。我尽力填补他们留下的空缺时间，并增加了一个临时护工。但是小公寓里的气氛显然与往常不同，谈笑声听不到了，我们彼此间的戏谑听不到了，查理和罗尼之间几乎不停歇的夫妻般的斗嘴也听不到了，一直以来的活泼气氛荡然无存。

我感觉到，查理的病情和他的就业前景给了他们沉重的思想负担。除了克拉德依然时不时地喃喃自语之外，每个人都变得格外安静，连罗尼也不例外。我们回避彼此的目光，甚至回避彼此。他们知道我需要时间和空间来思考，他们屏息以待。

经过几个夜晚的思想斗争，我准备宣布我的决定。

查理和罗尼坐在小公寓客厅的沙发上，克拉德像往常一样坐在他的蓝色大椅子里面，我坐在他旁边的一张椅子上。电视机的屏幕上，二十世纪七十年代风行一时的电视剧《草原上的小木屋》正在重播，我是第一次看它，尽管查理和罗尼可能看了一百遍了。电视剧中的女主角劳拉·英加尔斯说道："我知道会有河要穿越，有山要攀爬。我很高兴，因为这是一片美丽的土地，我为能看到它而感到欣慰。"

"'有河要穿越，有山要攀爬'，我们都知道那就是生活，不是吗？"我开始发话，"让我们现在来聊一聊。"我关闭了电视。

"我知道你们一直在想查理病得很重，我们将如何继续下去。对我而言，做出决定不是一件容易的事，但是当我深入内心审视自己时，我知道我不能让你们离开，特别是在你们处于危难的时刻。过去的几年中，你们一直待在我的身边，我们在一起度过了我一生中最艰难的时期。有你们在身边帮助我，我是幸运的。我知道你们现在需要我，我愿意继续和你们在一起，就像你们在我最需要的时候守护在我的身边一样。因此，如果你们愿意继续和我一起照顾克拉德，让我们一起做个计划。"

"乔安，我没问题，我可以继续照顾克拉德。"查理虚弱地说。我知道他此刻需要相信自己有这个能力，需要自信心。但我不确定在他的内心，他是否真正相信他有能力在与癌症搏斗的同时照料好克拉德这样一个失智的，完全依赖别人照顾的病人。

"有查克和我两个人，我们可以照顾好克拉德。"罗尼补充说。但是我心里很清楚，罗尼所谓的"照顾好克拉德"，与其说是一个保证，不如说是一个心愿，一个无从确定结果的良好愿望。

对我来说，和他俩携手共进，可不仅仅是一个心愿，而是一个决心，一项承诺，一个保证。我并不天真，查理上次生病住院时，我失去过他的帮助。我也知道，不管是哪种癌症，都是非常严重的事情。查理的治疗不可避免地会和克拉德的护理产生时间上的冲突，留用查理，将意味着对克拉德的照料失去可靠保障，我自己需要补上更多的精力和时间，同时经济上还需要花费额外的支出，我不得不做好承受更大的压力和负担的思想准备。

我苦苦思索了几天,是否再找一个护工代替查理?或者为克拉德找一个护理院?自从克拉德中风以后,他已明显不再具有破坏力,养老院会乐意收留一个大部分时间坐在轮椅中的病人。但是最终,我还是说服了自己,在查理与癌症苦战之时,让查理和罗尼失去经济来源,失去他们在情感上深深依恋并依靠的我和克拉德——他们两人的家庭都不接受同性恋,都不可能帮助他们,这使我的良知感到巨大的压力——是我脆弱的良心不能承受的。由此而言,我的决定并不是出于纯粹的无私,我也是为了不让自己的内心生出极大的不舍与不安。

"对我们每个人来说,接下去的道路都不容易。"我说,"罗尼,你和我是健康配偶,我们要加倍努力。"

我不知道我的话有没有真正钻进罗尼的脑子里,但是在接下来的日子里,当查理的治疗几乎占据了他俩除了夜晚以外的全部时间时;当我独自一人看护克拉德,为安排临时护工的日程烦恼,为雇用临时护工增加支出,为临时护工在最后一刻取消约定着急时;当我为接踵而来的事务焦虑,却又得不到"布巴"们像往日那样全力以赴的支持时,我提醒自己"你知道这些情况会发生,但你选择了这条路,你就必须走到底!",这样的想法使我免于陷入怨恨和不满之中。

而那天早晨电视中劳拉·英加尔斯的声音,一直提醒着我:"我知道会有河要穿越,有山要攀爬……"

* * *

克拉德的病继续给我带来困扰，但他的敏感有时也会使我感到惊讶。他需要每两个小时被带去上厕所，在那里，护工需要帮他拉下裤子，让他坐在便桶上。

因为他不理解上厕所是怎么回事，让他坐在那个丑陋、古怪的物体上排泄，就像一场拉锯战。如果我们设法使他失去平衡"跌"在便桶上，那么我们赢了；如果他成功地摆脱了我们的控制，站着"释放"自己，把裤子和身体弄脏，天呐，那么他赢了。

一天下午，查理和罗尼去医院做治疗，我去小公寓替换临时护工贾马尔。贾马尔告诉我，温菲尔德先生不允许他脱下他的裤子，我想因为贾马尔是临时护工，克拉德记不住他是谁。

"温菲尔德先生说'这很不得体'。"

"他说了什么？"我不知道我听对了没有。克拉德已经很久不会说任何有意义的话了。

"他说，'这很不得体。'他紧紧抓住他的裤子，不让我把它拉下来。我试了好几次。"

那是我的健全时的老克拉德在说话啊！彬彬有礼，用词得当，真正绅士到最后一口气。但是这一次，他的结果是落得一个非常湿的屁屁。

这一晚我负责料理克拉德上床睡觉，我脱掉了克拉德的外衣，只留下他里面穿的白色旧棉T恤和裤头。我扶他在床边坐下，用我的右臂搂住他的颈背，左臂插在他的双腿下，使足我所有的力量，用爆发力猛然抬起他的躯体，在他的身体微微脱离床的一瞬间，把他的身体向右转向九十度，与床平行。在他来不及反抗之前，我已将他在床上"摆平"了。

"我要杀了你！"克拉德愤怒地、大声地、口齿清楚地对我挥动着他仍然敏捷的右臂和拳头。

我正在为自己完成了一项把我的体力发挥到极限的任务而暗自庆幸，却被他突然爆发的愤怒吓了一跳，但我很快意识到，他只是被那突如其来的猛烈移动惊吓了。

"哦，是吗？那么谁来照顾你呢？"我跟那个想杀我的人开玩笑，"我劝你三思而行，克拉德。"

我把他的被子披好，在他身边躺下。

当我把他散落在额头上的头发掠到一边时，我感觉到他温暖的呼吸吹在我的胳膊和手上。静静地，我观察着他的表情，淡淡的灰色眉毛，眉头微微皱起，他看起来像个噘嘴生气的孩子。

"你生我的气了吗，宝贝？"我轻轻抚平他眉心的褶皱，"你根本不记得是什么让你这么生气了，是吗？"

他一言不发地躺在那里，像是仍在赌气，但我刚才的"暴力"行为，让克拉德气得想要杀人，就像被戈布尔多克（Gobbledok）吞噬了的土豆脆，已经在他的记忆中消失得无影无踪了：

"咔嚓，咔嚓，咔嚓！"[①]

[①] 戈布尔多克是澳大利亚史密斯土豆脆饼电视广告中的一个外星人，痴迷于吃史密斯土豆脆饼，嚼土豆脆饼的声音，"咔嚓，咔嚓，咔嚓（Chippie, chippie, chippie）"，由此成为流行语。

* * *

2009年春季，克拉德成为临终关怀的病人已经快一年了。

在一个阳光明媚的早晨，准时九点，临终关怀派来的护士贝蒂来上班了。她三十出头，皮肤白皙，有着深褐色的头发，是一个体态极度丰腴，性格非常开朗的女人。她说话声音响亮，豪爽地大笑，轻而易举地就和我们这个生性各异，由不同家庭和朋友组成的小团体打成一片。护士贝蒂每周会来小公寓几次，她与查理和罗尼闲聊，开玩笑，扯八卦，交流他们所知道的得州逸事。通常，查理和罗尼已经完成了如洗澡、把克拉德抬起来上厕所等难做的工作。护士贝蒂知道，对克拉德的医访不会像她的其他病人那样费力，而且，我们这里一定会有笑声。

那一天，护士贝蒂像往常一样化了浓妆，显得神采奕奕。她戴着闪闪发光的大耳环和一条相配的项链，穿着紧身的粉红针织上衣和一条更紧身的花卉紧腿裤，那上面泼洒着粉红、天蓝、翠绿和鹅黄的色块。在紧裹着她身体的服装外面，她套了一件长及大腿的，有着松散的花卉的薄得几乎不存在的纱质上衣，她那令人惊撼的丰满一览无遗。

当这个色彩斑斓的大花球"滚"入我们门槛之际，罗尼丢给查理一个眼神，查理忍住微笑回看了他一眼。我明白这两个鬼东西说的是"看看她！"

他们，尤其是罗尼，是别人的时尚感最无情的评判者。

护士贝蒂那天比平常更兴高采烈，她甚至快乐得有些飘飘然。春天有时对人类的情绪会有这种影响，这个季节令人感到青春和喜悦，是一个坠入爱河的季节。克拉德是她日程上的第一个病人，她精力充沛，还没有觉得疲劳。

她微笑着向克拉德打招呼，"早上好，温菲尔德先生，你今天看起来很不错！"

"你知道，你知道……他……是双向的吗？"克拉德坐在他的蓝色大椅子里面，右手指向空中，用任何突然出现在他舌头上的词汇来回应。

"我们都非常知道他，无论哪个方向。"我插话回应。查理和罗尼笑了。

"没错，克拉德，我们都太知道他了。"罗尼补充说，"我们怎么可能不知道呢？"罗尼向我眨了眨眼。他很清楚我指的是谁——麻烦的制造者克拉德！

我们都在客厅里，查理和罗尼坐在沙发上，我坐在克拉德右边并排的一张椅子上，马上要去上班。看见护士贝蒂进来，我站了起来，让她坐在克拉德旁边，这样她就可以开始工作了。

护士贝蒂在椅子旁边卸下她各式各样的包，一个装着医疗小工具；一个装有活页夹、笔记本和表格，用于记录每个病人的病情；另一个装有她的个人用品。然后，她转过身，重重地倒在椅子上，椅子唧唧呱呱地发出抱怨声。

等她喘过气来，我们互致了一些无关紧要的问候语，她开始检查克拉德的基本体征。她站在克拉德的蓝色大椅子前，弯下腰，伸手在一个包里去取那些工具，温度计、听诊器，等等。这时，她将她那硕大无比的"尊臀"端端正正地放在了克拉德的脸前。当她气喘吁吁地翻遍她的包时，克拉德慢慢地、稳稳地、几乎是偷偷摸摸地伸出右手，稳稳地放在那一大堆肉上，然后一拍，又轻轻地捏了一把，我敢肯定克拉德感觉到无比的快乐，然后缓缓地吐出几个字：

"天呐！天呐！！天呐！！！"

笑声在小公寓里爆炸了，罗尼在沙发上来回翻滚，我笑得喘不过气来，护士贝蒂倒在椅子上，擦着笑出来的眼泪。查理是唯一保持镇定的人，因为他得确保化疗的管子不会从他的手臂上脱落。

在蓝色的大椅子里，克拉德目不斜视地端坐着，什么也没看见，什么也没听见，好像在想，有什么好笑的？

离开蒙蒂塞洛后,克拉德住进了右边那栋房子一楼左侧的小公寓。那座又大又漂亮的房子在最左边的房子的左侧。

"文化大革命"期间,我和哥哥在内蒙古插队。

2008 年,查理化疗期间。

14
家人、朋友、陌生人

有时你必须给自己一次不做硬汉的许可,你不必每日每时每刻都很坚强。

——梅雷迪斯·格雷,美国电视剧《实习医生格雷》(2005)

"兔子"医生对克拉德阿尔茨海默病的诊断令我伤心,但没有让我震惊。此前已有很多迹象,其中一些更为明了,可能只有配偶或亲密的家人才会察觉。尽管如此,我还是立即请了一位享有盛誉的,达拉斯西南医学院专门研究记忆障碍包括阿尔茨海默病的精神科专家,为克拉德复查。他证实了对克拉德阿尔茨海默病的确诊。

那天我们离开了医生的办公室,在开车回家的路上,克拉德对我说:"亲爱的,答应我,我不想让任何人知道我的诊断。"他更担心的首先是他的隐私,而不是他的病情。人们对患有这类影响认知能力的疾病往往有不准确甚至歧视的看法,这会增加患者的心理压力,并产生不必要的耻辱感。

"当然，这不关别人的事。"我完全同意。

"我的意思是，包括我的孩子们。除你之外，我不希望任何人知道这件事。"

我很惊讶。我认为家庭不仅仅是为星期天的聚餐和节日盛宴而存在，也是为家庭中的某一成员生病时、遇到困境时需要其他成员帮助而存在。我还认为，父母有义务向成年子女披露他们患有的遗传性疾病，成年子女有权知道。

我小心翼翼地问他："但是，宝贝，你不觉得你有责任让威廉和嘉怡知道吗？"

"我不相信我有阿尔茨海默病，我感觉很好。"他执意地说。

我沉默了，不知道该说什么。

阿尔茨海默病患者拒绝接受诊断的状况并不罕见。克拉德是因为这个结果太残酷而无法接受吗？是因为惧怕别人耻笑吗？还是因为他无法理解这个疾病的性质？我无从判断，但是认为他的孩子们有权知道，这一信念沉重地压在我的心头。克拉德的判断能力显然已经受到了严重损害，但阿尔茨海默病患者认知能力的丧失是渐进的，不存在一道明显的门槛，无法简单地划分在什么时候，患者自主决定的能力已经下降到了必须依靠法定代表人来保护患者权益的地步。在美国，法院根据医生对患者认知能力的判断，来鉴定患者有无民事行为能力，法定代表人是否正式生效。但在此之前，持续数年的时期，阿尔茨海默病患者可能徘徊在头脑清楚和不清楚之间，或看似清醒而实际上却一头雾水。这种不确定性，使健康配偶会经历一段在法律和道德都不分明的泥泞道路中一脚深一脚浅坎坷前行的过程。

于我而言，什么时候我应该担当起作为克拉德的另一个自我的责任？毫无疑问，最终这位前大学校长会失去他所有的"教授们"——脑细胞，一切都会变得易于决断。但在那之前，如何让孩子们知道他们父亲的病情，我怎样做才是正确的呢？

"也许他只是需要一些时间来思考。"我这样安慰自己。

对于"克拉德阿尔茨海默病的诊断是一个错误"的希望彻底破灭后，我们面临太多的未知数。从医生那里驱车回家时，我对自己做出了以下要求：

除非有必要，不提阿尔茨海默病的话题。疾病不必成为统治我们生活的主题，至少现在还不是。

尽可能正常而充实地生活，共同度过我们有限的剩余时光。

迎战阿尔茨海默病，每一场值得打的仗我都将不遗余力！

* * *

2003年春季，距克拉德确诊已经过去六个多月了。

在达拉斯北边的"小牧场"家中，早餐后，克拉德再次在房子里踱来踱去，窥视所有的房间，试图弄清那些越来越无法辨认的东西、地方和人。他让我想起了莎士比亚笔下的李尔王：

……我担心我头脑不健全。

我想我应该认识你,认识这个人。

然而,我怀疑:因为我基本是无知的。

这是什么地方?我有什么技能?

我不记得这些衣服,也不知道

昨晚我宿于何方?

威廉和他的妻子萝伦和我一起坐在餐桌旁,他们来达拉斯看望我们。

"爸爸在做什么?"威廉问。他奇怪为什么他的父亲,那个思维敏捷、善于表达的演说家,没有像往常那样和我们一起坐在桌旁,滔滔不绝地谈论政治、历史、经济或哲学……

"他可能在找什么东西。"萝伦给出一个合理的解释。

我没有马上说什么,但我的头脑在飞快地盘算着,"他们不知情,我应该告诉他们吗?告诉他们会不会是对克拉德的背叛?这违背对克拉德的承诺吗?"

我既没有答应也没有拒绝克拉德不要告诉孩子们的要求,但我不确定我当时的沉默,是否实际构成了对他的承诺。

但是孩子们需要知道,他们有权知道。

可是我该如何向他们透露这个痛苦的消息呢?他们会有什么反应?

我知道，此刻这个信使非我莫属，因为我的克拉德已经不记得自己患有阿尔茨海默病，他不再能理解他的病对他和他的家人意味着什么。确诊后不久，克拉德就赋予我在他无民事行为能力、无法处理个人事务时，成为他的法定委托人，并指定我为他的监护人，有权为他决策一切。我需要开始代表他行事，包括承担他对与他相关的人们的责任。

"你们觉得爸爸有些变化吗？"我尽量委婉地询问。

威廉和萝伦对视了一下，然后同时转过头来看着我，不明白我的问题意图何在。阿尔茨海默病的早期症状，并不为那些偶尔见面的人所察觉。我们都会有遗忘和困惑的时候，我们中的一些人，比如我自己，也常常心不在焉丢三落四。"阿尔茨海默病"仅仅是人们在开玩笑时轻松地取笑对方或自嘲时才存在的。多数人不期待有朝一日它会成为自己的现实。

"乔，你想对我们说什么吗？"威廉是唯一叫我"乔"的人，直到他这样称呼我，我才知道"乔"是"乔安"的昵称。我的问题引起了威廉的警觉，"如果爸爸有什么问题，你应该告诉我们。"

"我也许不应该告诉你们，克拉德明确地表示，他不想让我告诉任何人。他特别要求我不要告诉他的孩子们。"我并不打算让威廉和萝伦怀有疑问，但我对自己是否要违背承诺感到一定程度的纠结，尽管我的理性已经批准我这样做，但是我需要一些铺垫。克拉德的孩子们一直很信任我，我想确保我要说的话以及我如何说不会危及我们之间的这种信任。

"克拉德说，他会在适当的时间告诉你和嘉怡。但恐怕那个'适当的时间'已经过去了，他现在不会再记得了。"我停顿了一会儿，"我爱他，我关心他的孩子们，我觉得我有责任告诉你和嘉怡。"

我犹豫着，此时此刻真是"小曲好唱口难开"啊。

看着威廉和萝伦，他们信任的目光鼓励我继续。我深吸了一口气，轻轻地以尽可能温婉的声调吐出了这些词语："克拉德得了阿尔茨海默病。"

词语的轻柔和温和并没有减轻它们的冲击力，我感觉好像在房间里引爆了一枚炸弹，虽然听不到爆炸声，看不到硝烟，但每个人都感受到它巨大的震动。在寂静中，我转过身，透过大落地窗看着后院，我不想让他们看到我已满眼泪花，也希望给他们一点空间去处理他们的惊讶和悲伤。

后院里，红花从紫薇树上轻舞而下，在游泳池的蓝色水面上盘旋。外部世界和美宁谧，我们内心混乱无章。

我正在失去丈夫，他们正在失去父亲。

"他是去年秋天确诊的，他的记忆力越来越差了。"我盯着漂浮在水面上的残花，在微风中，它们没有方向，没有目的地移动。"自从我们在一起，他一直是我生活中的锚，现在，我的生活失去了锚。"

威廉打破了沉默，低声说："他是你的锚，但他是我的根。"我转过头去，只见他低垂着头。"乔，我失去了我的根。"他的声音微弱无力，几乎耳语一般。

＊＊＊

作为配偶，我没有得到克拉德聪明的基因，但我也没有分享他的阿尔茨海默病的基因。而作为阿尔茨海默病患者的子女，他们却有对基因遗传的担忧。早发性失智症——在65岁之前被确诊，或家庭失智症——多个家庭成员被确诊，虽然比较少见，但遗传的可能性远远高于晚发性失智症——65岁之后被确诊。对于像克拉德这样的晚发性失智症患者的兄弟姐妹或子女来说，患阿尔茨海默病的概率并不确定，然而，鉴于这种疾病对大脑毁灭性的破坏，这种风险的存在仍然会给患者的兄弟姐妹或子女带来极大的担忧。

威廉倾向于采取理性的方法应对挑战，对一切可能发生的灾难做好最充分的准备是他减少自己紧张情绪的办法。对自己可能罹患阿尔茨海默病的隐忧，使他的心理蒙上一层挥之不去的阴影。

"乔，我很害怕……"威廉在一次达拉斯之行中向我承认。虽然我们的关系一直更像朋友，而不是继母和继子，可是无论按照东方还是西方的习俗，我仍然是他的母亲，看到他的挣扎，我心痛。但我又能说什么安慰他的话呢？

"即使你以后患上了阿尔茨海默病，也不要让它在现在就开始折磨你。谁知道呢？你很可能永远不会得这个病。"我知道这些话的说服力微乎其微。

"萝伦和我已经商定，如果我们中的任何一个患上阿尔茨海默病这样的绝症，我们将帮助对方结束生命。"他郑重其事地说，"我们彼此承诺不让对方在没有希望的情况下痛苦地生活,并使对方痛苦。"威廉在一所社区大学做科技主管,他很具有超前思维的能力,本能地思考合理应对灾难的方法。在很多人眼里,他的想法似乎很极端,但对我来说合情合理。

威廉经常来达拉斯,因为他知道能够和父亲在一起的时间屈指可数了。在他父亲渐趋衰弱的日子里,我目睹威廉逐渐从一个紧张型的、性格比较刻板的人,转变成一个成熟、有包容心的人。他和萝伦结婚多年未有子女,看着他满怀柔情地把食物一勺勺放进年迈失智的父亲嘴里,那不轻易外露的男性温情,在对老父亲的反哺中显露无遗,真是令人动容!

一天,威廉走进家门,俨然是另一个人,更确切地说,看起来"面目全非":他留着满脸的黑胡子,仿佛年长了许多,显得气质高贵,深不可测。他看起来像与马克思一起撰写《共产党宣言》的德国社会主义哲学家恩格斯。我觉得威廉看起来很酷,所以我决定效仿,让克拉德的胡子也留起来。癌症治疗的副作用使查理的手变得很不稳定,与其让克拉德亮出一张胡子被剃得乱七八糟的脸,还不如干脆就不剃了。毕竟,我丈夫既不会马上应邀去卡内基音乐厅发表演讲,也没有向我提出抗议的本领。

"爸爸如果知道你正在做的坏事,他一定会杀了你的。"当嘉怡第一眼看到克拉德满脸络腮胡子,咯咯地笑着对我说,克拉德从来不能够忍受他的脸变得毛扎扎的。在此之前,他不刮胡子最长纪录为五天,那还是在我经过很多的乞求和哄骗之后。

"他不会的，因为他离不了他的'看马人'，"我和嘉怡戏谑，"你爸爸不会干那么蠢的事。"

威廉提出帮忙修剪克拉德的胡子，他比我经验丰富，手也稳定。我递给他一把剪刀，坐在一旁看他把剪刀在克拉德的脸上移来移去，做着小心翼翼的剪辑，并不时停下来端详一番，审视自己的工作。

但克拉德正忙着和那个在他脸上乱搞的人对话。

克拉德右手指着空气比比画画，絮絮叨叨："我们出去那里，出去这里。"

威廉正集中注意力对付克拉德的下巴："出去哪里？"

克拉德："我是，那时，我会……"

威廉："会什么？"

克拉德："你能来，来，和我谈，谈吗？"

威廉："当然啦，随便你想谈什么。"

克拉德："我们都可以，就，就……"

威廉："爸爸，你不要动来动去好吗？"

克拉德："一切都很好。"

克拉德的女儿嘉怡也多次来访，有时带着克拉德的外孙和外孙女，有时因为孩子们要上学也独自一人。对父亲病情的态度，以及可能给她的未来带来的不幸，她是相对平稳和不那么在意的。

"我不想向我的孩子们隐瞒真相，不管这有多艰难。"她告诉我。

克拉德的外孙们在多次探视过程中看着自己的外祖父逐渐衰落，

失去记忆,这让他们了解到生命是脆弱的,尽管生命同时也是坚韧不拔的。

我问嘉怡她是否担心自己会遗传阿尔茨海默病,是否想去接受基因检查,她的回答是:"我尽量不去想它,我不想知道。如果得了,就得了。"

在一次见面时,嘉怡对我说:"乔安,跟我和孩子们一起去看电影吧!我知道你不会一个人去看电影。你最后一次看电影是什么时候?"

我真不记得上一次看电影是什么时候了,反正是很久很久以前。如果说患病配偶是显而易见的受害者,健康配偶则是隐形的受害者。大多数时候,人们的注意力、谈话、行动和决定都集中在病人的需求上,而那个仍然思绪清晰、行动敏捷的健康配偶的需求,往往是其他人甚至健康配偶自己都会忽略的。我把克拉德留给了查理,和嘉怡以及孩子们一起去北公园购物中心看美国喜剧片《发胶》。除了我之外,其他人都知道这是一部翻拍的老电影,电影从头到尾让我笑声不断,在那两个小时里,我忘记了那个充满阿尔茨海默病带来的麻烦的世界。

* * *

在克拉德搬到蒙蒂塞洛之前,我努力地为克拉德寻找一些他力所能及的事情,那时我发现,没有什么比唱歌更能锻炼克拉德的记忆力了,尤其是老歌和童谣,虽然那些老调子在很久很久以前就过时了。

我们开车去哈伯德湖边的小屋度周末。我在开车,克拉德坐在我旁边的座位上,嘉怡和她的两个孩子坐在后排。

"罗利·保利……"为了营造车里的轻松气氛,我开始愉快地引吭高歌,然后停下来等待克拉德接着唱下去。

"爸爸的小胖子。"果不其然,克拉德上钩了,他继续用男中音唱下去,"我打赌有一天他会成为个男子汉。"

"罗利·保利"出自歌曲《爸爸的小胖子》,是由"得州花花公子乐队"在1946年表演并录制的。我第一次听到克拉德冷不丁地哼出这首"乡下人"的歌时,他已经病了,那些他可能几十年未曾想到过的、属于他童年时代的、不再流行的歌曲,开始从他的记忆里冒出来。从我那受过良好教育、文化品位很高的丈夫嘴里唱出这样一首傻乎乎的"土歌",真是太不相衬了,我被逗得忍不住哈哈大笑。显然,我并不是唯一被逗笑的,克拉德的《爸爸的小胖子》也逗乐了嘉怡和孩子们,嘉怡以前也从未听到过这首歌,更别说孩子们了。时代变了,称某人为"胖子"已经被认为是对他人的贬低歧视,是政治上的不正确,是一个禁忌。但是对孩子来说,还有什么比打破禁忌更能令他们振奋的呢?很快,后座的每个人都学着唱起来:

> 罗利·保利,吃玉米和土豆,
> 他每天每时每刻都会饥饿;
> 罗利·保利吃着所有的饼干,
> 只要他能嚼动,就没关系。
> ……
> 罗利·保利,爸爸的小胖子

我打赌有一天他会成为个男子汉!

整个周末,《爸爸的小胖子》的旋律在我们的湖边小屋中回荡,所有的成年人对此厌倦不堪,而这更加撩动起孩子们的热情。

* * *

2007年感恩节,克拉德搬入蒙蒂塞洛近两个月了。整个温菲尔德家族聚集在达拉斯。威廉、嘉怡和他们的家人,分别来自密苏里州的堪萨斯城,和佛罗里达州的劳德代尔堡;克拉德的妹妹若雅,来自得克萨斯州边缘小镇特克萨卡纳;克拉德的弟弟杰维和妻子娜达,来自美国首都华盛顿特区;还有克拉德的几个侄女和侄子,我的儿子斯图伊,和我来自上海的姐姐蓝云,当然还有护工和他们的家人。

查理和罗尼把克拉德从蒙蒂塞洛接回家。

虽然是十一月末,但这一天阳光明媚,把小天井照得暖融融的。客人们陆陆续续到来,大家坐在小天井里,小小的天井以前从未见过这么多的人。克拉德和查理坐在一起,查理握着他的手,这样他就不能到处乱走闯祸了。我进进出出地准备盛宴,监视着烤箱里正被炙烤着的大火鸡。院子里,客人们高谈阔论,笑语不断,谈论着各种话题,共同期待一起掰面包的时刻到来,期待一起"进攻"那只又香又酥的"大鸟"。

克拉德一直安静地和查理坐在一起,无法理解周围的人们在说些什么，也无法加入大家充满欢乐的"连篇废话"，这时天井的门开了，谈话声戛然而止。一个比我高不了多少的男人带着和蔼的笑容步入天井。克拉德迅速地抓住机会去迎接新来的客人。他站起身来，朝着客人迈了一大步，一边伸手与客人握手，一边自我介绍："嗨，我是克拉德·温菲尔德，很高兴见到你！"

客人被吓了一跳，他的笑容在一瞬间冻结了，但很快就复苏了。他用双手握住克拉德的手，热情地自我介绍，仿佛他们的确是初次见面，"嗨，克拉德，你好，我是杰维。"然后略显尴尬地笑着说，"我是你的弟弟。"

这是和克拉德一样的男中音，雄厚、低沉、磁性，对我来说熟悉而动听，同样富有魅力。我第一次听到杰维的声音是在他给克拉德的一个电话留言里，当时我拒绝相信，那不是克拉德的声音。

看着杰维，我能感受到他微笑后面的悲伤。他怎么能不悲伤呢？杰维曾经开玩笑地说，在温菲尔德家的三个兄弟姐妹中，哥哥克拉德有头脑，能够"有智慧地谈论任何话题，即使他对那些话题一无所知"；妹妹若雅有相貌，总是吸引着所有男孩的注意；只有可怜的小弟弟杰维，既无才也无貌。但这位"可怜的小弟弟"杰维，虽然既没有爱因斯坦的智慧，也没有美国著名男星加里·格兰特完美无缺的容貌，却是美国首府华盛顿一位成功的律师，有一个善良美丽的波斯裔妻子，而克拉德，那个最聪明的哥哥，却失智了。

克拉德和杰维相差十二岁，由于年龄的差距，他们小时候没在一起玩耍过。克拉德告诉我，直到杰维十来岁的时候，克拉德成为一名空军军官回家探亲，他才真正意识到小弟弟的存在，但温菲尔德兄弟成年后关系越来越密切，他们的关系不仅仅建立在深厚的兄弟情谊上，也出于对彼此在事业上成功的赞赏。他们都起源于同一个平凡的开端，靠自己的奋斗得到良好的教育，成为他们各自行业中的佼佼者。他们不仅有着相似的男中音，兴趣和品位也惊人地相似，都热衷于网球运动和红葡萄酒。

对于不和克拉德生活在一起，没有日复一日目睹他的变化的家庭成员们来说，他记忆衰退的程度一定让人感到难以忍受的沮丧。但是杰维对哥哥既亲切又耐心，他有足够的智慧对出其不意的情况做出敏捷的反应。我感激他对克拉德无条件的关爱，没有否认，没有犹疑，更没有大惊小怪。

那一年的感恩节令人难忘，并不是因为克拉德的病情恶化，而是因为尽管克拉德的病情在发展，大家仍然分享了在一起的美好时光。温菲尔德们急切地吃掉了三大盘中国锅贴，几乎把"聚光灯"从那只又大又肥的二十七磅重的香酥大鸟身上转移了。我不喜欢吃禽类，大多数中国人不理解美国人对烤火鸡的热爱，所以我原打算烤一只小火鸡为感恩节摆个姿态，但克拉德的孩子们坚持要一只大火鸡，并保证一定把它消灭干净。他们说到做到，真的只剩下了一堆骨头。宴席的间隙，我姐姐蓝云还向克拉德的小孙女格蕾丝普及如何用毛笔画中国画，这为蓝云"姨妈"赢得了爱慕，尽管她们的语言交流不那么顺畅。

阿尔茨海默病夺走了我的好丈夫，但它又促成他的家人和我更亲密无间。他们围拢在克拉德和我的身边，分担我的悲伤，排解我的痛苦，和我一起抗争阿尔茨海默病。随着我对他们的了解日益增多，我觉得很幸运能称他们为我的家人。

* * *

人是群居动物，我们需要通过身边的人让我们觉得自己属于一个群体。古罗马演说家西塞罗这样谈论友谊："如果你夺走了友谊，生活中还剩下什么甜蜜？夺走生命中的友谊就像夺走世界上的阳光，真正的朋友比亲戚更值得尊敬。"西塞罗的话对今天的生活仍然意义非凡。尽管血浓于水，家庭成员往往比朋友更义无反顾地致力帮助患阿尔茨海默病的亲属，但现在的家庭成员往往相距千里，天各一方，正如中国老话所说的"远水解不了近渴""远亲比不上近邻"。

又一个星期三，一个大 D 典型的阳光持续明媚欢快的春日。11 点 30 分，盖瑞开着一辆巨大而闪亮的、奶油色的别克 LaCrosse 准时停在我家门前。

"你的朋友在（来）了。"阿芳正在喂克拉德午餐，同时透过窗户关注着外面可能发生的趣事，她用英语向我大声地宣告盖瑞的到来。像许多来自中国的新移民一样，她的英语水平还不太高，用词和语法往往不够完美，却不妨碍理解。

阿芳是 2010 年夏天来到我家的，是我们第三个也是最后一个中国护工，她和查理分担对克拉德的照料工作。她四十出头，来自中国广州，有着南方人典型的大眼睛和深色皮肤，一头乌黑的短发。她去为盖瑞开门，她喜欢盖瑞，其实谁都喜欢盖瑞。他身高六英尺[①]，不胖，肩膀略微佝偻，头发灰白，满脸的灰胡子，蓝眼睛在眼镜片后轻轻闪烁。他总是穿着一件西装夹克，这使他看起来很有绅士派头，而他确实是个不折不扣的绅士。

我们约定每星期三一起午餐，他总是准时来接我，并一定进门和所有在家的人一一打招呼。在同阿芳打招呼后，他走到坐在大蓝椅子里的克拉德身边和他打招呼，从来不介意克拉德一贯的没反应。

盖瑞和我第一次见面是在我们搬到达拉斯后不久，在为克拉德的一个朋友搬离达拉斯而举行的告别聚会上。那位即将离去的朋友是克拉德从前的业余飞行爱好伙伴，那时他们共同拥有一架双引擎的小飞机，同在南卫理公会大学（SMU）任教，克拉德在人文学院，朋友则在工学院。

我正在和来宾闲聊，克拉德拽着一个高个子的手臂走过来。

"这是我的妻子，蓝博士。"克拉德在公众场合介绍我时从不漏掉我的"博士"头衔。他又转向那个人，"这位是……"

"盖瑞，"高个子男人说，"我听说你是新来的。欢迎来到SMU。"

盖瑞也是SMU工学院的教授，和即将离别的朋友是同事兼密友。克拉德一直在和盖瑞聊天，盖瑞问及克拉德退休前的职业生涯，克拉德记不清了。"但我的妻子可以告诉你关于我的一切。"他拖着盖瑞找到我，"亲爱的，告诉他我在退休前做了些什么，你比我知道得更

[①] 1英尺约为0.3米，6英尺约为1.83米。

详细。"

自那次见面后，盖瑞和我一起在SMU合作过几个项目。他从前是，至今仍然是，我所认识的最善良的人之一，一个忠诚无比的朋友。我得知他的妻子朱迪已经与帕金森症斗争了很久。中国有个成语"同病相怜"，就盖瑞和我而言，"同病"的是我们的配偶，"相怜"的却是我们，我们更能够懂得彼此在困境中的挣扎。随着朱迪和克拉德健康状况的下降，我们的友谊与日俱增。

男性健康配偶有时面临与女性健康配偶不同的挑战。盖瑞教授，著名的激光专家，一直舒适地待在高等学府的象牙塔里，思考着复杂的方程式，用激光束去创造神话般的奇迹。现在，他发现自己要为在三十多年婚姻中他可爱的妻子朱迪一直包揽的琐碎家务而操心，购物、做饭、洗衣、付账单……还要关心三个成年子女的生活，孩子们都生活在不同的州甚至国外。当逾期账单纷至沓来，电力公司威胁要断电时，他感到很惊讶，因为他从未想到过忘记付账单的后果。挣钱养家的盖瑞是个杰出科学家，但面对换尿布、喂食、清洁、雇用护工、安排护工工作，以及种种传统家庭中自然而然由家庭主妇处理的事情，他无所适从。配偶的"同病"让我们更理解彼此面对的挑战，我们之间可以彼此"吐苦水"，不用担心会被误解，也不用担心太多的"诉苦"会对我们的孩子或其他人造成不愉悦的负担。如果我们内心无法排解，感到沮丧或忧郁，或自责不能为工作奉献自己百分之百的精力的同时为患病配偶奉献自己百分之百的精力，我们可以坦诚地互相倾诉、咨询和安慰。

同为健康配偶，我们有着相似的挣扎和照顾患病配偶的坚定不移的决心。我甚至把盖瑞介绍给治疗我的抑郁和焦虑的心理医生。就我而言，这可是友谊的最高境界！

每个健康配偶都有自己的故事。盖瑞的故事让我伤心，但也有一些令我微笑。

记得一个让我感动的故事。有一天盖瑞给朱迪喂饭——我想象着他高大的身材弯曲在病床边，他的动作有些笨拙，但不失温存，喂完最后一勺，他用热毛巾仔细擦净朱迪的脸，她的眼角，鼻侧以及她的嘴唇。而朱迪，瘦弱的身躯靠在枕头上，无动于衷，沉默寡言。她不再认识自己的丈夫。

她的眼睛跟着盖瑞移动，然后，带着淡淡的、天真的微笑，朱迪轻声对盖瑞说："我觉得你很英俊。"

她是在赞美自己的丈夫还是一个陌生人？没人知道。盖瑞既伤心又快乐，因为得到了他所爱的女人的称赞。能够在这里说给我听，和我分享他的伤心和快乐，他不再那么孤单。

没有家人和朋友的鼓励和安慰，健康配偶们并非完全不能熬过这些千辛万苦，但作为一名健康配偶，我生活中的艰难肯定因为有了盖瑞的友谊而更加容易被承受。

* * *

克拉德在得克萨斯州西南医学院确诊后，医生给了我几张卡片，上面写着"和我一起的这个人患有阿尔茨海默病"。在阿尔茨海默病患者还能行走的阶段，他们可能看起来很正常，和健康人没有区别，但在公共场合有时会表现得有些奇怪，甚至令人反感。例如有一次在餐馆里，当我去付账时，克拉德走到一张餐桌旁，将手搭在了一个看起来是亚裔的女顾客的肩膀上——他把她当成了我——和正在进餐的素不相识的人们像熟识的老朋友般对话，完全令人摸不着头脑。照护者可以用医生给的这张卡片提醒陌生人，这些令人反感的行为是出于疾病。然而，由于心不在焉，我几乎从不记得要携带卡片或使用它。我们与陌生人的遭遇统揽了好的、坏的和丑恶的，其中，最丑恶的事件总是涉及使用公共厕所。

在夏威夷发生的因为克拉德在男厕所地上小便事件后，一个男人对我大喊大叫，我遗憾地告诉嘉怡，虽然克拉德的身体仍然健康灵活，但我不能再带他去公共场所了，因为他不能自己使用公共厕所。

"你为什么不带他进女厕所？"她提议，"大多数人不会介意的。我知道我就不会。"

西方人的思想开放，尤其在有关性别问题上，远远超出中国的传统界限，超越我"中国头脑"的想象力，它不允许我这样歪门邪道地去考虑：如果我不想放弃我们还能拥有的有限的正常生活，如果我不想完全停止和克拉德一起外出活动，如果我不想被限制在这大而漂亮的房子的高墙之内，我必须有勇气打破公共厕所的性别隔离，带克拉德进女厕所！

大部分时间一切顺利。我把头伸进女厕所，快速地查看一下，如果里面没人，我抓住克拉德的手，大步行进。如果里面有女士们，我微笑着用抱歉的口气问大家:"对不起,我丈夫得了阿尔茨海默病,不能自己使用厕所。有人介意我把他带进来吗?我会关上门,不打扰你们。"绝大多数时候,没有人表示反对。

嘿,不反对就是默认!

不过,带克拉德进女厕所,我还是把头缩在肩膀里,就好像我是个小偷,不想被人注意。即使没有人说"不",也不等于此举是受欢迎的。拜托了,克拉德宝贝,不要说那些不着边际的怪话。

有几次我们被人抓住,惹大麻烦了!

有一次在沃尔玛,有人看见我们手拉手一起走进女厕所,尽职尽责地告发了我们。当我和克拉德一起走出女厕所时,商店经理带着保安冲过来拦截我们。他激动不已,大声喊叫,并威胁要叫警察。我试图和颜悦色地解释,告诉他我们去女厕所,是因为克拉德有阿尔茨海默病。但他的愤怒淹没了我的话,我也气愤地提高了嗓门,对他大吼大叫,告诉他我们应该被允许一起进入女厕所,因为《美国残疾人法案》(ADA)规定,残疾人在公共场所享有平等权益。

但他根本不听我的辩解,克拉德的形象也不像一个明显的有残疾资格需要受到保护的人。

克拉德不明白我们为什么互相大喊大叫。他虽然失去了正确使用厕所的能力,但没有失去要保护自己的女人免受另一个男人欺凌的本能。眼看我的老马被激怒了,要和经理以及那个人高马大、令人生畏的保安去顶撞,眼看矛盾要被激化,我迅速地把他拉出了商店。经理也许会认为我们确实是罪犯,因为他威胁要报警而仓皇逃跑。

还有一次,我们在去达拉斯植物园散步之前,在一家乡村风味的小餐馆吃早午餐。吃完饭后,克拉德需要使用厕所。考虑到在沃尔玛的经历,我毕恭毕敬地请求经理批准我带克拉德进入女厕所,心想尊重他对厕所的权威可能可以赢得合法进入女厕所的权利。

"不行。"他说,"但你可以和他一起进入男厕所。"

他派一名男性员工把男厕所腾空,并留在里面把门,不让任何人进来,同时监视我们,确保我们不会做出不雅之事。在这位员工的注视下,我解开了丈夫的裤子,把他带到小便池前,稳稳地从背后把他扶稳,让他在正确的位置撒尿,再给他拉上拉链,帮他洗手。我牵着克拉德的手走出男厕所,昂首直视排在门外等候上厕所的男人们好奇的目光。我吞下了我的屈辱和愤怒,因为这是我的选择,以我想要的方式尽可能地去生活。然而,我无法摆脱我的悲伤和自我怀疑——我没能力保护我丈夫的尊严吗?克拉德的失智庇护了他,使他对这一切没知没觉;可是我感到愧疚和委屈,但我拒绝屈服。

孰是孰非,我只想力所能及地维护和丈夫一起正常生活的仅存的那一点点缝隙。

这种令人不快的事件不常发生,更多的时候是我们得到陌生人的同情和帮助。

一次,当我和克拉德在女厕所里,我听到一位母亲向她年幼的、好奇地看着我们的女儿解释,"那个男人需要帮助,那个女人在帮助他。"还有一次,在一个女厕所里,我正在给克拉德洗手,一个漂亮、衣着考究的女人走近我,她告诉我,她的母亲也患有阿尔茨海默病。她想让我知道,看到我们令她耳目一新,使她得到鼓舞。

陌生人以各种方式帮助我们。有一天,我和克拉德在家附近散步时,遇到了一个年轻的母亲,推着一辆婴儿车,对我微笑,好像想说点什么。

"我们认识吗?"我问。她摇摇头。

"你认识我的丈夫吗?"

"我送他回家过几次,他迷路了。"

* * *

陌生人也成了朋友。

在我长达九年的健康配偶的历程中,我的生活与许多护工的生活融合在一起,他们中的一些人,如查理和罗尼,成为我生活中的重要组成部分。所有帮助过我们的照护者,在不同的时期以不同的方式,都在我的生命旅途中留下了他们的足迹,这可能与阿尔茨海默病或患病配偶毫不相干。生活不仅仅是照顾病人,在照顾病人之外,生活时而会为我们开放一朵出其不意的绚丽小花。

一天早上,当我下楼梯时,我听到阿芳正和小涛交谈。小涛是由我赞助,从中国广西来 SMU 工作一年的访问学者,她在找到自己的住处之前在我家暂住。

"看,小涛,我给你拿来文件。"每天,阿芳乘公共汽车,然后步行约一英里到我家。"它们逃跑。你会念英语,我不念,你需要学习英语。你完成后，我给小狗尿垫子。"

阿芳正在努力学英语，她用英语告诉小涛，尽管可以让人理解，但她的英语在代词、时态、单复数形式上都时有差池。比如"报纸"paper，她用了复数papers，意为"文件"。像大多数广东人一样，由于"r"在她的方言中不存在，她发不出"r"音，所以用"l"代替了所有的"r"音。这样，"免费"，free，变成了"逃跑"，flee。

"阿芳，谢谢你照顾小涛。"小涛才来了几天，阿芳对同胞的付出使我感动，她的中式英语逗得我发笑。阿芳作为一个"过来人"向"新人"传授经验，带着明显的自豪和快乐，街区里来了个新孩子，让阿芳有机会"炫耀"一下，不至于成为一个总是"被教育"的对象。

但我对她关于"逃跑（flee）"即"免费（free）"的定义有点疑虑。

"你在哪里拿的报纸？"我问，继而走向起居室，坐在已经坐在大蓝椅子里的克拉德旁边。

"每天早晨我走到这里来，从草坪上撒尿（拾起），人们拉屎（放在）外面，他们不要。""拾起（pick）"听起来像是在说"撒尿（pee）"，"放在（put）"听起来像是在说"拉屎（poop）"。

这可绝对不是一个美国人定义的"逃跑"（免费）。

"阿芳，不是所有的报纸都是免费的，"我向她解释道，"别人家草坪上的东西是私有财产，我们不应该拿的。"

"啊，不是逃跑（flee）的？"她迷惑不解，"我在草坪上pee的，他们poop出去的。"

她的意思是她从草坪上拾起，人们把报纸放在家门前的草坪上不要了。

"在美国报纸就是这样送的，扔在订报人家的草坪上。"

"你来看看这个。"阿芳不完全信服。在她的想象中，当然啦，如果"文件"仍然是要的东西，怎么可能就"拉"在草坪上呢？

我走到厨房，阿芳已经把报纸在柜台上撸平了展示给小涛看。"我每天都拿这些'文件'的。"她用期待的眼神看着我，有信心我会确认她有权得到这些"文件"，她对小涛的"教学"是没错的。

报纸的标题大而醒目：《达拉斯晨报》，当天的日期！这是达拉斯最主要的，头号订阅的报纸。

"不是的，阿芳！这报纸不是免费的，人们必须花钱才能得到它。"我的惊讶是显而易见的，这使得阿芳感到不那么有底气了。

"但它们都被'拉'在草坪上。"

"是的，阿芳。但它们确实不是免费的！"

我祈祷上苍，我的邻居们都不要知道阿芳是在我家工作的。

2008 年感恩节。从左至右依次为：娜达、格蕾丝和欢欢（狗狗）、蓝云和蜜蜜（狗狗）、嘉怡、克拉德、我、柯林、嘉怡的丈夫、杰维、萝伦、杰维的儿子、威廉和斯图尔特。

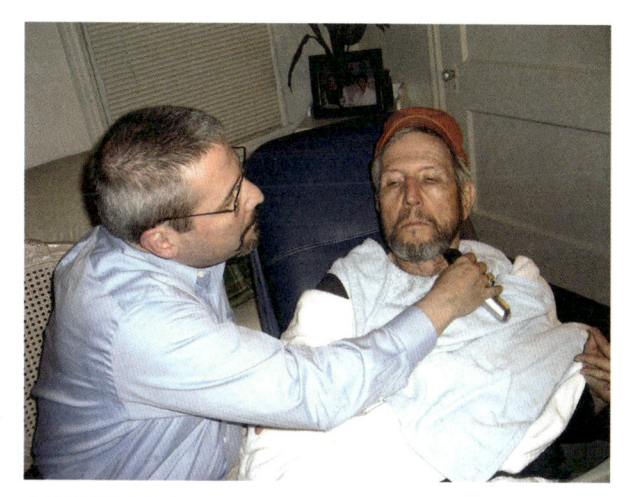

克拉德和他的儿子。

克拉德和他的女儿。

2007 年，我的儿子斯图尔特和克拉德的外孙女格蕾丝。格蕾丝穿着一件红色旗袍。

克拉德和查理在那座又大又漂亮的房子里一起唱歌。

2008 年圣诞节，朋友和照护者：卡萝琳、查理、玉兰和罗尼。

15
蜜蜜的故事

你永远不会独自行走,因为我会永远和你在一起。

——佚名

我叫蜜蜜,欢欢是我的弟弟。我们出生后的第六个星期,现在的妈妈收养了我们。

那天在回家途中,罗尼叔叔在开车,查理叔叔坐在他身边的座位上,妈妈和爸爸坐在后座,她怀里抱着我和欢欢。

"查理和罗尼,"妈妈郑重地说,"我希望你们今天做我的见证人。"

她看着我们,深棕色的眼睛充满无比的暖意。

"蜜蜜和欢欢,从今天起,你们是我的孩子,我是你们的妈妈。"她轻轻地抚摸着我们,继续说,"你们爸爸的名字是克拉德,你们有一个大哥哥,斯图尔特,我们叫他斯图伊。我保证永远爱你们,保护你们,照顾好你们,从此刻起你们就是我的孩子。"

"他们的名字是什么意思?"罗尼叔叔问。

"'蜜'出自中文'蜂蜜',这个字常常被用于女孩子的名字。"妈妈解释道,"'欢'的意思是'快乐'。中国人称呼孩子的名字时重复同一字符以示宠爱,这不,就是蜜蜜和欢欢。"

妈妈接着解释,蜜蜜取自"甜甜蜜蜜",而欢欢取自"欢欢喜喜"。在中国,人们用这些词语来形容一个幸福美满的家庭。

妈妈一直想要一个女儿,现在她如愿以偿,她紧紧地抱着我,她告诉我,我是她最美丽的女孩儿。她说,很久以前,有一个名叫"适当地嫁给我"(Proper-Marry-me)的老家伙,曾宣称,在女人身上必须有三样东西是黑色的,那么这个女人才够得上美丽的标准:她的眼睛、睫毛和肤色。不过妈妈纠正我,"适当地嫁给我"其实叫普罗斯珀·梅里梅(Prosper Mérimée)。

妈妈说,我恰巧符合所有标准:我的眼睛像午夜的天空一样黑,形似杏仁,是中国人认为最俏丽的女孩眼睛的形状。不必使用睫毛膏,我黑色的睫毛就像蝴蝶的翅膀一样上下扑扇。我的皮肤和头发黑黑的,柔软光滑得像上乘的丝绸,妈妈有时用红色或粉红色的丝带把我的头发系在头顶上。当妈妈带欢欢和我出去散步时,人们纷纷称赞她漂亮的儿女。

妈妈自然得意扬扬,"他们像他们的妈妈!"她微笑着宣称。

* * *

妈妈喜欢和我们说话,因为我们经常是"唯一"陪伴着她的人,虽然我们不总是领会她在说些什么，但我们总是格外用心地倾听。她告诉我们，2008年发生了很多重要的事情。对大多数人来说，也许最难忘的是在北京举行的一个大型运动会，只有最好的运动员可以参加，小孩子是不可以参加的，运动会打破了37项世界纪录和125项奥运会纪录。那一年，巴拉克·奥巴马，第一位非裔美国人当选美国总统。紧接着，金融市场崩溃，使得欢欢和我担心妈妈没钱来给我们买玩具和零食。但妈妈说不用担心，给我们买玩具和零食的是另一个市场，并不是自大萧条以来美国经历的最糟糕崩盘的那个市场。

哇，松了一口气！

但对于我们的妈妈来说，2008年最难忘的事是她领养了我们，领着我们和她一起住进了漂亮的大房子里。我们的大哥哥斯图伊已经大学毕业了，有自己的工作，独立生活，爸爸则住在我们隔壁的一间小公寓里。几个月前，爸爸被赶出了蒙蒂塞洛，那是一个为不能照顾自己，不能自己住在家里的老人和病人准备的家，尽管我们不太明白那意味着什么。他们说爸爸很不听话，在蒙蒂塞洛老是惹祸，到处吐口水、撒尿和骂人。我真希望爸爸不要再做个坏孩子，这样他就可以和我们一起住在这个又大又漂亮的房子里了。但是爸爸仍然会发脾气、随地吐痰撒尿、推人、扔东西，惹很多麻烦，妈妈不能带他到大房子里和我们住在一起，因为这对他和我们都不安全。查理叔叔非常爱爸爸，他愿意帮助妈妈照料他。

"这不是一个完美的解决方案，但这是在我们能够做到的各种选择中最好的了。"妈妈叹了口气。

* * *

当我们小的时候,很小很小的时候,妈妈有时把我们留给爸爸和查理叔叔,她要去办公室工作。

"他们已经吃过早餐了,不要喂他们。"妈妈煞有介事地吩咐查理叔叔。

"我不会的。"查理叔叔总是很善解人意,尤其是对妈妈,因为妈妈是他的老板。查理叔叔嗓音甜美,口音很重,妈妈说那是得克萨斯的乡村口音。

查理叔叔给爸爸戴上围兜,喂他吃早餐,好像喂一个婴儿。那些日子里,在查理叔叔的帮助下,爸爸除了吃饭、睡觉和上厕所,然后就是再次地吃饭、睡觉和上厕所,其他什么也做不了,就好像他仍然是个婴儿。但我们知道我们的爸爸不是婴儿,他是我们的爸爸,他曾驾驶过飞机,并负责管理过大学的教授们,那可是一项非常难的工作。妈妈说爸爸在生病之前是世界上最聪明的人,可我们看不出来,但是我们相信妈妈的话,因为谁想摊到一个蠢爸爸呢?

我们知道爸爸需要靠别人的帮助度过每一天。查理叔叔和妈妈配合照顾爸爸,他给爸爸喂早餐,有燕麦糊、麦圈、加了苹果酱的酸奶、涂了花生酱的烤面包、饼干和炒鸡蛋,有时也有熏培根肉片。妈妈留下我们去上班后,有时,一块烤面包或一片熏肉会"不小心"跌落到地板上,我们知道清理它们是我们义不容辞的责任。

"查理叔叔会有麻烦了。"查理叔叔甜美的得克萨斯乡村口音响了起来，又有一块饼干"不小心"掉到地上，尽管我们更希望掉下来的是一片熏肉。

喂完爸爸后，查理叔叔清理了碗盘，擦去爸爸嘴边和手上的油脂和面包屑，帮助爸爸上厕所。上厕所经常是一场混战，因为爸爸不愿意上厕所，有时查理叔叔还要清理上厕所时发生的种种不堪的事故。之后，是大家休息的时候了，查理叔叔帮爸爸坐在沙发上，然后把我们抱到沙发上，让我们坐在爸爸旁边。我们太小了，自己上不了沙发。爸爸有节奏地在我们旁边打鼾，查理叔叔在公寓中的某个地方哼唱着甜美、忧郁的乡村曲调，轻柔的歌声让我们安心，我们知道我们是在世界上一个最安全的角落：

　　香农走了，我希望她漂流到海上，
　　她总是那么喜欢游泳，
　　也许她会发现一个小岛，
　　上面有棵大树避雨遮阳。
　　就像我们后院的那棵一样……

妈妈说，这是一首关于哀悼一条心爱的狗狗的歌，歌名就叫《香农》，是狗狗的名字。

我们的肚子饱饱的，沙发温暖而柔软，爸爸、欢欢和我很快就昏昏入睡。我醒来时闻到了午餐的味道，是肉饼吗？不，是鸡肉面疙瘩。

烹饪温暖舒心的乡村食品是厨师查理叔叔的特长。我听到妈妈踮着脚尖走进来，轻轻来到沙发旁，我以为她会来抱我，因为我是她的小公主。"女士优先。"她经常教导欢欢弟弟，这意味着我先吃饭，先被妈妈抱起来，而欢欢要挨在我后面。妈妈在我们和爸爸之间坐下，爸爸仍然熟睡，大声打鼾，嘴角挂着一小串唾液。妈妈从咖啡桌上的盒子里抽出一张纸巾，轻轻擦净他的嘴角和脸颊。她开始抚摸爸爸的脸，那么温柔。又抚摸他的头发，那么轻盈，然后，她凑过去亲吻爸爸的眼睛，更加温柔了。她用她的嘴唇拨弄爸爸的睫毛，这让我感到嫉妒，所以我开始哼哼唧唧地发牢骚。

妈妈笑了，她转向我们，把我们俩都抱了起来，爱抚着我们，亲吻我们的小脑袋瓜，然后把我们放在她的腿上。

啊啊，好舒服，好惬意呀！

响动惊醒了爸爸，他睁开眼睛，看着妈妈微笑。爸爸看到妈妈的时候一定会面带微笑。

"嗨，睡美人，我是蓝江，我是你的妻子，我在这里。"每当她和爸爸在一起时，妈妈总是要提醒他，她是谁。

"蓝强。"爸爸叫妈妈的中文名字带有口音，总是把"jiang"发成"qiang"。他很少说话，往往只勉强吐出几个字。他慢慢地举起手来摸妈妈的脸，好像他需要确定他面前的这个女人的确是妈妈。妈妈把脸凑向爸爸发抖的手。

"蓝强。"爸爸重复了这个名字，这次更清晰、更确信了。

爸爸是唯一称呼妈妈中文名字的非中国人，他们第一次见面时她用了这个名字。一天又一天，无论妈妈在上班，还是在家里的某个地方，还是坐在他身边，握着他的手，看着他的眼睛，爸爸不间断地喊着妈妈的名字："蓝强，蓝强，亲爱的，你在哪里？"她在他的意识深处，但他却已经很少能够认得出她。

"是的，我是蓝江，我是你的妻子，我在这里。"

"你知道，你知道，他们所有……两种方式吗？"爸爸问。

妈妈笑了，但什么也没说。

"你不知道我是谁，你呢？"他又问了一个问题。

"我知道你是谁——你知道我是谁吗？"妈妈显然被逗乐了。

"我非常爱你。"爸爸答非所问。

"我也非常爱你。那么，我们可以结婚吗？"妈妈和爸爸逗趣。

爸爸沉默了，好像想弄清楚那是什么意思。

"我保证一份丰厚的嫁妆，你会娶我吗？"妈妈继续和爸爸打趣。

我们的妈妈是爸爸的监护人和保护者，他是她的宝贝孩子，就像欢欢和我一样。妈妈告诉我们，十多年来，她一直是他的"红心女王"和"犯罪同伙"，而他一直是她披着闪亮盔甲的白马骑士，她身边的引路人和她生活中的锚。尽管我们弄不懂这些是什么意思，我们总是认真地听着。

"这就是我们配偶角色的大转换。"妈妈说着，微微地摇了摇头。

爸爸迷离的眼神开始聚焦在妈妈的脸上，他又笑了。妈妈把一只手放在爸爸的手上，另一只手放在我们身上，轻轻地拍着我们的背，阻止我们发牢骚，我感到很满足。

"你想喂克拉德吗？"查理叔叔端着一碗热气腾腾的鸡肉面疙瘩走进房间，午餐已经准备好了。他给爸爸戴上围兜，把他装扮得像个婴儿。他知道妈妈喜欢喂爸爸，正如她坚持亲自给我们梳洗打扮一样，妈妈认为喂饭和洗澡能保持她和我们的亲密关系，尤其是在无法使用语言交流的情况下，这些事情尤为重要，因为她爱我们。每当她为我们大家剪指甲时——爸爸的，欢欢的，还有我的，一共五十八个指头，因为我只有四个脚趾，她会说："这让我们保持亲密。"

当妈妈喂爸爸时，她首先用嘴唇测试食物的温度，轻轻地在上面吹一吹，然后确保勺子里有适量的食物，不太少也不太多。妈妈说爸爸从前吃相优雅，空军的训练把他造就为一位军官和绅士，我们看不到这一点，但我们总是相信她的话。爸爸现在肯定没有优雅的吃相了，他把手指伸进盛着鸡肉面疙瘩的碗里，试图抓起滑溜溜的食物放进嘴里。有时他咬了自己的手指，痛得叫起来。一些食物掉在他面前的托盘上，黏在他的脸上，挂在他的胡须上，使他显得很滑稽。妈妈给了他一个勺子，让他的手没有空，这样他就"玩"不了他的食物了。他把勺子放进嘴里，使劲咬它，或者用勺子敲打托盘发出烦人的噪声。不像查理叔叔喂爸爸时，妈妈喂爸爸的时候，我们不期望有任何食物掉到地板上的机会。我们女人比男人整洁多了，妈妈也肯定比查理叔叔更细致！

妈妈大部分时间都在大学的办公室里，做一项重要的工作。工作结束后，她会在漂亮的大房子里短暂停留，换上便服，然后抱着我们去小公寓看爸爸，我们在小公寓一直待到爸爸睡觉。爸爸妈妈在爸爸生病后盖了这栋又大又漂亮的房子，因为它离妈妈的办公室很近。尽管它又新又舒适，但回到这里并没有使妈妈高兴，因为爸爸不在这里。有一天，在妈妈领养了我们几个月后，她带着由衷的快乐下班回到家里，眼睛里泪花闪烁。

"自从你们爸爸离开后，我从来没有在回家时感到如此快乐。现在，想到家里有你们在等我，想到你们看见我时的欢快，使得回家重新变得令我渴望。"她抱起欢欢和我，亲吻我们的额头，轻声说："宝贝们，你们让回家重新变得充满意义了。"

这让我无比高兴。看到妈妈回家，我们总是欣喜若狂，我们摇头摆尾，翻转跳跃，并给她大量的小狗亲吻，我们一定要让她知道，看见她回来，我们是多么的兴奋！

蜜蜜

16
欢欢的故事

当我们面对每一场灾难时,谁最应该得到英雄奖杯?
除了你,没有别人。

——动画片《高飞狗》(1995)

妈妈来了!妈妈到家了!!

在我还没看见她纤细的身影映现在前门半透明的玻璃上之前,我就能够远远地分辨出她的脚步声:一只脚比另一只脚更重地落地,匆匆敲打在前院铺着方砖的小路上。现在她开始掏钥匙。

快点!快点!!

我的同胞小姐姐蜜蜜和我等待在门的里面,屏住呼吸,紧张地摇着尾巴,期待着。钥匙在转动了,咔嚓,大门打开了,我们亲爱的妈妈进来了!

哦,开心极了!

我们都立起后腿，兴高采烈地跳舞，兴奋地扭动着身子，我甚至空翻了一个筋斗。

哦，快乐无边无际！妈妈回家了，最最开心的时刻！

妈妈笑了！她拍了拍我们的背，轻轻地挠了挠我们耳朵后面那个最舒服的地方。我躺在地上，亮出我的小肚皮来让她挠挠，但她只是马马虎虎地敷衍了一下，然后抱起蜜蜜，走向起居室。

她为什么不抱我呢？男孩子也需要一点温情、爱和体贴！

我跟在妈妈后面来到起居室，在那里，爸爸的病床占据了整个西墙。妈妈在爸爸面前弯下腰，面带微笑，大声而刻意地对着他的耳朵说话，就像她每天所做的那样。

"嗨，宝贝，我回家了，我是蓝江，我是你的妻子。"爸爸微弱的声音咕咕哝哝含糊不清，算是回应。

"我爱你，宝贝。"妈妈继续对他大喊大叫。她相信，在爸爸最深沉、最原始的意识中，他仍然能感觉到妈妈对他的爱。

爸爸慢慢地，试探性地伸出手臂去摸妈妈的脸，好像想用手去认出这个站在他面前大喊大叫的人是谁。妈妈把他的手放在她的手里，温柔地揉了揉，吻了吻，压在自己的脸上。她轻轻地摸了摸他的脸，抚平了他细细的像混杂着盐和胡椒一样的灰白头发，然后摸了摸他的额头，判断他的体温是否正常。接下来，她再把手伸到他身体下面去检查他的一次性尿裤。

嗯嗯！湿透了。

经过一番忙碌，湿的被换成了干的。

2008年秋天我们刚被妈妈收养时，爸爸、查理叔叔和罗尼叔叔住在和我们隔一个门的小公寓里。2009年夏天，查理叔叔病得很重，而爸爸已经不再能走路，也没有本事到处闯祸、伤害自己和别人了，妈妈把爸爸搬回了漂亮的大房子里，于是我们团聚了。白天她去上班时，查理叔叔和别的护工轮流照顾爸爸，夜晚她就自己来照顾爸爸。妈妈说，当时她为了爸爸的照护不得不送他去蒙蒂塞洛时，她从来没有想到爸爸能有一天在绕了几个大圈子后又回到他们共同生活的家里。我们都很高兴，一家人终于能够一起生活在同一个屋檐下了。

* * *

嗨，我的名字叫欢欢，中文的意思是"快乐"。我是包括我的小姐姐蜜蜜在内的一窝五个中最后一个出生的，曾经是最小和最弱的一个。我们的亲生父母，一只黑色的西施犬妈妈和一只白色的贵宾犬爸爸，给了我们高贵的黑白两色，虽然我们的组合不尽相同：蜜蜜是个小黑黑，除了胸部、爪子尖和尾巴尖是白色的，通体乌黑；我是个珍珠白，身上大多是闪亮的白毛，点缀着几个巴掌大的黑斑点，策略性地分布全身。我是个男孩子，现在长得比蜜蜜个头大得多，我认为，我也比黑不溜秋的蜜蜜有更高的回头率，这让她非常嫉妒。

"盐和胡椒。"路人这样形容我们高贵的黑与白。

"阴和阳。"妈妈这样回答，显示她为自己的中国传统文化感到自豪。

妈妈在2008年领养了蜜蜜和我,那时克拉德爸爸确诊为阿尔茨海默病已有六年,而我们出生才六个星期。妈妈说,我出生时很小,够不到西施犬妈妈的奶头,我的前主人不得不把我的兄弟姐妹都拨开,把我放在西施犬妈妈的肚子上,这样我才能吃饱。我小的时候,妈妈特别关注我,因为我是蜜蜜和我这两个幼小生命中的更弱势者,也许这就是为什么我得了俄狄浦斯综合征,也就是"恋母情结"的原因,我从来无法把我的眼睛从我妈妈身上移开。我不知疲倦地尾随着她上楼、下楼、到客厅、到厨房、再到楼上、再去楼下,甚至一路跟着她走进厕所。

我猜测着她的每个动作以便先她一步行动,大部分时间都猜对了:上楼给查理叔叔写张支票,下楼给他在厨房柜台上留张便条;回到楼上从储藏室里取出更多的护理用品,下楼去把它们放在爸爸的房间里;到厨房在爸爸的婴儿杯里装满苹果汁,来到他的床边,把他的手臂搭在她肩膀上,把他支撑起来放到便携式便桶上,然后把他放回床上。结束一天的忙碌后,她率领蜜蜜和我上楼睡觉。

每天半夜,妈妈总要起床下楼去查看爸爸的情况并给他换纸尿裤。在她下楼时,我总是站在楼梯口,全神贯注地倾听妈妈的一举一动,随时准备在怪物从黑暗中出现并侵犯妈妈时,立即去她身边保护她。

和妈妈分开总是使我焦虑重重,查理叔叔和罗尼叔叔取笑我性别混淆,"欢欢一定是个同性恋男孩,因为他是如此的娘娘腔。大多数男同性恋者都有恋母情结。"他们俩可是这方面的专家，他们是一对经历了十多年的风风雨雨的同性恋配偶，不仅彼此依恋，也都非常依恋和崇拜他们各自的妈妈。并且，我们的妈妈在我们六个月时已经为我们做了绝育手术，所以应该说我确实没有性别。

我的犬类的每个细胞都忠诚地为我的妈妈奉献一切。

爸爸患病才是妈妈领养我们的真正原因。随着爸爸阿尔茨海默病的症状的发展，他的沟通能力迅速消失，没有爸爸和她说话，妈妈昼夜孤独忧郁。她不能舍却那个雄辩、知识渊博、幽默风趣、充满故事的爸爸，那个一直认真和耐心地倾听她说话，让她感觉受到尊重、理解和鼓励的男人。即使是我，一个卑微的小狗狗，也理解沟通对一个人的归属感和幸福感的必不可少。蜜蜜和我通过呜呜汪汪、摇头摆尾、舔嗅闻吻来交流。有时我们也会嗷嗷号叫和撕咬啃噬，当然妈妈是不赞同这种交流方式的。

妈妈年轻时曾在中国的戈壁沙漠居住，曾经经历了有关狗狗的恐怖往事。在二十世纪六十年代末七十年代初，边境关系紧张，妈妈居住的村庄里的所有狗狗都必须被杀死，因为狗狗的吠声会暴露在边境行动的部队。由于食物稀缺，所以没有东西会被浪费，村民们绞死了他们心爱的狗狗，流着眼泪，然后吃掉了那些狗肉。这样的故事让我做噩梦。

然而，妈妈喜欢动物。每当一条陌生的狗狗从她身边走过，她会请求狗爸狗妈允许她拍拍它们；她会和鸭子们交谈，称它们为她的

"蹩脚朋友";她给在我们草坪上孵蛋的鸭妈妈送食物,还不许我们去追逐小鸭子;当我们追逐松鼠时,妈妈骂我们,威胁说要打我们的屁股。

还有一次,她从朋友家的一大桶乌龟里面领养了一只乌龟,为它起名为奥利(Orie),是英文甲骨文 Oracle 的昵称。甲骨文是刻在龟壳上的古代汉字,这些文字是用来占卜的,所以我们看到奥利很害怕,会冲着它大叫大嚷,而它会像蛇一样张嘴发出嘶嘶声吓唬我们。我们讨厌它,但妈妈却很喜欢它。

但有谁能成为比我们犬类更好的人类伙伴呢?我们忠诚、敏锐、调皮、可爱、善解人意、喜欢取悦于我们的妈妈,至少我是这样的。小姐姐蜜蜜可能更像猫类而不是犬类,她是个像妈妈一样有着强烈的独立精神的女人。

妈妈告诉我们,美国讲故事的高手马克·吐温在他的作品《回家》里说过:"进入天堂要凭关系。如果凭优缺点,你进不去,你的狗狗可以进去。"他说得对。

我们帮助妈妈缓解做一个健康配偶的精神压力和孤独感,我们总是逗她开心。她是一个坚强的女人,但她告诉我们,我们无条件的爱使她更加坚强。

* * *

当我们刚刚成为妈妈的孩子,还是小婴儿的时候,妈妈有时会把我们放在爸爸整天坐着的大蓝椅子前的托盘上。爸爸不知道我们是谁,看到我们在他面前的托盘上钻来钻去,他咯咯地笑着,好像有人在挠他痒痒,这让妈妈也笑了。逗妈妈笑是我最得意的事情。

爸爸虽然不认得我们是谁,也不认得其他任何人,但是,像初生不久的婴儿一样,任何移动的东西都会吸引他的目光。在他面前的托盘上,我们像两个滚来滚去的小绒球,一个白色的,一个黑色的,或者像妈妈描述的,像"两只蠕动的小老鼠"。我们引起了爸爸的注意,慢慢地,哆哆嗦嗦地,爸爸伸出一只手放在我身上,试探性地挤捏我,先是轻轻地,然后会重一点。当他的挤压变得有力,弄痛我时,我就尖叫。有一次,爸爸牢牢地抓住我的后背,把我拎到他的嘴边,接下来我感觉到他在轻轻地咬我的鼻子。我竭尽全力尖声大叫,虽然我是害怕而不是疼痛。妈妈急忙赶来救我,她花了好大的力气才把我从爸爸强有力的掌心中解救出来。他的手,不像他身体的其他部分,一点没有变得虚弱。

"这些是你的孩子。"妈妈说。她抚摸着爸爸的手,好像在为她自己严厉的行为道歉,因为她使劲撬开了他的手,"你不可以吃你的孩子。"

我很失望,她的语气如此温柔,而我的生命刚刚才遭受了严重的威胁!

有时我们也玩得很开心。爸爸坐在他的大蓝椅子里,他吃完饭后,经常有一些奶酪、煎饼和我们最喜欢的熏肉片落入我们口中。有时我们冒险离开托盘,爬上爸爸的胸膛,我们亲吻他,用我们唯一拥有的方式来表达我们对他的爱。爸爸笑了——他一定觉得很有趣——然后回吻了我们。在他的鼓励下,我和蜜蜜更加热情地吻他,舔脸舔鼻子。但是妈妈过来把我们带走了,她说爸爸不喜欢那样。

但是为什么呢?

爸爸不再能走路了,但他的手总是忙个不停,抓住一切他够得着的东西,不放过任何抓获东西的机会,似乎把不能走路节省下来的多余能量,都输送到了他的手中。不管抓到什么东西,他都放进嘴里,试图去咬它。妈妈说,爸爸倒退到了那个心理分析学派的开山鼻祖"欺诈"(Fraud)提出的所谓"口唇期",这个时期,婴儿是通过嘴的触觉来了解周围世界的。后来妈妈纠正我,开山鼻祖的名字是"弗洛伊德"(Freud),不是"欺诈"(Fraud)。

这和我们太不一样了,我们狗宝宝通过鼻子的嗅觉和触觉来感知世界,我相信这是一种准确率更高的方式。

对爸爸来说,越难咬的东西,爸爸咬得越坚决。他会咬一个勺子或叉子,然后用它来敲打托盘,好像他对拒绝向他牙齿投降的餐具很生气。他会咀嚼一张纸或一块毛巾,把它撕成碎片,扔在地板上,或者抛到角落里去。

蜜蜜和我尽量帮忙清理爸爸的烂摊子。当妈妈或查理叔叔把面包片放在托盘上时,爸爸会把它们吃掉,然后我和蜜蜜会清理掉到地上的面包屑。如果他们把麦圈放在托盘上给爸爸吃,一些麦圈掉进了他的嘴里,但大多数掉在了地板上,蜜蜜和我就卖力地清理掉在地上的麦圈。有时妈妈在托盘上放一个奶嘴,试着让爸爸咀嚼一些无害的东西,但这会引起他的恶心,所以妈妈把它拿走了。

我们不仅被妈妈、查理叔叔和罗尼叔叔随时抱起来挠痒痒，还被一天到晚进进出出的人们挠痒痒和拍屁股，他们是临终关怀护士、临终关怀医生、妈妈的朋友、大哥哥斯图伊和他的朋友们，以及其他家庭成员。由于他们和爸爸无法交谈，每个人就改为唱我们的赞歌，"他们多么可爱！""他们表现真好！""真讨人喜欢！"

临终关怀护士几乎每天都来探望，他们检查爸爸的体征，观察他的皮肤，测量他的血压，记录体重的增减，询问他的食欲。对食欲，答案总是"很好"；他们还问他是否"正常"（regular）。我们的爸爸当然不正常，连我们这些小孩子都知道他不正常。我们的爸爸生病了。一个正常的爸爸会工作，会帮助妈妈做家务，会照顾我们。我们需要被喂食、清理大小便、散步、洗澡和训练，我们还需要被抱着和爱抚。此外，一个正常的爸爸能够自己洗澡和上厕所，而我们的爸爸整天坐着，让妈妈、查理叔叔和其他人照顾他。

我们的爸爸很明显和一般的爸爸不同，为什么护士还要问他是不是正常呢？就连蜜蜜——除了与饮食有关的事情外，头脑非常迟钝——也明白我们的爸爸不同于别人的爸爸。对于护士关于爸爸是否"正常"的问题，查理叔叔的回答常常是爸爸便秘了。当然，蜜蜜想知道"便秘"是什么意思，我不得不用最清晰、最简单的语言告诉她，这样她才能理解："爸爸拉不出屎来。"

"哟，恶心！妈妈不喜欢你这么粗野地说话！"蜜蜜现在自以为是一位淑女，因为妈妈总说她是个小淑女。但我不得不面对她的愚蠢和无知,这可不是我的错(英文中问某人是否"regular"往往是文雅地问他的肠蠕动是否通畅)。

我很高兴有机会比蜜蜜略胜一筹,和那个精力充沛、专横跋扈的小姑娘竞争并不容易。你以为这是陈词滥调?但这是事实:"生活是不公平的。"当妈妈告诉我"女士优先,欢欢,做一个小绅士"时,我知道,这意味着蜜蜜先吃饭,妈妈先抱她。她白天坐在最松软的羽毛枕头上,晚上睡在床上最柔软的地方,把她纤细的小身体深埋在塞满了最轻柔的鹅绒、套着最上乘的丝绸的被子里。妈妈希望我像爸爸一样成为一个绅士,让妈妈高兴对我来说比什么都重要,所以我接受这个现实,作为一个绅士意味着在家里我的地位永远排在蜜蜜之后。

不管怎样,我惧怕蜜蜜,尽管她的体积只有我的三分之二,每当我离她的食物碗太近,或者试图得到妈妈的爱抚,或腿脚伸展到接近她休息的地方,或在她周围移动的方式没有投其所好,她会毫不犹豫地向我发出嗷嗷的警告声,并且龇着尖利的小白牙。我真不理解为什么蓝云姨妈称蜜蜜的牙齿为"可爱的小糯米牙",对我来说,它们既不可爱也不软糯。

* * *

达拉斯典型的冬季——多风、潮湿、阴暗和寒冷。妈妈向窗外望去,光秃秃的树木在风中颤抖,世界是一片沉闷的灰黑色,妈妈拿不定主意是否出去散步。

"太冷了,"她手里拿着我们的狗链子,看着我们,好像在和我们说话，但我们知道她是在和自己商量，"太潮湿了。"

但我们并不介意外面的天气，我们有长毛毛的黑白小皮袄。

我们用眼睛和尾巴恳求妈妈："带我们去吧！请带我们去！"

我们知道她柔软的心无法拒绝我们一再恳求。她带着矛盾的心理叹息了一声，给爸爸套上一副皮手套，戴上一顶羊毛帽，把他裹在厚厚的毯子里。她用尼龙搭扣把爸爸的脚绑在轮椅的脚踏板上，这样他就不能把脚从踏板上挪开，踩在地上，使轮椅无法移动了。她还把爸爸的双手绑在轮椅扶手上，因为爸爸会把自己的手放在移动的轮子上。最后，迎着冬天的寒风，我们出发了。

幸运的是，达拉斯的冬天很短，春天很快就回来了。当外面的天空开始变蓝变亮，气温也逐渐变暖时，我们的散步又变得有规律了。记得我们最后一次和爸爸散步的那天，他戴着一顶鲜红的帽子，有一个非常长的帽檐，使他看起来有点像个红脑袋的大乌鸦。妈妈在杭州买了这顶帽子，当时她去杭州的一所大学讲课，爸爸已经病了，但仍然陪伴妈妈去了杭州。在拥挤的人群中，他有时会跟着他误认为是妈妈的陌生人走失。有了这个标志，妈妈更容易在人群中找到他。

妈妈推着轮椅，从中国来探访的蓝云姨妈牵着我们。和往常一样，我们先去星巴克，妈妈和姨妈要了热拿铁、葡萄干燕麦饼干和羊角面包。我们坐在威廉斯公园的野餐桌旁，沐浴着初夏的阳光，我们身后是大学公园城市政厅小巧玲珑的红砖房。妈妈把燕麦饼干和羊角面包掰成两半，她和姨妈各取一份。她喂了一点给爸爸，爸爸的嘴巴一碰就张开，就像一只嗷嗷待哺的小鸟。随即她在蜜蜜面前放了一小块羊角面包,"女士优先,"她看着我期待的眼神说,"欢欢,你是一个小绅士,像你爸爸。"然后她才放了一小块给我。

我有其他选择吗?

在我们旁边的野餐桌旁,坐着一位年轻的母亲,她身边是一个蹒跚学步的小男孩,和一个坐在婴儿车里的婴儿。当男孩子过来抚摸我们时,他妈妈对我们的妈妈夸奖我们优秀的表现。

"是的,他们的妈妈确保他们得到了良好的教育,"妈妈说,"他们两个都取得了毕业文凭。"

是的,我们有!

我们小的时候,妈妈送我们去宠物店办的宠物学校学习礼仪。我们有毕业证书!

年轻母亲好奇的目光在爸爸身上徘徊,她犹豫了一会儿,小心翼翼地问道:"我在附近经常见到你和你丈夫,我可以问他怎么了吗?"

"当然可以问,"妈妈从不避讳事实,"克拉德患阿尔茨海默病多年了。"她平静地补充说,"他曾经是一个非常聪明的人,一个了不起的丈夫。"

年轻母亲的脸上充满了同情。妈妈接着告诉她,在爸爸得病之前,她和爸爸的婚姻非常美满,如今她有一个团队协同她照顾爸爸。她拒绝让人们把她当作一个受害者。

刚刚割过的草地散发着沁人心脾的清新味道。妈妈放开我们的链条,我们立刻像弹弓上释放的石头子一样射了出去,去追逐松鼠和花栗鼠,鸭子和鹅,兔子和乌鸦,去追逐彼此。我们的耳朵在上下地拍打，尾巴在空中翻旋，长毛随风飘扬。我们是两个毛绒球，一个黑色的，一个白色的，滚动在绿茵茵的草坪上。

"他们太可爱了！"路人评论道。

"是的，他们长得像他们的妈妈。"妈妈指着自己，回答得毫不谦虚，她的眼睛闪烁着调皮的目光，等待人们报以赞许的微笑。

人们怎么会不以微笑回应呢？妈妈和他们一起笑了，那由衷的笑把一个健康配偶从一天的艰难中释放了出来。

* * *

爸爸于2011年9月15日去世，那时我们刚满三周岁。

我知道家里发生了一件非常沉重的事情，因为有两个穿着笔挺的黑色西装、熨烫整齐的白衬衫、戴着白手套的大个子男人在半夜造访了我们的家。他们一脸肃穆，让我清楚地意识到，他们可不是来参加一个只能穿黑白正装出席的高档的鸡尾酒会。他们把爸爸放上担架从家里抬了出去，推进了一辆黑色的凯迪拉克大灵车。

妈妈通常总是含笑接待每一位来客，可是那晚她脸上没有一丝笑意。

第二天，家里再也没有妈妈大声地对爸爸说话的声音了。相反，妈妈坐在爸爸空荡荡的床边，沉默无语，目光凄迷。我和蜜蜜过去挨在她的身边，我们小小的身体紧贴在她落寞而僵直的身上。我们抬头静悄悄地凝视她深棕色的眼睛，从那里面，我们看到了深深的悲伤。我们心里明白，她知道我们是深谙人性的，她知道我们和她一同悲哀，她知道我们会永远厮守在她的身边,无论是祸是福,直到天荒地老。

那天晚上,在我们大家一起睡觉的大床上,她把脸埋在我的小皮袄里,泪水浸湿了我满身的珍珠白。

欢欢"大副",在得克萨斯州罗莱特的哈伯德湖上开船。

17
更美好的天使

> 当然,当我说人的本性是和善的时候,我并不是说它百分之百如此。
>
> —— 一位喇嘛

在由弗朗西斯·福特·科波拉执导的战争片《现代启示录》中,科曼中将对乌伊拉德上尉说:"嗯,你看,乌伊拉德,在这场战争中,事情变得混乱了……因为每个人心中都会有冲突,在理性与非理性,善与恶之间,善并不总是胜券在握的。有时候,黑暗势力会压倒林肯所说的我们本性中更为美好的天使。"

科曼谈论的是士兵在战争中的拼杀,是你死我活的关头,很难与和平时期我们冷静地权衡理性和非理性、善与恶同日而语。但人们本性中存在着的那个更美好的天使,人性中的善与美,并不总是占上风,是适用于整个人类的真谛。正如科曼所言,每个人都有自己的"崩溃点"。

* * *

年逾半百，岁月给了我智慧，我那年轻时因种种原因如昙花一现般来去匆匆的绝望和愤怒，如今荡然无存。在我作为健康配偶近十年的、被南希·梅斯在《照顾阿尔茨海默病患者》一书中称之为"36小时的每一天"的经历中，我本性中"更美好的天使"一次又一次地受到考验，有时候超出了我的能力范围，有时候善与美没有能够占上风。

2004年年底，克拉德被确诊两年了，他的生活越来越离不开我的照顾。我们购买了一栋刚刚开始动工建造的复式房子，离我办公室仅需七分钟步行时间，而且同在一条街道上，我将不必为高峰期交通堵塞而焦虑，不必担心游泳池带给克拉德的危险，每天午餐时间我都可以回家看望克拉德。

在经历了令人苦恼的延误、超支和无数小时同建造商周旋的种种烦恼之后，房子终于完工了。结果很令我满意。浅灰色砂岩外墙带有所谓的法国蓝的情致。黑色的镂空铸铁院门，与拱顶之下镶嵌厚磨砂玻璃的黑色镂空铸铁前门遥相呼应。夜晚，外墙的壁灯照亮了从院门通往前门的小道，而拱顶之下，吊灯把前门照得通亮。打开起居室的法式落地玻璃门，凉爽的微风从一个小小的幽静的庭院流入室内，驱逐屋子里夏日的燥热。壁炉包裹在白色的意大利卡拉拉大理石中，在寒冷的冬夜散发温暖。在达拉斯的石料仓库里，我从来自世界各地成千上万块的花岗岩石板中，挑选出了厨房的台面，大自然用形状各异的粗犷笔墨，在花岗岩上画出了一幅绿色、灰色和淡棕色的中国泼墨山水画，好似一股清溪在铺满大卵石块的河床里潺潺流淌。房子坐北朝南，南边洒满阳光的房间，墙壁漆了柔和清凉的淡青色，而日照较少的一面，我选择了一种欢快阳光的黄色墙漆。

二楼，一条长长的走廊连接着四间卧室，两端都有法式落地玻璃门通向小阳台。阳台黑色铸铁栏杆盘旋扭转的花藤图案，让我想起了充满激情的西班牙舞蹈。在整个350平方米的房内，有着超高的天花板，繁复的成型壁饰，拉出纹理的墙壁，手工刮木和意大利大理石的地板，传统的欧式吊灯和壁灯，以及重磅的丝绸窗帘。我打算在得克萨斯州牛仔领地的中心，打造出一个优雅舒适的法国乡村式住宅。

设计新房子时，我考虑到克拉德很快就不能旅行了，我想为他的子孙们的来访提供充足的空间。我们称这所房子为"漂亮的大房子"，以区别于克拉德生病期间住过的其他地方，如"小牧场"、蒙蒂塞洛及与"漂亮的大房子"一门之隔的小公寓。

* * *

在达拉斯北边的"小牧场"家里，经过几天的混乱，搬家公司已经完成了装箱任务。2005年12月一个寒冷的早晨，搬家团队开着他们巨大的搬家车准时到达。公司老板是一个灵巧和讨人喜欢的墨西哥裔妇女，她流利的微带一丝口音的英语给我留下深刻印象。她向我保证，整个搬迁行动将在下午结束，然后飘然而去，留下她的团队大显身手。但随着下午的到来和流逝，我们显然离终点线还差得很远。

夜幕降临后,"小牧场"的家终于空空如也,但我们不得不摸黑在新房子卸车。卸完车后仍有大量的工作要做:拆开包装,重新组装和摆放家具,清除成堆的包装材料。八点半左右,老板娘带着她的五个孩子出现在工地,年龄从两岁到十七岁。她把小家伙抱在怀里,麻利地指挥年长的孩子们加入搬运团队,孩子们卖劲儿地投入工作。伴随着墨西哥音乐和我为他们提供的可口可乐和比萨饼,快乐的团队披星戴月,马不停蹄。第二天他们必须去开始下一轮的搬运工作。

我指示恪守职责、主意很大的中国护工王女士专门照看克拉德,这样我才能专心处理搬家的事宜。查理和罗尼那时还没有进入我们的生活。

夜幕降临,气温下降,新房子里还没有一个温暖安逸的立足之地能让王女士安顿克拉德。搬运工们进进出出,所有的门都敞开着,喧哗声此起彼伏,到处都在骚动。王女士把克拉德裹在我的长羽绒外套里,外套看上去很女性化,对他来说也太紧了。他的大鼻子在冷风中像经久未修的水龙头一样滴答着,王女士不得不反复地给他擦鼻子。她想方设法,但是很难做到不让克拉德死死地盯着我转,给我找麻烦。

"亲爱的,我很冷,我要回家,带我回家吧。"我正站在大卡车旁指挥卸货的工人们将某件家具搬进某间房间,克拉德拽着我的袖子,吸着鼻子,瑟瑟发抖,不肯进屋。

我们想办法将一条大浴巾缠在他身上,他看上去更可怜了,像一个来自遥远国度饱受战乱之祸的饥饿难民。

"宝贝,你先进去,我必须完成这个。"

"亲爱的，我要回家，我饿了。"已经十点多了，离他吃完晚饭已经过去四个多小时。

王女士用微波炉为他热了一块比萨饼，他没有碰它，但她总算让他喝下了一点热茶。

"亲爱的，我们走吧，我累了。"

"亲爱的，我想我病了，我头痛。"我们四处搜寻，找出一片阿司匹林让他吞下。

"亲爱的，让这些人来处理吧，我要回家。"他纠缠在我身边，像黏在我鞋底上的口香糖。

午夜时分，搬家任务终于结束，但新家满屋狼藉。按计划，我把吸着鼻子、冷得发抖，疲劳沮丧，困惑抱怨，可怜兮兮的丈夫放进了车里，拖着自己疲惫不堪的身体坐在了方向盘后面，朝东驶向大约二十英里之外我们的湖边别墅，向着温暖，向着柔软干净的床，向着秩序和宁静，向着松弛和休息的所在。

"再过半个小时，宝贝，我们就到家了。"我感到自己精神和体力的承受力都已达到极点，担心被轻轻碰一下，就会破成碎片。

拜托，宝贝，别再纠缠我了。

汽车一开动，我们的对话就开始"走投无路"。

"亲爱的，我们要去哪里？我要回家。"

"是的，宝贝，我们现在回家去了。"

"但我们不应该走那一条路回家吗？"他随意指着一个方向，"我们要去哪里?"

"我们走的路没错,请相信我,我们很快就要到家了。我给你洗个热水澡,我知道你冷。"我尽最大的努力避免无限循环的对话,但我的焦虑感正在增加。

"但家是在那里的,我敢肯定。"

"宝贝,我不知道'在那里'是哪里,我们已经在回家的路上了!"我提高了嗓门,希望他明白我的话。

"我很冷,我很累。"他的声音真可怜,提醒我他是多么脆弱。这么漫长艰苦的一天,不知道周围在发生什么事,对他来说很遭罪。

"对不起,克拉德,我不知道今天搬家要这么长时间。"我把手放在他的腿上,轻轻地捏了一下。这是我用非语言的方式告诉他,"我理解你,宝贝。"

但他没有接受我的暗示,而且越来越执拗了。"亲爱的,你没有听见我的话,我要回家!"

"我们正在回家,请你理解!"

想到他会反复用同样的问题无休无止地骚扰我,而我毫无办法阻止他,我感到无助和绝望,紧张和焦虑的情绪越来越难以控制。

"亲爱的,我们掉头回家吧,我不能再坚持下去了。"克拉德也越来越执拗,越来越绝望。

"请你能不能理解,我们正在回家?请你能不能停止不断地重复自己?"我再也按捺不住我的恼怒,"请你能不能让我专心驾驶!"

"我不知道你要去哪里。你为什么要这么做?请带我回家!"他没有意识到我的恼怒和心烦意乱，更不懂得接受我是我们两人中间唯一头脑清醒的人这个事实。他的头脑只顺着它自己的方向，拒绝听见我的声音。

"我们正在回家！我们正在回家！你为什么听不见我的话？你为什么不明白？我——们——正——在——回——家！！我不知道你想去哪里！我没法去你想去的地方。你不知道你想去哪里！如果你知道，你带我们去！别再打扰我了，别再重复了！你把我逼疯了！"

我大喊大叫，无法遏制我的愤怒。这漫长而艰难的一天耗尽了我的耐心，我的理智短路了。无法阻止克拉德坚持不懈的无法满足的要求，这让我几乎发狂。

克拉德没想到我会突然发脾气，一时间，他的沉默让我以为我终于成功地把他的嘴封住了。我吸了一口气，重重地吐出，试图松弛一下绷紧的弦，就在这时，那个深沉的男中音又响了起来："请不要这样对我，你不知道这对我来说有多艰难。"他的头垂在胸前，微微摇了摇，然后，他转头朝向他的右边，开始摸索门把手，找不到把手，他开始推门。

"No！"我尖声大叫，我的心蹦到了嗓子眼。我侧身伸手去抓他放在右车门上的手，车子剧烈地左右晃动。

地狱里面一团糟——没法收拾了。

"我不知道？那你知道什么？你知道我有多累吗？你知道这一天对我来说多么不容易吗？你知道这样继续下去有多艰难吗？你知道我有多努力在帮助你和帮助我们吗？你知道所有这些麻烦都是为了你吗？

你不帮助我还给我找麻烦！你想去哪里？告诉我！无论你想去哪里，我都可以依你！我可以做任何你知道要做的事，但我无法去你不知道在哪里的地方！你得给我一个办法，去你想去的那个不存在的地方。如果你要去，你去吧！"

词语从我嘴里喷射而出，像一个疯女人在用冲锋枪扫射。"你知道这对我来说有多难吗？你知道对付你的困惑和我繁忙的工作，面对我们黯淡的未来有多难吗？你知道我甚至不敢感到害怕、疲倦、沮丧或孤独，因为那样我就无法坚持下去吗？"

"我太累了！我太累了！但我不能为自己着想。谁来帮我？你吗？你自己需要帮助，你怎么能帮助我呢？我没有从你那里得到任何帮助，只是接连不断的麻烦。我也是人，我有我的极限，我是会被折断的。你把我压垮了！你要折磨死我了！我没有人可以依靠，我独自一人。你知道我有多累吗？如果你要去，你去吧！我受不了了！"

过去两年在我心里积聚起来的漫无边际的悲伤和无奈，此刻像黄河决堤，喷泻而出，不可阻挡，我再也无法稳定方向盘专注驾驶，只好把车开进了一旁的火轮镇购物中心的停车场。车熄了火，我把车窗打开，身体趴在方向盘上前后地摇摆，如同一只受伤的野兽般声嘶力竭地号啕大哭。

"我怎么办呢？太难了。我还能怎么办呢？"

"我坚持不下去了，宝贝，你明白我的意思吗？我挺不下去了！"

"我该怎么办呢？"

我的哭声在严寒、冷清的停车场内回荡，消失在天地之间深不可测的沉默中。巨大的停车场在寒夜中完全被遗弃了,被黑暗吞噬了。我们的车灯显得如此渺小,如此虚弱,如此孤独,如此微不足道。

不知道过去了多久,最终,我撕心裂肺的哀鸣变得微弱。我靠在方向盘上,头枕在手臂上,抽泣着,仿佛一桶脏水被泼掉,压在我身上的重量减轻了,我的理性与感觉逐渐恢复,我意识到克拉德坐在我身边,茫然不知所措。

"亲爱的,你还行吗?"他浑厚的男中音响起。

当然不行!我坐起来,用手背擦着眼泪,无法阻止地哽咽。

"什么事不对劲吗,亲爱的?"

一切都不对劲!

没有听到我的回应,克拉德把他的左手放在我的背上,轻轻地拍着,好像我还是个小女孩。

"亲爱的,你知道我爱你。如果有什么不对劲,就跟我说。"

他的触摸和言语如此温柔和熟悉,它们属于十五年前我爱上的那个会心疼我呵护我的克拉德。我的心又被充盈了,一阵泪水涌上了我的眼睛。

你去哪儿了,克拉德?我需要你。

一句话也没说,也不再发怒,而是带着深深的悲伤和极大的自责,我发动了车子,继续朝着湖边的家行驶。我把克拉德的手放在我背上,把它顶在我的背和椅背的中间,感觉它像一个锚似的固定着我。奇迹般地,在剩下的十几分钟车程中,"我要回家"这个令人发狂的声音竟然没再响起。

到达湖边的家已是凌晨一两点。

我调高了暖气的温度,泡了一壶热腾腾的甘菊茶,之后,在按摩浴缸里放满了水,把克拉德浸泡在冒着热气的洗澡水中。像幼儿一样,克拉德笨拙地洗澡,用毛巾到处擦拭,却遗漏了他苍白瘦弱的身体的大多部位。我把他擦干,照顾他上床躺下,帮他塞好被褥。最后,我把自己已被消耗殆尽的身躯在他旁边放下,把头靠在他的肩膀上,手臂搂住他的胸膛,对着他的耳朵轻声说:"宝贝,对不起。"

失智有时会是一种幸运,那个狂暴的我已经完全消失在他的记忆里。想到这一点,我翻了个身,闭上了眼睛。

小说《飘》的女主人公斯佳丽的那句名言在我的脑海里响起,我叹了一口气,喃喃自语:"不管怎样,明天又是新的一天。"

* * *

这种情绪的爆发,无论多么丑陋和痛苦,都像暴风雨一样,来得快去得快,很少长久地滞留。人类具有难以置信的能力去适应环境,以利生存。经过最初几年后,我开始适应了克拉德的健忘、困惑、重复、疑虑、焦躁、日落综合征和偶尔的幻觉。我为自己制定了更现实的期望和应对策略,也学会了承认和接受自己的局限性。

就在我逐渐脱离了情绪爆发的困扰时,一股更持久的黑暗势力——抑郁症开始挑战我本性中"更美好的天使"。每个人都会有情绪低落的时候，长期照护患病配偶的健康配偶尤其容易陷入持久的抑郁中。法语有一句名言"生命需要意义（Et donner un sens à sa vie）"。对大多数人来说，爱情赋予生命明确的意义。人们会渴望有人能分享心灵最深处的想法和感受，一个心爱的生命伴侣是不可替代的。到2008年，克拉德确诊患阿尔茨海默病已经六年了，而我哀悼失去我的生命伴侣也整整六年了。克拉德早已失去了和任何人进行有意义的沟通的能力，一年前的一次中风更使他无法动弹，他的一切依赖别人照顾，成了一名接受临终关怀的病人。虽然我并不惧怕，但是，一个如此亲密的爱人即将永久离我而去成为一个近在咫尺的现实，但它何时到来的未知性又使它似乎遥不可及。死亡对我来说是如此的深不可测，等待和疑惑把我的生活永久锁定，未来被笼罩在厚重灰暗的浓雾中。

死亡真的就要降临了吗？还有多久？
它将给我带来多大的痛苦？
我会如何生活下去？

乔治·桑德斯在他的小说《林肯的中阴界》中确切地描述了抑郁症带给人们的那种绝望的感觉，"他的思绪不断地转向悲伤，转向世界充满悲伤这样一个事实。每个人都在悲伤的重担下劳累，都挣扎在痛苦中。无论一个人用怎样的方式去看这个世界，他都必须努力记住：每个人都在苦难中煎熬（没有人满足，所有的人都在受委屈、忽略、轻视、误解）……"

我感到，我不能像从前一样为带给我极大自豪感和满足感的工作全力以赴，我与朋友们疏远了，我儿子和我身边的其他人不能理解我的挣扎，钱从银行里源源不断地流走，家里每天都有外人——照护者、医务人员、探视者等，他们无休无止的打搅使我感到窒息。

我去看我的家庭医生，诉说我的症状：悲伤、哭泣、早上不想起床，不知道每天可期待的是什么，看不到未来的幸福和希望。

"你觉得你是被你丈夫的病捆住了吗？"医生年轻，敬业，关心他的病人。在多年的交往中，他赢得了我的信任和喜爱。他了解我的情况和苦衷，因为在克拉德去蒙蒂塞洛之前，他也曾是克拉德的医生。

"我是否觉得被捆住了？"我思索了一下，我从来没有问过自己这个问题，"不，我不应该觉得被捆住了，我知道我有选择的权利，克拉德确保他不会剥夺我以我想要的方式生活的自由。我知道他给我的委托书让我拥有这份自由，我不仅可以决定如何处理对他的护理，我可以替他做任何决定，包括如果我希望的话，替他决定和我离婚，让我重建家庭。但我似乎不知道我该希望什么，我无法像以前那样感到快乐。"

药物和心理治疗减缓了我的抑郁症状，但是真正帮助我脚踏实地，坚定不移地走完健康配偶这段漫长又艰难的路途的，是我不断地提醒自己，我确实是有选择的，是我自愿选择了如何走这条健康配偶要走的路。人生往往没有完美的选择，我们也往往不知道在特定情况下最好的选择是什么，然而，我们必须做出我们认为是最合适的选择，继续生活下去。

行进在自己选择的道路上，让我更清楚地认识到痛苦和幸福之间共生共存的关系：没有幸福，人们感受不到痛苦的滋味；而没有痛苦，就不可能懂得什么是幸福。每个人的心中都有痛苦，也都有一个通往幸福的窗口。

既然痛苦和挫折是不可避免的，那就让我在应对这些不幸时变得更坚强，让我学会听从我本性中更美好的天使的声音！

我的笔记本里摘录着这样一段话，出处不明："人们的行为可能并不总是进化的、开明的和文明的，也不总是富有同情心的；这些好的品质可能不会轻易到来，也可能根本不会来。我们可能不得不用超过我们本能无数倍的力量，去挖掘和激发这些品质。对一些人来说，这些品质可能从来不存在，但对我们大多数人来说，如果我们努力，它们总是存在的。"

"……良知会再次出现，它肯定会，因为我们本性中存在着更为美好的天使。"林肯是这样鼓励的。

* * *

照顾克拉德的生活经历像极了我记忆中童年时上海的冬季：多云、寒冷、阴暗和潮湿，连绵不断地刮风下雨，偶然出现蓝天和阳光。我想知道是否真的有一个上帝在惩罚我，他在克拉德生病前给了我们超乎寻常的幸福,现在他把幸福从我身边夺走,从而平衡了我该得到的幸福的份额。

"你需要一只狗,需要一个在家里等着你、见到你就高兴的人。"查理说。

他们一直在怂恿我养狗,他们自己有三只四条腿的毛孩子,个个都被宠坏了。

"我喜欢回家,因为知道我的莉莉在那里,她给我亲吻和拥抱。"罗尼指的是他们的小西施犬艾米莉,她体重只有四公斤,但已经严重肥胖,她只从罗尼的手掌里进食。

"如果你有一只狗,它会给你很多的吻。"查理满脸惬意的笑容,好像卡拉克——他们收养的一条流浪狗——正在舔他的脸。

"我的莉莉知道她是我的最爱,查克是第二。"罗尼从来不错过一个惹恼别人的机会,"她每晚都睡在我枕头旁。"

"随你说去吧。"查理翻翻眼睛,拖曳着语句中的元音。

我是个动物爱好者,我喜欢任何有生命的、毛茸茸的、披着羽毛、长着腿和翅膀的东西。但是在照顾克拉德之余,我是否确定我还有精力照顾一个小狗宝宝呢?毕竟,我还得工作,照顾得了癌症的查理,似乎永远长不大的罗尼和我的儿子斯图伊,还有我自己。

"我们去看看吧。"查理和罗尼诱惑我。

我们一起造访达拉斯远远近近的动物收容所,我爱上了许多的狗宝宝,却没能对任何一只做出承诺,直到有一天命运结束了我的搜索：查理哥哥家的西施犬妈妈和贵宾犬爸爸生了一窝狗宝宝，我们"只是去瞧瞧"，结果我回家时没有带回一只，而是带回了两只最可爱最漂亮的小狗宝宝，我给它们起名叫蜜蜜和欢欢。它们出生才六个星期，只有巴掌大小，豌豆般的小眼睛还没有完全睁开，小皮袄仍然覆盖着有着不同的黑白图案的茸茸胎毛。

"盐和胡椒？"看着它们笨拙地蠕动，人们微笑了。

"阴和阳。"我微笑着回答，指的是象征平衡与和谐的黑白色的中国八卦图。

蜜蜜和欢欢用一个最简单的要素——无条件的爱，给我的生活带来了新的意义和幸福感。它们天使般纯真的目光和天真的表情，摇晃的尾巴，热情的吻，令人愉悦的拥抱，使我本性中更美好的天使更愿意常驻不离。

终于，我理解了为什么美国19世纪女诗人艾米莉·迪金森这样说："狗比人类好，因为它们虽然知道很多，但它们从不告密。"我的毛孩子们从来没有告诉我，尽管妈妈警告过不要喂它们人食，查理叔叔和罗尼叔叔经常偷偷地给它们吃那些"禁果"。

得克萨斯州罗莱特的哈伯德湖畔，我带着我的狗宝宝。

18
重访温泉城

> 去年今日此门中,人面桃花相映红。
> 人面不知何处去,桃花依旧笑春风。
>
> ——[唐]崔护,《题都城南庄》

2009年秋,新学期刚刚开始。

在繁忙的夏天里,照顾克拉德占据了我的日日夜夜。像一个溺水者挣扎着获取空气,我渴望在面对一个更繁忙的秋季学期开始之前,有机会从无休无止的烦琐看护工作中逃脱几天。开学第一周后是美国的劳动节,一个长周末,我琢磨是不是可以去一个地方,任何地方,做一个小小的"R&R"①。"R&R"是美国军队为保证长期在外执行任务军人的身心健康而设置的短期休假,我不也是个正在同阿尔茨海默

---

① Rest and Recuperation,休整与复原。

病长期斗争的，需要"R&R"的战士吗？

这只能是一次短暂的出行，因为克拉德可能再次中风，而正在与癌症殊死搏斗的查理的病情还没有稳定，我得做好随时被召回战场的准备。另外，我不愿去没有蜜蜜和欢欢陪伴的任何地方，毛孩子们既是我的伴侣，也是我的精神治疗师。

但是去哪里呢？

芝加哥？二十三年前，我的美国之旅就是从那个充满活力的城市启程。我弟弟一家住在芝加哥郊区，克拉德和我在他们家度过了许多欢乐的时光。在爱我的家人们中间，"R&R"会很理想。上次在他们家，蜜蜜和欢欢联合起来欺负他们的老猫咪Coco，玩得很开心。我弟媳妇在家庭聚会上还讲了一件令人尴尬的事：在克拉德被确诊后不久的一次来访中，我警告他们，克拉德夜间起来上厕所时可能会搞错房间。果然有一天夜里，她在黑暗中被人轻轻地推醒了，"亲爱的，睡过去一点。"一个赤身裸体的男人站在她身边，吓了她一大跳。但她很快意识到，这是克拉德在上完厕所后摸错了自己睡觉的房间，她把他领到隔壁房间里沉睡得像木头桩子一样的我的身边。

没有人比我弟弟和他的全家更无条件地接受我，可是这次我们无法成行，因为航空公司有严格的规定，一个人只能带一只小狗进乘客舱，而我有两只。上次我们去芝加哥时，毛孩子们被放进了行李舱，不论对它们还是对我，那都是一次非常痛苦的经历。眼下，秋老虎仍然在达拉斯逞凶，地面气温太高了，飞机不知得等多久才能起飞，无论如何都不能让它们待在没有空调的行李舱里。

搜索着距离达拉斯方圆五百公里的美国地图，我把目标定在最有希望的目的地：阿肯色州的温泉城，470公里。

非常完美！

* * *

温泉城坐落在阿肯色州的西南部，曾一度享有"美国水吧"的美誉。它距离达拉斯约四个半小时的车程，那里有很多"宠物友好"的旅馆，接待带着宠物投宿的旅客。

重访温泉城使我得以实现一个尚未实现的梦想。

四年多前，也就是2005年春天，克拉德确诊阿尔茨海默病已经两年了。知道克拉德的记忆正在快速地消失，我决定和他一起去做一次寻根的远足，实地追忆他的童年生活。我们踏上了一段怀旧的旅程，从达拉斯向东行驶到阿肯色州，在那里，他，克拉德·乔伊·温菲尔德，七十多年前开始了他世俗的存在。

这次旅行首先把我们带到了阿肯色州的柯蒂斯小镇，它在地图上只是一个小点点，代表"有居住人口的地方"。在克拉德童年时期，它没有资格成为一个城镇，今天仍然没有。一路上，我们在克拉德父母的墓前奉上鲜花，然后开车环绕他曾经就读的中学，沿途听他讲述那些尚未从他头脑里消失的往昔逸事。我们的最后一站是阿肯色州的温泉城。

那一次的温泉城之行留下了一个挥之不去的遗憾：我没有享受到"美国水吧"——温泉浴。克拉德对体验水疗不感兴趣，对他来说，那是"没事找事"。

"如果我想洗个热水澡,我就洗个热水澡。"他说。

那些日子,即使我和他在同一个旅馆房间里,告诉他一百次"没有我,你不要出去!"可只要我把我的眼睛从他身上移开十秒钟,他就会走出房门到处去寻找他的"Hon",然后就迷路了。我不可能把他独自留在旅馆房间里,自己去享受水疗中心的服务,我对洗"热水澡"的向往无法实现。

那次住在阿灵顿大旅馆期间,每天晚饭后在旅馆里散步时,我们都会经过水晶宴会厅、威尼斯大厅、玉兰厅、写作室和音乐室,然后经过水疗中心的入口处。我会伸长脖子朝里面觑探,不无羡慕地想知道,那个"热水澡"和种种的水吧呵护会是多么美妙的体验。我从未领略过温泉浴场或水疗中心的服务,对我来说,水疗中心入口处后面的一切都那么神秘。所以,我就多喝一些从旅馆大堂的喷泉里不断涌出的热矿泉水,弥补一下我的损失。

当我们驱车告别温泉城时,我开玩笑地对克拉德说:"我确信我是唯一来到温泉城,而没有洗'热水澡'就离去的女人!"

"我向你保证,下次我会带你再来这里,让你好好洗个热水澡。"他说。

* * *

这一次,我和毛孩子们在黄昏时分到达温泉城。当我驾车转上了穿越市中心的中央大道时,阿灵顿大旅馆熟悉的巨人般的身影矗立在我们前方,我的心揪痛起来。

克拉德,我们又来了!

可这一天,这个门里,你去哪了?我不知道。

带着传奇色彩的阿灵顿大旅馆看起来比我们上次来时愈加苍老了。大堂里的喷泉仍然一刻不停地喷涌着从温泉引入的热矿泉水,水疗中心仍然提供被克拉德称之为"热水澡"的温泉浴,以及从头到脚的皮肤和身体的呵护服务。办理入住手续后,我立即赶去预订"热水澡"和全身按摩,但当天已客满,最早要到明天。

明天就明天,我必须等待。

"如果我想洗个热水澡,我就洗个热水澡。"克拉德的声音在我耳边回响。

不到五分钟,我就卸下行李,换上步行鞋,带着毛孩子们走上街头,去寻找三个人的晚餐。

我们在中央大道上走来走去,终于发现了一个似乎可以寄予希望的小餐馆。我推开门,试探性地问:"我们能在这里用餐吗?"我接着补充说,"我和我的孩子们?"

女服务员的眼睛徘徊在我的脸上,然后移到两张毛茸茸的小脸上,六只眼睛都朝她投去期待的目光。

"我已经查看过了,"我谨慎地加码,"你们今天晚上不是太忙,你可以感觉到这两个孩子是不会打扰其他顾客的。"

她犹豫不决。

我把她的沉默当作鼓励——嘿,只要她不拒绝我,就还有希望!——卖力地对她微笑。

"让我们进去吧,Please!"蜜蜜和欢欢一起摇动尾巴,帮着恳求。

这显然奏效了。

"我们通常不允许带狗狗就餐的,"女服务员说,"出门朝左绕过这座楼,穿过停车场,你们可以坐到露台上去。"

为我们的如愿以偿而欢欣鼓舞,我抓起毛孩子的小手手和我击掌庆祝,然后一溜小跑绕过屋子爬上山坡,穿过屋顶停车场,沿着狭窄而湿滑的台阶向下走,在那里,三面被高高的悬崖包围,一面和餐厅相通,嵌着一个木板搭的露台。露台上散放着七八张桌子和栽在大花盆里面的棕榈树,树上缠绕着一串串几乎没有光亮的圣诞灯,与桌上点着的蜡烛一起,幽光闪烁。空气温暖潮湿,仿佛置身于热带丛林。景色梦境般朦胧,隐隐约约可以看见有两张餐桌已被占用。

我们选择了一张远离其他人的桌子坐下。

克拉德,我希望你在这里,你会喜欢的。

"今晚的菜单中有什么让你感兴趣的,亲爱的?"他总是在一切事情上对我孜孜不倦地加以指导,"你必须点你喜欢的任何菜肴。"

当阿尔茨海默病夺去了他阅读和理解文字的能力后,他会说:"亲爱的,你替我点菜吧?你知道我喜欢什么。"

出于我对他深深的爱,我会为他点"我"最喜欢吃的东西,然后我还会为我自己点我最喜欢吃的东西。

他会很高兴，我也会很高兴。

* * *

那天是星期五。晚上，我下楼去旅馆大堂的酒吧，乐队已经开始演奏了，我向吧台要了一杯椰林飘香鸡尾酒。大堂里面人头攒动，没有我的插足之地，酒吧从来就不是我的去处，不仅因为我不善饮酒，也因为在美国，单身者坐在酒吧里往往是为了与人交谈和交友，而那不是我的目的。

抬眼四望，我看到大堂上面的夹层居然空无一人。

太棒了！

坐在夹层舒适的沙发上四处张望，会情不自禁地回想旅馆昔日的辉煌。阿灵顿大旅馆于1875年开张，作家查尔斯·卡特在《卡特指南：阿肯色州温泉城》中称其为"美国最优雅、最完备的旅馆"。旅馆网站中有这样的介绍，"阿灵顿的豪华食宿，用矿泉水加热的水汀保温客房，和旅馆里的温泉浴澡堂吸引了众多著名的和臭名昭著的客人：美国总统，如富兰克林、杜鲁门、老布什、克林顿，名流们，如贝内特、史翠珊、小野洋子，还有像贝比·露丝这样的顶级棒球运动员。美国著名的黑手党头目阿尔·卡彭（1899—1947）最喜欢的房间是443号，他当年租用了四楼整个楼层，来容纳他的随行人员和保镖。他可以从他的窗户看到马路对面的南方俱乐部，一个二十世纪三十年代以黑帮出入闻名的赌博公司，现在是一个蜡像馆"。

手捧椰林飘香鸡尾酒，透过夹层的镂空栏杆，我俯瞰着整个乐队和舞池。乐队和我们上次在这里时一样，三个人分别演奏钢琴、小号以及鼓等打击乐器，其中两人看起来有点年纪了，那个吹小号的也唱歌。与当晚街上的音乐不同——那个周末街上有一个蓝调音乐节——这里演奏的音乐不紧不慢，这里唱的歌也不慌不忙。

几对男女在舞池里跳舞，有些还年轻，大多数都比较年长，他们看起来都很快乐。我观察那些上了年纪的舞伴们，他们的舞姿端庄凝重，似乎更彬彬有礼，更优雅。我试图从他们身体摆动的和谐程度去猜测他们是否在一起很久了，他们的心是否仍然在为彼此燃烧，或是那曾经熊熊燃烧吞噬一切的激情之火已经平静，留下余火轻轻闪烁，温暖又安全。

尽情地享受吧，人们！享受生活，享受彼此，因为我们不知道明天将为我们带来什么。

上一次，克拉德和我在这里，我们坐在大厅中央的大丝绒沙发上。我嘬着椰林飘香鸡尾酒，克拉德喝着一杯红葡萄酒，我们以跳慢节奏和中等节奏曲调的舞为主，跳得多好并不重要，重要的是我们在一起，享受彼此相处的每一刻。舞蹈使身体的和谐达到一个新的水平，似乎我们完成了肉体和灵魂的同步，甚至我们之间的差异和分歧也成为一种互补——使我们完整合一。在阿灵顿大旅馆舞池的那一小会儿，克拉德非常放松，我们把疾病的阴影扔得远远的，没有焦虑，没有后顾之忧，没有必要去对付脑细胞的失去，也不用去对视阿尔茨海默病的丑恶嘴脸。

经过两三轮的舞蹈，我们回到座位上稍事休息。然后，我们喜欢的音乐再次响起。克拉德变得热情洋溢："亲爱的，你愿意和我跳舞吗？"他伸出双臂邀请我，带着南方男孩特有的礼貌。

其他时候，他累了，便提议，"让我们坐下休息一会儿。"

"你日落西山了吗？"我使用激将法，希望他能咬上我的诱饵，他总是上钩。

"不，我不累。你真的还想跳吗？"

"对，我想。"我想让他多消耗一点体力会对他的身体有好处，于是我们继续跳了下去。

这时音乐转成一个快速而疯狂的节奏，快乐的情绪是有传染性的，更多的情侣旋转进了舞池。克拉德会说："让我们等下一支曲子吧。"他不喜欢跳快舞，我也不喜欢。

"你累了，"他会关怀备至，"我们坐一会儿吧。"自信的温菲尔德先生不会承认是他自己，而不是我，累了。

一个缓慢而熟悉的曲调开始了，这是1945年由莱斯·布朗的管弦乐队录制的《感伤之旅》。大多数舞者刚跳完节奏疯狂的舞，便回到自己的座位上去休息。克拉德有丰富的歌曲积累，他的男中音会为每一个不同的场合响起一首应景的歌声，他开始随着乐曲哼唱：

> 来一趟感伤之旅，

让我的心得到舒缓,

展开一趟感伤之旅,

一趟回家乡的感伤之旅。

另一个曲调开始了。"你知道这首歌吗?"他又问。

当然,我不知道这首歌。

"我记得这是音乐剧《西区故事》中的。"他开始哼唱女主角玛丽亚的歌曲《我觉得很美》。

当然,我还不曾看过杰罗姆·罗宾斯从莎士比亚的《罗密欧与朱丽叶》获得灵感,而于1956年编导的歌舞剧《西区故事》。

克拉德掩饰不住内心的满足,他再次为我的美国文化教育做出了一个贡献。

接着,我们随着西纳特拉的《纽约,纽约!》的曲调起舞。

"如果我能在那里成功,我定会在任何地方成功……"克拉德的声音仍然在我脑海里响着。

你绝对成功了,克拉德!

几十年前,克拉德曾从位于得克萨斯州达拉斯的 SMU 搬到了纽约曼哈顿,就任巴鲁克大学校长。当时 39 岁的他,是巴鲁克大学历史上最年轻的校长,因此被我戏称为"小牛仔奋战大苹果"。

* * *

第二天，我终于如愿以偿，享受了期待已久的温泉浴和水疗护理。经过两个多小时的浸泡，擦洗，摩刮，揉捏，按压，伸展……啊！那一切对你有种种好处的操作，我觉得自己恢复了活力。

当我从水吧回到旅馆房间里时，一瞬间我仿佛看到克拉德坐在窗边的棕色高背椅里，面含微笑：

热水澡怎么样，亲爱的？

2009 年，阿肯色州温泉城，阿灵顿大旅馆。

阿灵顿大旅馆前的一块牌匾。

19
亲爱的,你在哪里?

一个阴影在我面前飞掠,
不是你,而像是你:
啊,我主耶稣,如果可能,
哪怕是短短的一刻,让我们看见,
那些我们所爱的灵魂,他们可能会告诉我们,
他们何在,他们何从。

——丁尼生(1809—1892),英国诗人

晚秋,白天越来越短了。

晚饭前,房间都已处于阴影之中。他坐在起居室的蓝色大椅子里,瘦弱,枯槁,使椅子看起来空空荡荡。他的脸色憔悴,灰白的头发细腻地贴在头上;在朦胧的灯光下,他的眼睛染上了一种难以言喻的颜色,灰?绿?蓝?还是浅棕?他目光茫然地凝视着前方,仿佛看到了

空气中只有他才能看见的东西，弯曲的右臂伸展着，手指微微颤抖，似乎在试图触摸虚无中的一个幽灵。

"你在哪里，蓝强？"他挣扎着倾身向前，努力地伸展弯曲的手臂，声音显得疲惫不堪，"亲爱的，你在哪？"

这一幕让我想起夏洛特·勃朗特的《简·爱》。简在婚礼当晚发现罗切斯特先生已有妻室，她伤心地逃离了桑菲尔德庄园，远离罗切斯特独自生活。因为思念她便仿佛听到罗切斯特的声音反复呼唤着她的名字，冥冥中让她感到他处于困境。简立刻回到桑菲尔德，从仆人那里得知罗切斯特患精神病的妻子已把庄园烧成废墟，自己也在大火中丧生。

为了寻找罗切斯特，简从桑菲尔德庄园来到了荒凉失修的乡间别墅，一座"古老陈旧，规模不大，深埋在树林里面"的房子。当简走进光线昏暗的房间时，独自坐在椅子里，双目已经失明的罗切斯特先生似乎听出了他熟悉的、朝思暮想的简的声音，问道："是简吗？"他伸出一只手臂来朝着她呼唤："简·爱！简·爱！"大火不仅使他失明，还夺去了他的一只手臂。

但是这个秋日傍晚的场景并没有发生在维多利亚时代的英国小说中，它发生在2009年秋天，在达拉斯这个现代化的大城市里，在我实实在在的生活之中。

"克拉德，宝贝，我在这里，我就在你旁边，和你在一起。你现在看见我了吗?"我正在厨房里洗菜,放下手中的活,用厨房毛巾擦干手,走到克拉德身边——我其实离他只有几步之遥,和勃朗特在小说中描写的简·爱一样,我"捉住了他那徘徊着的手,并把他扣留在我的双手之中。"克拉德的眼睛缓缓地转向我,目光落在我的脸上,他把手从我手中"解放出来",颤颤巍巍地举起,试探性地摸着我的脸,仿佛手的触觉会告诉他,面前的女人真的是蓝强,他的"Hon"。

一丝微笑掠过他的脸:"哦,你在这里。"

八月的一天,我把克拉德从小公寓接回家,我们又一次共同居住在这栋又大又漂亮的房子里。回忆 2007 年 10 月克拉德搬去蒙蒂塞洛时,我是那么悲伤,流着泪责备自己的无情,在内疚和抑郁中苦苦挣扎。那时我确信,今生今世克拉德再也不会回到这个我们共同建造,共同生活,无比温馨的"漂亮的大房子"里了,我无奈地接受克拉德离开我们共同的家是一个永恒的事实,是我们无法更改的命运。

但我,大错特错!

克拉德的存在再次充斥着我们的家。由医疗保险提供的可调节病床竖在起居室的西墙;他的药物塞满了一个大鞋盒,在厨房里有着中国泼墨山水画风格的花岗岩台面上,占据着显著位置;他的换洗衣服没完没了,纷纷摊在沙发上、椅子上、床上,散发着洗衣粉和漂白水的气味。为他烹煮食物的香气——鸡肉面疙瘩、牛肉饼或某种汤——弥漫在整个房子里,渗透进墙壁上的每一道细缝。他的咳嗽声和喃喃自语,以及不断进进出出的护工们的声响——问候和聊天,交换护理笔记……回荡在房子的每个角落。当我们调整克拉德的体位以减轻他腰部、臀部和腿部的压力时,当我们把克拉德抬起来上厕所时,当我们清理频频发生的防不胜防的"事故",包括排泄物弄脏了衣裤、床单、被褥,或者掉在地上被护工不慎踩踏着的时候,难免发生混乱。这样的事情时有发生,护工们由于匆忙间的粗心,或缺乏经验,或心不在焉,或脑筋沉浸在自己生活中的烦琐世界里,有时会无意间踩到污物而不自知,把可恶的脏东西带到了整个房子,好像地雷爆炸似的满地开花,那气味绝不芬芳。

生活中我们期待的事情总会发生一些无法预计的意外,克拉德的回归就是一个例子。在电影《阿甘正传》中,汤姆·汉克斯饰演的福雷斯特经常引用他妈妈的话:"我妈妈总是说生活就像一盒巧克力,你永远不知道你会得到什么。"

是的,陈词滥调之所以成为陈词滥调,是因为它常常有一定道理。

* * *

把克拉德搬回家有了可行性,是因为在 2008 年 6 月他中风后,就不能再在房子里来回踱步、推家具、打碎东西了,他不会再对自己或他人构成威胁。但是,把克拉德搬回家的必要性来自查理的癌症治疗。在他忠诚的伴侣罗尼的照料下,查理以令人钦佩的勇气承受了放射治疗和化疗带来的痛苦。不出所料,他们对克拉德的照护和对我的帮助变得有限和难以掌握,对我来说,现在将克拉德搬回家中照料,比仍然把他留在小公寓里靠我两头跑容易得多，也更经济。

我在达拉斯的中文报纸上登了一条招聘护工的广告，聘用了一位中国妇女来与查理和罗尼分担白天照护克拉德的工作。那时克拉德已不会说话，所以语言不再是个障碍。在琐碎的家务问题上，中国护工的生活习惯通常与我更相近，例如他们节俭，毫不含糊地讲究卫生。因为英文水平有限，他们甚至懒得开电视，而罗尼进门的第一件事就是开电视。此外，我很高兴能为他们提供一些有益的帮助，他们可以从我这里了解如何在异国他乡找到属于自己的位置。

当然对我来说，最看中的，是他们进门肯定脱鞋。真的！

《肮脏的细节》是玛丽安·D.科恩的回忆录，叙述她作为健康配偶在丈夫与多发性硬化症的斗争中度过的那些年。她用三个简单而精辟的词汇来形容"健康配偶的日日夜夜"：夜晚、搬动、上厕所。我发现我的生活正是围绕着这三件事。护工们——查理、罗尼和其他人——合力完成了大部分的搬动工作：把克拉德从床上搬到椅子上，从椅子上搬到便桶上，如此种种。而夜晚的工作则自始至终需要我独自承担。这三个词汇中的每一个都不容易，有时，做一个健康配偶是如此困难重重，以至于我在竭力保持生存的基本目的的同时，质疑夫妻关系的意义，甚至生活本身的意义。爱与被爱，寻找幸福，寻求心灵的安宁，在这种情况下几乎是不可企及的。

科恩在书中思索，长期作为健康配偶，假设有一天她的丈夫奇迹般地康复了，她与丈夫是否还能回到患病之前的配偶关系。"你扮演的照护者、仆人、保姆、护士和母亲般的角色,这和情人之间的关系有着如此巨大的差异。"随着配偶关系的变化,配偶关系的基础——感情,也会改变,这完全是情有可原的。曾经将两个人浇铸在一起的爱,在意想不到的困扰面前可能会失去大部分的美好。可以想见,有些健康配偶想逃避,还有些确实这样做了。

除了最初几年的来得快去得快的情感爆发,我作为健康配偶的经历并没有留给我持久的愤懑、怨恨和痛苦,但我确实有过深深的挫败感和沮丧感。在情感长期得不到反馈和滋养时,当关于选择独自追求幸福的权利还是维持与丈夫的关系的矛盾想法进入我的脑海时,在走投无路的日子里,我总是问自己一个根本性的问题:我有其他选择吗?权衡各种结果,我最终总是选择直接参与克拉德的护理。我的选择和我们的具体情况有关,但我们的情况也许并不独特。在克拉德生病之前,我们在夫妻关系中投入了爱、关心和相互尊重,这给了我很多的情感资本。在漫长的、富有挑战性和给予我们很大回报的职业生涯中,我们建立了坚实的经济基础,因此我在选择如何照顾克拉德时多了一些选项,例如花钱把他安置在提供全天候护理的养老院和聘用护工。我比克拉德年轻,有健康的体力和充足的精力。我从家人和朋友那里得到了极其重要的情感支持,和护工们建立了良好的关系,这一切给了我更大程度的自由。

我清楚地意识到,不是所有的健康配偶和其他家庭照护者都幸运如我,每个健康配偶对什么是自己的责任会有不同的认识,他们的承受能力也会各不相同,统一的照护模式是不存在的,每个健康配偶必须找到适合于自己的平衡点。

* * *

一天早晨,我在楼上的卧室里,听到查理和罗尼在楼下的起居室里帮助克拉德起床的声音。当我下楼时,我听到查理在说:"温菲尔德先生,你今天有什么会议要参加吗?"好像克拉德还能听懂他说的话似的。

"达,达,达,"克拉德喃喃地说。这就是我那位曾经雄辩的丈夫仅存的可怜巴巴的词汇了,"达,达,巴,巴……"他一边说着,一边向查理挥动手中拿着的东西,带着一种战士凯旋的胜利感。

"克拉德手里拿的是什么?"我问查理,然后我自己看清了,是脏兮兮的一次性尿裤,被克拉德从自己身体下面拉了出来。

"克拉德想告诉我,他自己干成功了。"查理把那看起来很重,吸满了各种各样水溶质,充满了尿素、氯化物、钠、钾等有机和无机的化合物……和其他鬼才知道的什么好东西的尿裤,从克拉德手里拿了过来。它散发着一股刺鼻气味。

"只是'小号'。"查理补充说,他猜出了我的心思。

"肯定不是'大号'?你仔细检查过了,对不对?"自从克拉德搬回家后,家里被大号排泄物攻击过好几次。癌症治疗,放疗和化疗,使查理的嗅觉失灵,如果老查理稍不留心,一点点遗漏的排泄物便会无意中被带到家里的各处,我自然很紧张。

"是的,夫人。"查理向我保证。

虽然克拉德的左臂在中风后几乎不会动弹了，但他的右臂仍然强壮而活跃。他抓住他手臂能够到的一切——报纸、毛巾、餐巾纸——并试图撕咬他到手的东西。有时我把蜜蜜、欢欢放在他腿上，他会抓起一个，开始试探性地咬它。还有一次，他抓起我的手放到他嘴边，我期待他会给它一个深情的吻，但他却开始咬我的指尖。他甚至咬自己的手指，然后痛得哇哇乱叫。他非常喜欢捏站在他身边的人的屁股，因为屁股的高度和他的手臂平齐。我相信如果他能设法让屁股靠近他的嘴，他也会咬上去的。晚上，我们用厚厚的棉手套包住他的手，防止他咬自己的手指，或者撕掉他的一次性尿裤，或者抓破自己的脸。

除了偶尔皱皱眉头或扬起眉梢，克拉德对任何事物都没有反应。他经常独自发呆，似乎对一切都漠不关心。医生认为克拉德随时有可能撒手人寰，所以他仍然受到临终关怀的照料，但克拉德似乎并不急于去任何地方。

克拉德的身体功能成了我们每天讨论的主要话题，尤其是他的肠蠕动。要么排泄太多，我们不得不花很多时间去清理污秽物；要么不够，迫使我们想方设法疏通。一天，查理告诉临终关怀护士，"他从前天起就没有过'大号'，我不敢给他泻药，因为上周我给了他泻药后，他连续腹泻了好几天。"

当查理说话时，克拉德像往常一样无动于衷地坐在蓝色的大椅子里，好像谈话与他毫不相干。

"我们还是灌肠吧，我车里有开塞露。"护士说，"我们来把他抬上床翻个身，这样更容易灌进去。"

护士话音未落，克拉德深厚的嗓音大声、清晰、坚定地响起："见鬼，你不可以！"

站在他身边的每个人都惊呆了，然后都一起大笑起来。尽管他反对（应该是无意识的），他们还是给他灌了肠。

* * *

到 2009 年年底，放疗和化疗都没能控制住查理的癌症，唯一剩下的选择就是干细胞移植手术了。不做，医生推断查理还能活四个月左右；做，查理的生命有希望延长。但医生警告，在接受干细胞移植的病人中，只有四分之一的病人可能在手术后存活。

那天查理和罗尼来上班，他们告诉我，他们必须在两个"恶魔"中选择一个，问我怎么想。我告诉他们，我是一只伪装成鸽子的老鹰，我相信古老的智慧，"没有付出就没有收获"。我会选择得州牛仔的方式，头对头、角对角地去对付癌症这个恶魔。我宁愿接受干细胞移植，面对未知，希冀最好的结果，也不愿承受已知的无望的延期四个月的死刑。

我让他们坐在起居室的沙发上，一起开个事关查理生死的会议，克拉德坐在他们旁边的蓝色大椅子上，一副会议成员的样子。他们手牵手，谈了很久，哭了很久，拥抱了很久，最终决定手术，获取查理有可能活下来的那 25% 的机会。

2009年的平安夜，查理接受了干细胞移植手术。在这个过程中，强效的药物注入他的血管里，攻击所有的血液细胞，无论是癌细胞还是健康细胞都被彻底摧毁，使他的体内无法产生新的血液，而事先从他体内采集的干细胞随后被重新输入他的血管。这些干细胞，如果成活，将会在他的体内产生崭新的血液，让他的生命再次从零开始，那将是他的重生。

手术的第二天是圣诞节。护士端着一个点着一支蜡烛的蛋糕来到查理的病房，医生和其他护理人员跟随其后。查理虚弱地躺在病床上，听大家为庆祝他的重生而唱："祝查理生日快乐，快乐的生日更多个。"

但还能有多少个呢？

一年半以来，我们做好了面对克拉德死亡的准备，他还在临终关怀名单中，意味着死亡虽离他近在咫尺，但他仍然活着，和我们在一起。查理还年轻，只有五十三岁，他有望打赢这场战争。我们只需要等待十天就能知道，干细胞是否制造出新的健康血细胞来维持他的生命。

度过的每一天都是一次胜利，我们隐藏起担忧，屏息以待。

克拉德和查理同样命悬一线，2010年静悄悄地到来。第十天过去了，查理的生命跨过了第一个门槛，也是最关键的一个门槛！

* * *

2010年8月21日。护工们都回家了，漫长的一天结束了，一切都很安静，躺在床上，我总算松了一口气。楼下，克拉德被乖乖地掖好在被窝里,除了夜里起来换尿裤,在第二天早晨到来之前,应该是"西线无战事"了。

我拿起看了一半的丽莎·吉诺娃的小说《依然爱丽丝》,试图走出一个健康配偶的现实生活,进入一个痛苦、困惑和焦虑都只属于虚构人物的世界。

但这个故事很快把我带回现实。小说讲述了一位聪明智慧、精力充沛的大学教授因早发性阿尔茨海默病而逐渐失去记忆的故事。在书中,初患阿尔茨海默病的爱丽丝教授在和她的女儿交谈:

"你真漂亮,"爱丽丝说,"我很害怕有一天看着你,却不知道你是谁。"

"我想,即使有一天你不知道我是谁,你仍然会知道我爱你。"

"但是如果我看见你,我不知道你是我的女儿,我不知道你是否爱我,怎么办呢?"

"那么,我会告诉你我爱你,你会相信我的。"

这段对话让我想起在克拉德被确诊后的一天,我发现他情绪低落、沮丧、充满悲伤,这种情绪对他来说很不寻常。不管我们周围发生多大的事,克拉德一般都能沉稳对待,不太情绪化。在纽约市立大学的巴鲁克大学时,他的同事们亲切地开着玩笑,说他们这位校长"脾气平和,永远严厉"。但那是在他得病之前。

我问他怎么了。

"我害怕。"他的头垂在胸前,像一面被雨淋湿了而垂落的降下一半的旗帜,眼里微含泪花,这对我那从不惧怕妖魔鬼怪的"堂堂男子汉"丈夫来说极为罕见,"我不知道我出了什么事,我为什么不知道我在哪里呢?"

我的心被刺痛了,我把他的头搂在胸前,好像在安慰一个受惊吓的孩子,然后用双手捧着他的脸,这样我就能深深地注视他的眼睛,我慢慢地、郑重地对他说,试图把每一个字都牢牢钉进他的脑子里:

"听我说,宝贝,无论你在哪里,无论你去哪里,当你周围的一切都消失了,请你永远记住我爱你,请你永远确信我会照顾好你,请你把这些话深深地藏在你的潜意识里,永远不要失去。即使你的世界里一无所有了,我的爱仍然会与你同在。"

现在,他记忆的世界里一片荒凉,就连那个最后存在于他记忆中的姓名——"蓝强"——我的名字,也已经不复存在。没有人与他同行,他独自一人漂泊在无边无际的海洋中。

宝贝,我希望在你身心所在的某个地方,我的爱仍然让你感到安全。

我把书放在枕头边,看着床的右侧,克拉德一直都是睡在那个位置。我翻转到他身边,想知道我是否还能感受到他身体留下的凹陷,或者他曾经存在过的其他痕迹。强烈的思念席卷了我,此刻我多么渴望我的克拉德就在我身边,遥远的记忆像重新点燃的火焰一样跳跃着:他肢体的温暖,身体的气味,呼吸的声音,他的触摸,以及我的鼻子揉蹭他身上汗毛时的感觉。

"皮毛,你们这些白人绝对是进化程度较低的生物,"我一边取笑他,一边嗅着他的"皮毛","你一定是不久前才从树上下来的。"

我告诉他,随着人类的进化,他们失去了体毛,这是一个科学进化的事实,像我这样不很"毛茸茸"的生物,比如我们中国人,进化程度比仍然"毛茸茸"的人种更高,因此,我是个比他更发达更优越的人种。让我好笑的是,他耐心地听我胡言乱语和毫无逻辑的观点,好像我真的相信自己的无稽之谈。

在黑暗中,我的嘴唇找到了他的眼睛,我开始用柔软的嘴唇去填满他的眼睛和鼻子之间深陷的眼窝,先是右侧,然后是左侧,我用嘴唇轻轻地蹭他的眼睫毛。

"别的人有眼睫毛,我的宝贝有眼……",我施展魅力,哄他用"刷子"这个词来填空。

"刷子。"

这个游戏让我非常开心,而克拉德总是喜欢看到他的"Hon"像一个小女孩似的咯咯笑。后来,当他的记忆开始衰退时,仍然可以跟上我的提示。

"别的人有眼睫毛,我的宝贝有眼……"

"睫毛。"

"不对!"

"眼睛。"

"不对!眼刷……"

"刷子。"

我给了他一个大大的拥抱以示鼓励。

我最后瞥了一眼床头柜上的婴儿监视器,克拉德在楼下睡得很熟,像个婴儿一样,我能通过婴儿监视器听到他平静的鼾声,我深深地叹了口气,他是如此地近,但又如此地遥远,令我无法触及。

前一段时间,我读到一篇关于幻肢综合征的文章,其中提到,手臂或腿被截除之后,有时大脑仍然可以感觉到它们的存在,感觉到实际不存在了的肢体的移动甚至痛痒,好像它仍然与身体连接着。作者认为,"这一发现扩展了我们对大脑可塑性的理解,因为它证明身体的精神表现,例如感觉到不存在的肢体的存在,是完全可以通过大脑内部机制的诱导来实现的。"我失去了自己非常宝贵的一部分——我的另一半,我的大脑能把我的克拉德带回来吗?

关掉床头灯,我双手合十,向全能的神祈祷,却不知道在对哪个神说话:

慈爱悲怜的神啊,请在今晚把克拉德带到我的梦乡!

"亲爱的，你在哪？"

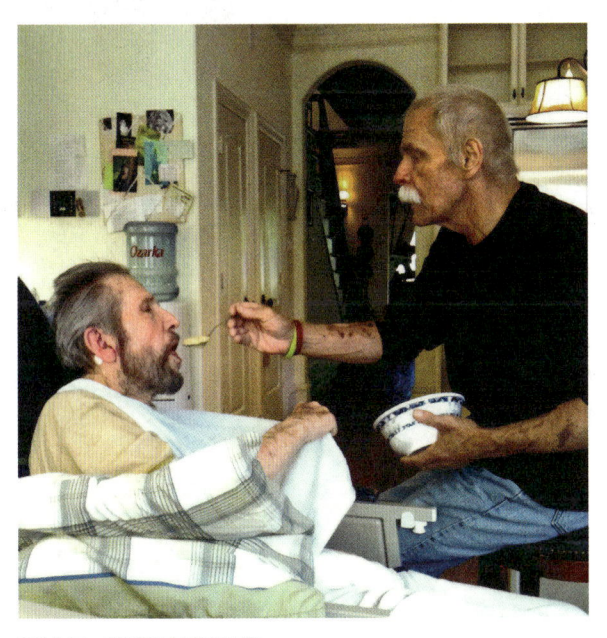

2010 年，查理正在喂克拉德。

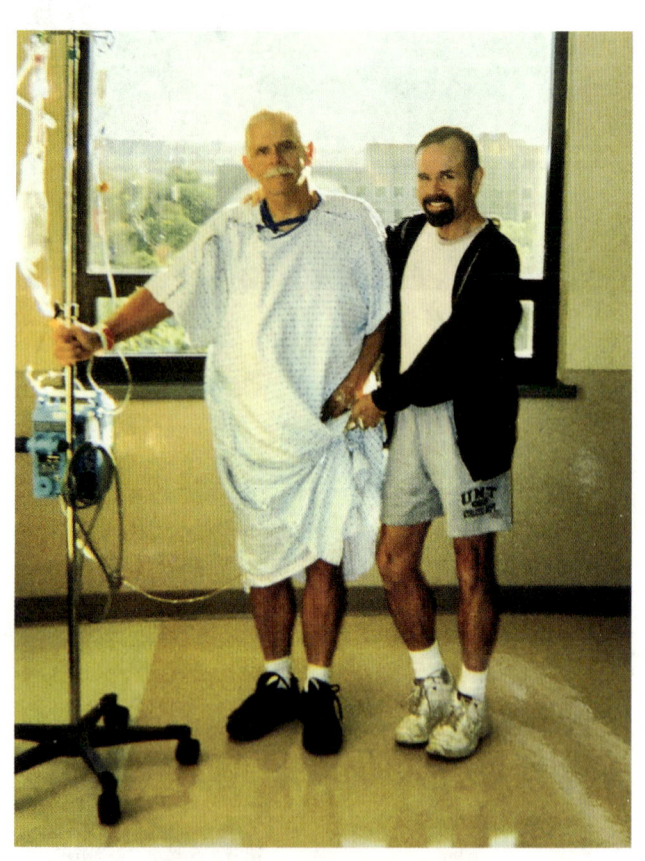

2008 年 12 月，查理和罗尼在查理的干细胞移植手术前。

20
下弦月

人有悲欢离合,

月有阴晴圆缺,

此事古难全。

但愿人长久,

千里共婵娟。

——（北宋）苏轼,《水调歌头》

2010 年 3 月 13 日是克拉德的 79 岁生日, 那时查理已从几个月前的干细胞移植手术中恢复过来了。

很难想象如果没有身边这些人的帮助, 我是如何度过这些艰难重重的岁月的。我举办了一个家庭聚会, 做了几个家常菜; 罗尼烤了一个蛋糕; 卡萝琳, 克拉德临终关怀的第一位护士, 现在是我们的好朋友, 带来了一束鲜花和一个气球; 我们当时的中国护工玉兰和她的丈夫及儿子也来赴宴。

回忆过去几年的过往,卡萝琳幽幽地叹了口气说:"明年我们不会再有机会为克拉德庆祝生日了。"

罗尼用他一贯的毫不收敛的态度回应道,"你会感到惊讶的——明年这个时候,我们仍然坐在这张桌子旁谈笑风生,克拉德还会和我们在一起,老马不示弱,依然'尥蹄子'。"

"你怎么知道?"我问卡萝琳,与其说是担心,还不如说是好奇。我挣扎了很久,也悲伤了很久,我心里已经做好了克拉德随时可能撒手人寰的准备。

卡萝琳说,"可能我会错判,但我应该是正确的,因为二十年来,我一直从事着临终关怀病人的工作。"

"但他胃口很好,他抓东西时力气也很大。"罗尼不愿接受她的判断。

"这就是为什么我不认为他会存活很久的理由。即使他胃口很好,他的体重仍然在下降。上个月,他的上臂又缩减了半英寸[①]。"

由于克拉德无法站立,卡萝琳用皮尺测量克拉德的上臂,记录肌肉的变化,由此判断他体重增加或是缩减的程度。

我们看着克拉德,都陷于沉默。当然,卡萝琳的专业评估比罗尼的业余猜测更令我信服——罗尼曾是殡仪馆的主管,他的专长适合发挥在生命终结之后直到入土为安的那一段上,而不是在那之前。

---

① 1 英寸约为 2.54 厘米。

过了一会儿，罗尼打破了沉默，"我认为克拉德仍然会和我们在一起。他是一匹坚强的老马，他很多次让我们出乎意料了，他还会再次使我们惊讶。"

这是在说克拉德还是查理，还是两者兼而有之？

我沉思着，把另一大块蛋糕塞进克拉德的嘴里，他一口吞了下去。

又一年过去了，又一个生日来临。虽然克拉德的身体变得更加虚弱，但他仍然在这个世界上。那是 SMU 的春假，我要去上海看望年迈的父母。动身之前，我告诉查理，我想再为克拉德举行一个生日聚会，尽管我会缺席。

"让我们邀请阿芳和理克（阿芳的丈夫），还有卡萝琳。"我告诉查理。阿芳是我们聘请的最后一个中国护工。

查理给卡萝琳打电话，"克拉德生日你能来吗？乔安要去中国，但她希望我们再次开个派对，就像去年一样。"

"你问卡萝琳，她还记得她去年的论断吗？我告诉过她，克拉德仍然会在这里，会和我们在一起的。"罗尼插话。他从不浪费任何他可以指出别人的错误，或是显示自己卓越的机会。

"但克拉德可绝对不再是个又踢又叫的老马，不像你预言的那样。"我也绝不让罗尼认为这个世界只有他最聪明。

我揉了揉蜜蜜和欢欢柔软的黑白皮毛，对它们说："爸爸会有蛋糕吃啦，你们这些宝宝会有烤牛肉吃啦！"

它们的小眼睛从罗尼的脸上转到我的脸上，静静地观察着这场暗斗，心里琢磨着，站在哪一边可能对它们更有利。

几天后的 2011 年 3 月 13 日，是克拉德——这个大萧条时期成长的幼儿，朝鲜战争的空军上尉，有成就的学者和大学校长，备受尊重的父亲、祖父，还有我无比挚爱的丈夫，也是一个有着九年病史的阿尔茨海默病患者（其中三年处于临终关怀）——80 岁生日。我在芝加哥奥黑尔国际机场等候飞往上海的航班时，给我们的子女，威廉、嘉怡、斯图伊，以及查理和罗尼发了一条短信：

"克拉德八十岁！查理、罗尼、卡萝琳、阿芳和理克会代表他吃烤牛肉，克拉德会吃蛋糕。饭后，蜜蜜和欢欢将唱生日快乐二重唱，汪！汪！汪！爱你们。"

* * *

克拉德搬回我们漂亮的大房子已经有一年半了。在此期间，克拉德瘦骨嶙峋的身体佝偻成胎儿状态。白天，他靠在蓝色的大椅子里，双腿蜷曲在胸前，极不舒服。我们把他系在"安全带"里，用绷带把他绑在椅背上防止他滑下椅子，并不断调节椅背的倾斜度免得失去平衡。尽管如此，我们还是不得不经常把他往上抱，因为他的身体不可避免地总是往下滑动。夜晚，我会起身几次，下楼为他僵硬的佝缩成一团的身体翻身。看到我心爱的人一点一点地被阿尔茨海默病吞噬，真是揪心。

他感觉不到。那是对我唯一的安慰。

"早上好,温菲尔德先生。你今天感觉如何?"从楼上的卧室里,我听到查理的声音,总是那样的温柔,甜美得如得克萨斯产的蜂蜜。

"温菲尔德先生,你今天早上这么瞌睡,是不是整夜在外面开party?"罗尼从不停止捉弄别人。

然后我听到克拉德的高声叫喊。

由于克拉德身体的佝缩,在早上给他穿衣服时,罗尼得扶他从床上坐起,然后把他抱起来旋转九十度,把他扶坐在床沿上,再从他的胳肢窝底下把他抱起来,这样查理才可以把他的裤子提上去;然后罗尼得再次把他抬起来放到蓝色的大椅子里。白天,护工们也得合力把克拉德抬起来放在便桶上,然后把他抬起来为他做便后清洁,再把他放回椅子里或床上。而每一次搬动都会引起克拉德的号叫。

克拉德是在为搬动时失去平衡惧怕吗?

罗尼不喜欢克拉德佝偻着的双腿,他和它们搏斗,企图把它们拉直。但它们僵硬,顽固地抵抗任何把它们拉直的企图。罗尼只好施加了更多的力量来按下他的膝盖,克拉德便大声地喊叫。

克拉德感到疼痛了吗?

由于克拉德不再能够表达他对饥饿、冷热、痛苦、恐惧的感觉,我们——尤其是我,他的健康妻子——不得不替他"感觉"。克拉德的喊叫声让我于心不忍,于是我制止罗尼的这种行为。

"我认为他的腿可能被按痛了。"

罗尼说:"这些天我正在帮助查克进行身体康复治疗。我相信,如果我们拉直克拉德的腿,他可能会感到一点不适或疼痛,但他可以坐得更久,会使他保持体力,他的生命会持续得更久,就像查克正在做的康复体疗一样。"

"但是罗尼,查理有可能得到持续几年或几十年的健康生活,这使得困难和痛苦值得忍受。我不想人为地延长克拉德的生命,他没有提高生活质量的希望——他唯一的前景是病情持续恶化带来的挣扎和痛苦。无论克拉德的生命还有多少时间,他的舒适对我来说比留他在我身边受罪更重要。如果是我得病,这是我自己想要的,这也是我想要给克拉德的。"

对克拉德的康复治疗停止了,但这件事让我思索什么是同情之心。受不同文化和个人意志影响,每个人对此的认识大相径庭。我想到了"伯爵",他曾住在蒙蒂塞洛离克拉德几门之隔的房间里。我看见他的房间摆着一副下了一半的棋盘,这让我感到惊讶。"伯爵"的妻子玛琪丽坚持每天和他下棋,以帮助增强他大脑的活动。

"他当然可以下棋。有时他假装不能,是因为他不想和我一起玩。"玛琪丽这样告诉我。

"不可能,她是在自我欺骗。"蒙蒂塞洛的护工这样说。

我只知道"伯爵"不知道厕所在哪里,不知道他应该在哪里撒尿。他经常到克拉德的房间里来,在地板上撒尿,直到我无情地把他锁在克拉德的房门外。查理和罗尼一直与玛琪丽以及蒙蒂塞洛的一些护工保持联系,他们告诉我,"伯爵"有三个孩子,其中一个还是医生,他们曾威胁要将"伯爵夫人"他们的母亲,告上法庭,要求法庭宣布她因智力缺陷而不能继续称职地为"伯爵"的护理做出决定,以停止她对"伯爵"执拗的"康复"行为。克拉德被逐出蒙蒂塞洛后不久,"伯爵"也遭遇了同样的命运,被从蒙蒂塞洛除名,也许因为他无法停止在别人的房间里撒尿的行为吧。玛琪丽把他转到另一个养老院,在那里他跌倒摔断了髋骨。"伯爵夫人"玛琪丽,我相信出于她对"伯爵"执着的爱,坚持手术和身体康复治疗,但"伯爵"伤口感染了,在手术两周后死去。

当查理和罗尼告诉我"伯爵"的死讯时,我为他感到宽慰。所有的生命都在朝着一个方向行进,每个人,无论贫富,无论任何肤色,高或矮,胖或瘦,聪明或无知,无论敬畏上帝与否,都得到了像太阳终会落山一样的结局,这也许是世界上最公平的事情。对我来说,真正的同情是无私的,它需要同理心——将感情投射到自身之外,去感受对方感受的能力;真正富有同情心的人并不寻求占有或控制他人,或在没有明确目的的情况下人为地延长他人生命;真正的同情意味着知道该放手时就放手,让自己的另一半回归自然,"尘归尘,土归土",一如圣经所说。

* * *

由于肌肉萎缩,克拉德的髋骨和膝盖骨明显突出,只能坐着或躺着,但总保持一个姿势对身体也会产生压迫。他无法自己调整位置去缓解压迫,需要我们成天把他翻来翻去,左靠右靠,躺下坐起。即便如此,我们仍然没能帮他促进血液循环来防止褥疮,克拉德的髋关节外侧和膝盖内侧变得红肿，然后变紫，最后引发了褥疮。我们在他的膝盖之间夹了一个枕头，这有些帮助。但是他的身体僵化，像胎儿一样蜷着，只能侧躺，无法平躺，两侧的髋关节上出现巴掌大小的褥疮。我们尝试用频繁的翻身、按摩，用自制的垫子和医疗级的衬垫，调整充气床垫的软硬，用自创的皮肤保护方法和临终关怀提供的各种乳液软膏来缓解褥疮，统统被证明是枉费功夫。如果我能弄到一些蛇油[①]，我也会去尝试。最后，我想起了流行于中国民间的灵丹妙药云南白药，这种粉末的配方是保密的。它有很多用途，特别适用于愈合伤口，具有去腐生肌，治愈皮肤溃疡，减少疼痛的作用。中国人对云南白药的信任不亚于美国人对阿司匹林。

看起来值得一试。说到底，试一试会有什么害处呢？

这个神奇粉末一定在美国也有市场，因为我很容易地从达拉斯的中国超市买到了云南白药。查理用"双氧水"清洗克拉德几个月来一直流脓的伤口，克拉德痛苦地蜷缩着。我用火柴棍挑出一些白色粉末，小心翼翼地在褥疮上撒上薄薄一层，覆盖住不断渗液的创口，然后用纱布包住。我想再加说一句"菩萨保佑"，但怕冒犯其他宗教的神灵，决定还是罢了。

我们每天虔诚地一早一晚两次施行这个"仪式"。短短的两三天，脓液不再渗出，伤口开始从边缘结痂。几个星期之后，折磨了克拉德和我们好几个月的顽固褥疮终于愈合了，克拉德的髋部只留下柔嫩的

[①] 英语俗语"蛇油"意为"万能神药"，有"吹牛皮"的含义。

红紫色伤疤。

我对先人的智慧遗产的感激之情油然而生,这种中国传统药物也使查理和罗尼信服。传闻云南白药的妙用之一是能够增加血液中血小板的数量,这正是查理在干细胞移植后所急切需要的,他的血小板计数还没有上升到正常水平。查理服用了云南白药,可惜的是,这次"万能神药"未能给他创造奇迹。

* * *

2011年8月11日,凌晨四点左右,克拉德那令人不安的咳嗽声将我惊醒。最近,无论是在进食、躺着还是坐着,他一直咳嗽。我只睡了四个小时,而且睡得很不安稳,克拉德的咳嗽声使我们俩都无法入睡,令我痛苦并忧心忡忡。在我床边的婴儿监护仪上,我看到克拉德咳嗽时身体在剧烈晃动,我立刻披上睡衣下楼。

我检查了他的尿裤,用干净的替换了尿湿的;又检查了他髋部和膝盖上的褥疮,确保两块巴掌大的红紫色伤疤不再破裂。疤痕是干燥的,但新长出来的皮肤很嫩,薄如透明的塑料或者熟过头的桃子,让人不禁担心最轻微的触碰也会使它破裂。我调整了病床的角度,抬高他的上身,希望这能减轻他的咳嗽。

我将放了一点水和增稠剂的儿童吸管杯塞入他的嘴里。他只喝了一口,咳嗽立即以压倒性的气势卷土重来,好像要咳出他的心肺,他挣扎着呼吸,脸色因窒息而变成红紫色,额头和脖子上的青筋突起。

我的心脏和全身都绷紧了,感觉到他的痛苦,和他一起挣扎,无助地眼看着要窒息的克拉德。

我轻轻地拍着他的胸部,直到他的咳嗽平息了一会儿,我把右臂放在他的脖子下面,想把他下滑的身体朝枕头上面挪动一点,这时我的眼神遇到了他充满恳求的目光。

亲爱的,救救我,让我去吧。我感觉克拉德在向我恳求。

太多的痛苦,除了痛苦还是痛苦。我的心在滴血。

一个黑暗的想法在我罪恶的头脑中翻滚:"其他健康配偶有没有出现过我现在的念头?希望我深爱的人死去是可以的吗?"是幸运还是不幸?矛盾重重的是,没有付诸行动的想法并不能产生结果。

阿尔茨海默病在医学上被称为"隐伏发作"疾病。当阿尔茨海默病患者被确诊时,病情已经发展到一定程度。正如这个疾病没有起点一样,它的结束也是无法预测的。九年了,我一直在和克拉德告别,比世界上大多数旷日持久的战争还要长。

这场仅属于我的战争更加特殊,既没有获胜的可能,也不知道战争何时结束。作为克拉德的保护者、监护人和健康配偶,我愿意使他免受进一步的折磨,我想把他从苦难中解救出去,我想结束他的痛苦。大自然或上帝,没有赋予我们出生的选择权,但是,是人类放弃了自己去选择如何抵达命运的终点——死亡——的权利。我希望有一个开明的世界,人们可以选择以可行的方式有尊严地离开这个世界,不需要无奈地被迫经历长期的,生不如死又毫无希望的挣扎。

如果这不是对人性、同情和爱的定义,那什么才是呢?

许多年前,在一次去往上海的漫长的旅程中,我们在东京成田机场停留转机。克拉德精疲力竭,作为几十年训练有素的飞行员,尽管他不再驾驶飞机,他仍然无法在飞行中甚至飞机场打个盹儿。安眠药让事情变得更糟,因为他服用后虽然受到药物影响但仍然醒着,这令他焦躁不安。我搂住他的肩膀,让他把头靠在我的肩上,用手指轻轻抚摸他的额头、脸颊、下巴、耳朵和眼皮,让他闭上眼睛。我缓缓摇动着他,轻轻哼起我童年时代听到的摇篮曲:

月儿明,风儿静,
树叶儿遮窗棂,
娘的宝宝,睡在梦中,
睡了那个,睡在梦中。

月儿明,风儿静,
摇篮轻摆动,
娘的宝宝,闭上眼睛,
微微地露了笑容。

在我的怀抱里,头枕着我的肩膀,克拉德不再焦躁不安,他的肌肉放松了,终于平静地睡了一个多小时,不过后来他绝不承认有那么久。

在我看来，当生命中所有乐趣都永久消失时，当痛苦成为生命的一切时，这似乎是一种天堂般的方式，向我亲爱的人做永恒的道别。在美国，人们可以在专业人员的帮助下合法地帮助作为家庭成员的挚爱的狗狗结束生命，但不能为挚爱的家人提供同样的帮助。①

回到楼上的卧房时，在我的脑海里，我听到普罗斯佩罗，莎士比亚戏剧《暴风雨》中的主人公，若有所思地吟诵：

……让我回到我的米兰，在那里，
我每三个念头中就有一个是我的坟墓。

死亡不仅出现在普罗斯佩罗的思绪中，也在我的思绪中。普罗斯佩罗和我之间的区别是，他在想自己的死亡，而我在想别人的，克拉德的。

我向所有神灵和先知祈祷：古埃及的阿蒙拉、荷鲁斯；古希腊的普罗米修斯、宙斯；印度的希瓦、克里希纳；基督教的上帝耶稣；穆斯林教的穆罕默德；佛教的佛陀、大慈大悲的观世音……请让我的克拉德走吧，请让他平静地离去，请不要让他继续受苦受难。

我拉开窗帘，看看天色是否已破晓。一片玫瑰色的云彩在东方地平线上发光，逐渐消逝的下弦月的最后一部分正在隐没。

我想我准备好了。

---

①当时，美国只有华盛顿州有《尊严死亡法》，目前有 11 个州，得州不在其中。

后 记

2011年9月15日，我挚爱的丈夫克拉德·乔伊·温菲尔德在我身边平静地去世了。我作为健康配偶九年的历程至此结束。

十天后，我们举行了一个小型纪念会来缅怀克拉德的一生，我选了一首清代词人纳兰性德（1655—1685）的词《蝶恋花》来表达我的思念和感怀：

辛苦最怜天上月，
一夕如环，
昔昔都成玦。
若似月轮终皎洁，
不辞冰雪为卿热。

无那尘缘容易绝，
燕子依然，
软踏帘钩说。

唱罢秋坟愁未歇，

春丛认取双栖蝶。

在大家的聆听下，查理唱了我最喜欢听他唱的歌《我再也不用把心担》，他的声音甜美而忧郁，充满哀悼之情，但并不悲观。正如我所希望的那样，他把第一人称代词"我"都改成了第二人称"你"：

……

很快你就会踏上天堂之岸，

你再也不用把心担。

这本回忆录中的许多人曾和我一起在风起云涌的历程中跋涉，照顾呵护克拉德，他们的命运又如何呢？

克拉德去世之后，查理和罗尼继续去做他们擅长做的事情，照顾另一位老先生，直到一年之后那位老先生去世。然后，查理的癌症卷土重来，使他的精神和身体严重崩溃。

2014年7月的一天，罗尼从达拉斯打电话给我——那时我已经搬离达拉斯了——告诉我查理的一个妹妹没有和罗尼商量，趁他不注意把已经虚弱和时而失智的查理从他们家里带走了，并且拒绝罗尼前去探望。不幸的是，两周后，查理在妹妹家去世了，他心爱的罗尼没有能够陪伴在他身边，没有能够和他做最后的道别。

此时离查理干细胞移植约有四年半的时间。

查理死后，罗尼终于向我透露了查理的秘密——艾滋病。

他患的是非霍奇金淋巴瘤，也被称为与艾滋病毒有关的淋巴瘤。作为患者，查理的免疫系统受到严重损害，使他丧失对任何细菌感染的抵抗力，他的生存必须依赖于服用抗生素。查理让罗尼答应替他保密，不把他得艾滋病的事告诉任何人，因此没有人，包括将他从罗尼身边带走，并停止了查理赖以维持生命必服的抗生素药物的姐妹们，都不知道他患有艾滋病。

这个信息令我愕然。

觉得自己被背叛了吗？当然！

罗尼透露的查理是个艾滋病患者的秘密也使我害怕。查理在我家工作的六年多里，我关心过他，也照料过他，我们甚至用同一个杯子喝过水，我清理过他的伤口，给他的伤口上过药。回想种种，我们有太多的无意中交换体液的机会，我完全可能被感染。我立即去做了艾滋病检测，检测结果呈阴性。

对被感染艾滋病的恐惧过去之后，我开始思考。

如果查理告诉我他是艾滋病患者，我会雇用他吗？可能不会，我会害怕，我也必须对我身边的人们负责。

那么，如果我是查理，亟须一份赖以生存的收入，但知道披露病情便会失去工作的机会，我会怎么做呢？

幸运的是，我没有必要回答这个问题。

在一个假设环境中，我们可以很容易地站在道德的高度思考问题，轻松地说,"无论如何,我将永远做一个诚实的人。"但现实生活往往不给我们非此即彼的简单选择;真与假、对与错、黑与白、善与恶,并不总是泾渭分明,可以很容易地得出结论的。毫无疑问,许多心怀善意的人有着可贺可敬、保持诚实的意图和决心;但可悲的是,并不是每个人都被赋予了一个得以缄守高尚情操的完美的境遇。因此,我认为,能够接受一些道德上的含糊不清,容忍彼此的不完美,会使我们更加人性化,避免教条主义和机械化。

2016年7月的一个下午,查理去世两年后,我们的护士朋友卡萝琳在罗尼家后面的露台上发现了倒在地上的罗尼,气息全无。罗尼很可能在前一天死于中风,但实际上,在查理死后他就失去了生存的欲望,他陷入了深深的抑郁情绪,无法保住工作。我试图帮忙,鼓励他继续工作,在经济上资助他让他能自立,免收租金让他住我的房子。有天深夜,他传来有厌世念头的电子邮件,我立即打电话请达拉斯的警察去查看他是否安好。对于一个没有继续生活下去的意志的人,随时都有可能发生情况,我最终还是没能救他。

克拉德去世几个月后,我亲密的朋友盖瑞的妻子朱迪去世了。盖瑞把朱迪的骨灰分撒在他们共同生活过的许多地方,那些承载过他们幸福足迹的土地。紧接着他又与癌症打了一场重大战役,战胜了癌症。他仍然在SMU工作,在教学和科研中获得乐趣,继续使那些激光束产生奇迹。他每天跑步,偶尔还参加马拉松比赛,甚至在癌症的放射治疗过程中也没有一天停止脚步。他仍然是他的孩子们的最慈爱的父亲和祖父,也是我最贴心和最敬佩的朋友之一。

我失去了对"另一个女人"莎拉，和她的丈夫前SMU曲棍球教练下落的了解。我知道他们在克拉德离开蒙蒂塞洛后的某个时候去世了，我希望他们是平静安详地离开这个世界的。

克拉德的孩子们一直和我保持联系，他的孙儿孙女们现在都是年轻人了，他们永远是我家庭的一部分。蜜蜜和欢欢，我的毛孩子们，仍然很调皮，仍然是我须臾不离的伙伴，我们彼此呵护，彼此交谈：我用英语和中文，他们则以摇头晃脑，摆动尾巴，时而哼哼唧唧，时而轻吠狂号来回应。

克拉德去世后不久，我辞去了SMU的工作，搬离了达拉斯。健康配偶的生涯使我更加意识到生命的脆弱。从宏观角度看人生，一个人的生命可能没有什么意义和重要性，生命的意义和重要性可能只存在于那个人自己和他或她所接触影响了的人群之中。我如何走过人生，我与自己的关系，以及我与我周围的更大范围的亲友的关系，是我生活理所当然的重点。我不失时机地让我的日子里充满对我的脑力和体力具有挑战性的活动：阅读，写作，周游世界，侍弄我小花园里的花花草草，和家人欢聚一堂，和新老朋友一起畅谈欢笑。

我的健康配偶时代留下了许多记忆。旅程伊始，我面临许多不确定的因素：我不知道如何打赢一场结局是死亡，中间充满苦难的生离死别之战；不知道面对这种情况，如何把对丈夫的爱存留在心里，也不丧失对自己未来的希望和对前途的乐观。现在，我明白美国诗人玛雅·安杰卢的意思了,她曾说,"我们可能会遭遇很多失败,但我们绝不能被打败。"的确,我不能阻止克拉德的阿尔茨海默病的恶化——没有人能够——但我可以选择希望,希望我能在经历磨难后,不是成为一个令人怜悯的受害者和失败者,而是淬火成钢,成为一个对自己和对人道主义愈加坚守不移的人。

一位喇嘛告诉我们,"当我们遇到生活中真正的悲剧时,我们可以从两个方面做出反应——要么失去希望,陷入自我毁灭的行为;要么利用挑战来找到我们内在的力量。"我采取了第二种方式。作为一名健康配偶,我也经历了一段令人谦卑的历程,使我不仅意识到了自己的长处和极限,还从许多人的智慧、同情和乐观中受益匪浅。

达·芬奇曾经说过:"我以为我在学习如何生活,但实际上我一直在学习如何死亡。"是的,健康配偶的经历教会了我思考如何看待死亡——我看到生与死是不可分割的,它们不是一分为二的两个个体,而是一个开始和结束循环往复相互融合绵延不绝的过程。

当我写这本回忆录时,治疗阿尔茨海默病的新进展给人们带来了新的希望和喜悦。

2016年,科学家们报告,他们用一个综合性的包括36个要点的治疗方案,使阿尔茨海默病、健忘性轻度认知障碍(aMCI)和与主观认知障碍(SCI)相关的记忆丧失有所逆转。虽然这项研究规模很小,只有10个参试者,而且只针对轻度认知障碍(MCI)患者有效,但它仍然是一个使人看到光明的突破。因为在那之前,阿尔茨海默病是一条不可逆行的单行道，每个患者都无一例外地走下坡路；从未有人能够回转。2018年7月，波士顿生物技术公司（BiogenInc.）和日本Eisai公司的报告说，服用他们的实验药物BAN2401最高剂量的患者，与服用安慰剂的患者相比，减缓了阿尔茨海默病的进展。2021年6月22日，美国食品和药物管理局（FDA）批准了该药物——药名为Aduhelm——的临床使用。

乔治·格伦纳在1984年关于β—淀粉样蛋白的研究，为分子生物学家们研究阿尔茨海默病的病因奠定了基础。具有讽刺意味的是，1995年，67岁的他死于一种罕见的疾病，"系统性老年淀粉样变"，被淀粉样蛋白阻塞了心脏的血管。大卫·申克在他的《遗忘》一书中记录了以下情况：

> 在1995年去世之前，格伦纳被问及他是否认为阿尔茨海默病最终可以被治愈。
>
> "当然了。"他回答。

在那一天到来之前，治愈阿尔茨海默病的追求将坚持不懈地全速前进。与此同时，健康配偶和其他照护者们，在照护世界各地的数以百万计的阿尔茨海默病患者时，将继续以各自可行的方式，寻找一条安全信道。

对所有的健康配偶和照护者们：愿你看到希望和找到自己内心的力量。祝你安好。

克拉德·乔伊·温菲尔德（1931-2011）

蓝江

2005年8月，在"玛丽女王2号"巡游时的"正式之夜"。

致 谢

值此机会，感谢我的家人和挚友：蓝云、王晓丹、严搏非、陈岚、樊兰英；我这本书的编辑：姜淮、林琳。你们的鼓励、帮助和关爱是它得以和读者见面的关键。

篇幅所限，原谅我未能提及所有帮助我将我的故事呈现于文字的人，我感谢你们所有人。